中国扶贫故事

牢记使命
砥砺前行

——中国期货行业脱贫攻坚优秀故事集

中国期货业协会　编

中国财经出版传媒集团
中国财政经济出版社

图书在版编目(CIP)数据

牢记使命　砥砺前行：中国期货行业脱贫攻坚优秀故事集 / 中国期货业协会编. --北京：中国财政经济出版社，2020.10

(中国扶贫故事)

ISBN 978-7-5223-0070-2

Ⅰ. ①牢…　Ⅱ. ①中…　Ⅲ. ①故事-作品集-中国-当代　Ⅳ. ①I247-81

中国版本图书馆CIP数据核字(2020)第182458号

总 策 划：蔡丽兰
策划执行：郁东敏　贾延平
责任编辑：贾延平
封面设计：中通世奥
责任印制：刘春年
责任校对：胡永立

中国财政经济出版社 出版

URL：http：//www.cfeph.cn

E-mail：cfeph @cfemg.cn

社址：北京市海淀区阜成路甲28号　邮政编码：100142

营销中心电话：010-88191537

北京时捷印刷有限公司印刷　各地新华书店经销

787×1092毫米　16开　20印张　284 000字

2020年10月第1版　2020年10月北京第1次印刷

定价：76.00元

ISBN 978-7-5223-0070-2

(图书出现印装问题，本社负责调换)

本社质量投诉电话：010-88190744

编委会

序言

消除贫困、改善民生、逐步实现共同富裕，是社会主义的本质要求，是中国共产党的重要使命。党的十八大以来，以习近平同志为核心的党中央把脱贫攻坚工作纳入“五位一体”总体布局和“四个全面”战略布局，作为实现第一个百年奋斗目标的重点任务，做出一系列重大部署和安排，全面打响脱贫攻坚战，党的十九大更是明确把精准脱贫作为三大攻坚战之一。我国贫困人口从2012年底的9 899万人减到2019年底的551万人，贫困发生率由10.2%降至0.6%，连续7年每年减贫1 000万人以上，取得了举世瞩目的脱贫攻坚成就，彰显了中国共产党领导和我国社会主义制度的政治优势，为全球减贫事业贡献了中国智慧和中国方案，在人类减贫史上展现了大国担当。

在这场伟大的战役中，期货人始终牢记初心使命，充分发挥价格发现和风险管理功能，通过“保险+期货”、场外期权等创新方式，以专业优势助力脱贫攻坚。自2016年以来，期货行业积极响应党和国家打赢脱贫攻坚战的号召，多措并举，踊跃服务国家脱贫攻坚战略，取得了显著成效，并得到国务院扶贫办《扶贫信息》专刊的专题报道。截至2020年6月底，行业149家期货公司已有140家参与到脱贫攻坚中来，共有110家期货公司与212个国家级贫困县签署了377份结对帮扶协议，行业累计投入扶贫资金约5.7亿元，累计为贫困地区天然橡胶、玉米、大豆、鸡蛋、苹果、棉花、白糖等品种提供了价格保障，承保货值约185.54亿元，对17.34万户建档立卡贫困户顺利实现脱贫摘帽起到了重要的推动作用，国家级贫困县所在的全部22个省级行政区域均留下了期货人的扶贫足迹。基于长期对扶贫工作的探索与实践，期货人为脱贫攻坚贡献了期货智慧和期货方案：一是强化组织引导，合力攻坚克难；二是坚持精准要求，倡导结对帮扶；三是立足行业优势，深化期货专业帮扶。

习近平总书记指出，脱贫攻坚不仅要做得好，而且要讲得好。行业自开展扶贫工作以来，涌现出许多精彩的故事和动人的事迹。基于此，协会组织编写了《牢记使命 砥砺前行——中国期货行业脱贫攻坚优秀故事集》，本书聚焦于期货行业扶贫一线涌现出的先进典型事迹和感人故事，着力宣传了以“保险+期货”、场外期权为代表的专业扶贫方式，凝聚了期货行业为脱贫攻坚所贡献的期货智慧和期货方案。

本书共五个篇章，第一篇专业扶贫，聚焦于行业机构通过“保险+期货”、场外期权等方式为贫困地区农产品提供价格保障的情况；第二篇结对帮扶，讲述了行业机构通过“一司一结对”开展精准帮扶的情况；第三篇公益扶贫，主要介绍了行业机构以公益捐赠形式帮扶贫困地区发展产业，建设民生基础设施等；第四篇教育扶贫，展现了期货行业智志双扶，助力贫困地区发展教育的情况；第五篇驻村扶贫，介绍了行业机构开展驻村扶贫的优秀事迹。

全面打赢脱贫攻坚战，标志着千百年来困扰中华民族的绝对贫困问题将历史性地得到解决。当前，脱贫攻坚已进入倒计时阶段。希望本书的出版能够在展现行业扶贫成果的同时，弘扬扶贫主旋律，集聚扶贫正能量。期货行业将坚持以习近平总书记关于脱贫攻坚和疫情防控的重要指示精神作为根本遵循和行动指南，以初心使命为引领砥砺前行，助力国家如期高质量打赢脱贫攻坚战，不获全胜，决不收兵！

洪　磊

中国期货业协会党委书记、会长

目录

牢记初心使命　砥砺奋进前行

——期货行业踊跃服务国家脱贫攻坚战略 / 1

1 第一篇 专业扶贫

抗疫扶贫两不误，誓让秋日满园芳

——上海期货交易所助力产业抗疫脱贫攻坚 / 13

千里援边疆，初心终不负

——南华期货征程第四载 / 17

“胶贱”不再伤农

——东吴期货和兴证期货合作助力精准扶贫 / 23

银保期三强联合，助山区脱贫摘帽

——华泰期货开展“银行+保险+期货”项目惠农支农 / 29

一颗期货心，守四方热土

——金瑞期货的扶贫故事 / 34

小苹果，大作为

——华龙期货利用苹果期货助力产业发展 / 40

跑赢“最后一公里”，白水苹果分外香

——国元期货惠农助农故事 / 44

山路难阻扶贫情，胶农获益展笑颜

——海通期货助力胶农抵抗价格风险 / 50

农险照亮扶贫路，期货化作灯中芯

——永安期货书写扶贫答卷 / 54

集多方力量，护白糖产业

——东证期货一直在路上 / 60

送来“及时雨”，铺平脱贫路

——国泰君安期货海南扶贫侧记 / 65

浇灌产业经济之花，助力凉山脱贫摘帽

——华西期货开展“造血式”扶贫 / 72

“扶贫果”，香又甜

——全国首单“保险+期货”扶贫项目“养成记” / 80

发挥行业特色，创新扶贫方法

——大地期货精准扶贫纪实 / 88

践行期货市场初心，助力蛋鸡养殖脱贫

——上海中期期货开启“订单农业” / 93

金融回归本源，承担社会责任

——国信期货耿马县精准扶贫项目纪实 / 98

发挥期货优势，彰显企业责任

——渤海期货助力脱贫攻坚 / 103

玉米收入不稳定，“桦川模式”来帮忙

——鲁证期货助力打赢脱贫攻坚战 / 108

2 第二篇 结对帮扶

一曲薪火相传的扶贫战歌

——上海期货交易所发动期货行业力量共同帮扶太湖县纪实 / 115

脱贫有“医靠”，扶贫有方法

——郑州商品交易所健康扶贫显成效 / 123

贡献“期货智慧”，决胜脱贫看今朝

——大连商品交易所助力脱贫攻坚 / 129

穷在深山有“远亲”，倾力帮扶显真情

——中国金融期货交易所助力延长脱贫致富 / 135

五年四十万里路，戈壁滩上守初心

——浙商期货的援疆故事 / 142

中信人，江西情

——中信期货坚持走完“最后一公里” / 147

以静宁为样本，探索精准扶贫路

——银河期货扶贫纪实 / 153

多措并举，助力攻坚

——锦泰期货全方位助力余干县脱贫攻坚 / 161

“结亲”桑植，扶贫有我

——财信期货助力桑植县脱贫纪实 / 166

抓党建，促脱贫

——倍特期货创新党建扶贫新模式 / 173

3 第三篇 公益扶贫

大棚种植稳人心，延长瓜果甜在心
——永安期货康家坪村产业扶贫纪实 / 181
精准扶贫，铺就山村致富路
——光大期货武陵山区扶贫行动纪实 / 188
长效助力，治标治本
——长江期货特色扶贫之路 / 194
壮大集体经济，发展香菇产业
——云财富期货助力博尔博松村脱贫 / 200
双向发力战攻坚，源头活水育香茗
——五矿经易期货、郑州商品交易所合写产业扶贫“茶”文章 / 204
涓涓暖流汇阿坝，血脉相连民族情
——记中粮期货公益扶贫 / 209

4 第四篇 教育扶贫

心有灯塔，眼底有光
——中信建投期货扶贫扶智之路 / 217
方心有爱，助益如期
——方正中期期货教育扶贫显真情 / 222
扶贫先扶智，育人先育心
——记东证期货五峰艺术教室志愿者活动 / 228
助力农村教育，用爱点亮希望
——美尔雅期货教育扶贫纪实 / 233

坚守金融扶贫第一线，打造教育扶贫新样本
——南华期货发起设立期货业首只非公募公益基金 / 240
扶贫与扶智相结合，为脱贫攻坚筑牢根基
——东海期货教育扶贫工作事迹 / 247
千里驰援小学校，教育扶贫在前线
——大有期货教育扶贫工作纪实 / 252
希望的种子，一个都不能少
——宁证期货教育扶贫“一对一” / 259
金融扶贫创新模式
——西南期货“人才+技术+资金”助力脱贫攻坚 / 267
精准扶贫，教育先行
——广发期货教育帮扶纪实 / 270

5 第五篇 驻村扶贫

青春燃烧在雪山草地
——记中粮期货于泳 / 279
南下赴黔五千里，自此八一心中系
——国投安信期货小刘书记扶贫记 / 286
“中国梦”的践行者，“三线精神”的传承人
——记西部期货驻村工作队 / 293
宏伟的蓝图，离不开手胼足胝的人们
——记申银万国期货驻村工作队 / 300

后记 / 306

牢记初心使命　砥砺奋进前行
——期货行业踊跃服务国家脱贫攻坚战略

自2016年以来，在中国证监会党委的高度重视与正确指导下，中国期货业协会（以下简称“协会”）始终坚持将服务国家脱贫攻坚战略作为一项崇高的政治责任，深学笃用习近平总书记关于扶贫工作的重要论述，认真贯彻党中央、国务院关于脱贫攻坚的战略部署，大力引导和推动期货行业机构履行社会责任、服务国家脱贫攻坚战略。在协会的引导和推动下，全行业始终牢记服务实体经济的初心，坚持为人民谋幸福的共享发展理念，立足六个精准要求、充分发挥自身优势，取得了显著的扶贫工作成效。2017年5月31日，国务院扶贫办综合司在《扶贫信息》专刊中以《期货行业踊跃服务国家脱贫攻坚战略》为题对期货行业机构参与脱贫攻坚进行了专题报道。

一、以组织机制为保障加强引导，统一思想营造全行业服务脱贫攻坚的良好氛围

（一）广泛鼓励动员，召开扶贫工作专题会议

为统一思想、提高认识，2016年11月，协会组织召开推动期货行业服务国家扶贫攻坚战略动员会，中国证监会副主席方星海同志出席会议并做动员讲话。为进一步广泛动员行业机构积极参与脱贫攻坚，协会还于2016年推动期货行业开展扶贫工作座谈会、期货行业服务县域产业研讨会等一系列扶贫工作专题会议，发布了《期货行业服务国家脱贫攻坚战略行动倡议书》。

2016年11月2日，协会组织召开推动期货行业服务国家扶贫攻坚战略动员会，中国证监会副主席方星海同志出席会议并作动员讲话。协会会长王明伟同志代表行业宣读了《期货行业服务国家脱贫攻坚战略行动倡议书》

（二）注重总体谋划，成立扶贫工作领导小组

协会成立了由党委书记、会长任组长的扶贫工作领导小组，对引导行业服务国家脱贫攻坚战略进行了总体筹划，明确将引导行业开展脱贫攻坚工作作为当前及未来一个时期协会最重要的工作，要求每位班子成员切身参与到脱贫攻坚工作中来，并根据中国证监会决策部署，起草了组织期货行业开展扶贫工作的方案。

（三）实施正向激励，建立扶贫工作考评机制

为进一步鼓励行业机构充分发挥主观能动性，积极参与国家脱贫攻坚战略，协会建立了期货公司扶贫工作年度考评机制，联合国务院扶贫办、中国证监会、期货交易所、期货市场监控中心等有关单位成立考评委员会，对期货公司扶贫工作成效进行客观考评，并将考评结果作为期货公司分类评价的参考依据。同时，协会还根据国家脱贫攻坚政策导向，不断优化完善考评细则。

（四）加强扶贫领域作风建设，提升扶贫工作成效

为落实中央关于扶贫领域作风建设的要求，切实提升行业扶贫工作成效，协会对扶贫领域作风问题进行了专项治理；通过书面通知、电话、微信群、QQ群等方式要求行业机构高度重视扶贫领域作风问题专项治理工作，传导治理压力；组织开展对帮扶地区的实地检查；针对全行业机构开展扶贫领域作风建设培训，深入剖析扶贫领域存在的作风问题，进一步强调作风建设要求。

（五）强化组织引导，组建协会社会责任委员会

2019年初，协会借鉴国际经验，在中国证监会系统内开创性地设立了行业社会责任委员会。委员会委员构成层级较高，力量精干，由协会党委书记、会长担任主任委员，委员包括来自协会、证监会扶贫办、期货部、期货交易所、期货市场监控中心等中国证监会系统内相关单位的扶贫工作负责同志，以及行业扶贫代表性机构中负责扶贫工作的高管。

2019年3月22日，协会第五届理事会社会责任委员会第一次会议在北京召开

（六）加强宣传推广，讲好行业扶贫故事

建立扶贫信息采集机制，定期编撰行业扶贫工作动态，通过微信公众号、协会官网实时宣传行业扶贫事迹；广泛聚集媒体资源，畅通与新华网、人民网、中央人民广播电台、中国社会组织动态、证券时报、期货日报等主流媒体或专业媒体的联系，多次对行业扶贫工作的典型案例进行专题报道；通过举办专题扶贫展、拍摄扶贫短视频、广播现场秀、扶贫沙龙等方式探索扶贫宣传方式多元化，提升扶贫工作宣传效果。

截至2020年6月底，行业149家期货经营机构中已有140家参与到脱贫攻坚工作中，脱贫攻坚工作已在期货行业基本实现了“全覆盖”。

二、以精准帮扶为根本多措并举，凝心聚力推动期货行业脱贫攻坚工作取得实效

为进一步梳理行业机构开展扶贫工作的方式方法，2017年3月，协会向行业发布《关于期货行业履行脱贫攻坚社会责任的意见》，从倡导结对搞帮扶、强化协作与配合、服务“三农”谋实效、助力产业结构优化、强化期现对接与合作、加大培训与宣传力度、探索驻点帮扶路径等方面为行业机构开展扶贫工作的方法选择提供了参考。基于对扶贫工作长期的探索实践，期货行业为脱贫攻坚贡献了期货智慧和期货方案，取得了显著的成效。

（一）坚持精准施策，倡导结对帮扶

协会于2016年11月发布的《期货行业服务国家脱贫攻坚战略行动倡议书》，向行业明确提出了“一司一结对”的工作措施，倡导行业机构根据自身情况与一个贫困地区（县、乡、村）结成对子，通过建立专项工作组等方式形成长效帮扶机制。“一司一结对”工作的措施是落实精准扶贫理念的重要体现，是行业机构因地制宜实现扶贫工作“六个精准”要求的重要举措。截至2020年6月底，已有110家期货经营机构与212个国家级贫困县（乡、村）签署了377份结对帮扶协议。资金投入方面，行业累计投入扶贫资金达5.7亿元，对17.34万户建档立卡贫困户顺利实现脱贫摘帽起到了重要的推动作用。

2020年7月29日，中国期货业协会第五届理事会第十次会议在北京召开，中国证监会副主席方星海出席会议并讲话，协会党委书记、会长洪磊主持会议，并报告了协会引导期货经营机构、助力国家脱贫攻坚战略的情况

近年来，为进一步落实精准帮扶要求，中国证监会、协会率先垂范，多次赴贫困地区开展实地调研，深入贫困地区了解帮扶需求和脱贫攻坚进展情况

（二）立足行业特色，开展专业帮扶

作为金融市场支农创新的重要模式，“保险+期货”模式得到了中央的高度重视与充分肯定，连续5年被写入中央一号文件，其基本原理是农户向保险公司购买农产品价格或收入保险，保险公司向期货公司购买期权，期货公司再利用期货市场对冲，实现农产品市场风险的转移，最终保障农户收入，促进农业生产与转型升级。为积极响应中央号召，协会大力倡导行业机构充分发挥行业独有的风险管理专业优势，通过“保险+期货”、场外期权等创新方式，深入开展专业帮扶。截至2020年6月底，行业机构累计为贫困地区的价值约为185.42亿元的天然橡胶、玉米、大豆、鸡蛋、苹果、棉花、白糖等农特产品提供了价格保障。项目覆盖22个省级行政区划、190个贫困县，对保障贫困主体收益、提升生产积极性、维护国家粮食安全起到了重要作用，并在贫困地区建立起稳定脱贫的长效机制。同时，多家行业机构开展的“保险+期货”项目还入选了“2018年国务院扶贫办企业扶贫50佳案例”。

另外，行业机构还利用风险管理专业优势，为贫困地区实体机构或个人提供了合作套保、点价、场外期权等服务方案共计112个，名义本金约为10.5亿元；帮助27家贫困地区企业成为期货交易所交割仓库，进一步推动了贫困地区产业转型升级，带动了当地物流产业发展，创造了更多就业岗位。

（三）注重志智双扶，激发内生动力

一方面，深入了解贫困主体认知观念、行为习惯，传输新的思想观念，注入自我脱贫精神动力。另一方面，通过在贫困地区组织培训会、宣讲会等活动，提升贫困主体知识水平和专业技能，切实增强贫困主体自我发展的能力。为加强示范引导，协会联合相关期货公司于2018年7月—10月在11个国家级贫困县开展了11场“保险+期货”扶贫系列专业知识培训，2019年在延长县组织开展了“农技下乡”系列培训，2019年9月—2020年1月分别在甘肃、海南、四川3省组织开展了3场省领导干部“保险+期货”专业知识

培训。数据显示，近年来，行业机构累计在贫困地区开展专业知识培训859场，参加培训人员累计50 839人次。

2019年10—11月，协会举办了两期期货行业扶贫专项TTT培训班（TTT，即Training the Trainer to Train，是培训培训师的培训）。此次培训是协会首开行业先河举办的期货行业扶贫专项TTT培训，引起了学员和行业的强烈反响。培训采取了“场景式”教学方法，针对不同的培训场景进行训练，为行业播撒了一批宣讲“保险＋期货”“期货＋订单农业”等扶贫项目的“种子”选手，使这一批“种子”学员掌握“接地气、连民生”的授课技能，加深了会员单位对当前扶贫环境及期货扶贫原理、特点、效果的理解，提升了进一步做好行业扶贫工作的热情，并从实际应用层面提升了参训学员的演讲与授课技能。这是协会尝试以培训为抓手，促进行业扶贫工作上台阶的新举措，推动了行业扶贫工作向专业化和系统化迈进。

2019年7月，协会联合7家期货公司共出资近90万元，在陕西省延长县组织开展“农技下乡”系列培训活动

2019年11月11日，期货行业扶贫专项TTT培训班完美收官

（四）集中行业力量，合力攻坚克难

鉴于行业机构资本实力相对较弱，协会探索出一条“集中优势兵力打歼灭战”的扶贫新思路。实践证明，这是一条行之有效的新路子。为进一步加强引导，形成示范效应，近年来，协会多次组织行业机构赴贫困地区开展集中帮扶工作，取得了显著的脱贫攻坚成效：2017—2018年连续两年，协会联合43家行业机构开展了针对革命老区——陕西省延长县的“‘长’‘期’携手”集中帮扶活动，捐赠产业帮扶资金2 400多万元，助力延长县于2018年顺利实现了脱贫摘帽；2019年4月，联合11家行业机构赴国家级深度贫困县——新疆维吾尔自治区麦盖提县开展了一系列精准帮扶活动，捐赠产业帮扶资金750万元，助力麦盖提县于2020年初实现了脱贫摘帽；2020年初，联合10家行业机构组织开展了对江西省萍乡市的精准帮扶活动，捐赠帮扶资金170余万元。

除此之外，行业机构还积极探索创新其他扶贫方式，在产业扶贫、消费扶贫、教育扶贫、就业扶贫等各方面下足了“绣花功”，截至2020年6月底，通过消费扶贫的形式共签署了525个购销合同，商品价值共计约3 147万元；录用贫困地区毕业生（实习生）共676人、残疾人25人；在贫困地区设立分支机构7个、派遣59名驻村人员到村到户开展扶贫工作；帮助贫困地区相关主体设立网店、电商、网站等共68个。

2019年4月24—25日，协会联合11家期货公司赴国家级深度贫困县——新疆麦盖提县开展一系列精准帮扶活动，并合计向麦盖提县人民政府无偿捐赠产业帮扶资金750万元，打通了该县脱贫攻坚“最后一公里”

三、以初心使命为引领砥砺前行，响鼓重槌，助力国家如期打赢脱贫攻坚战

2020年是全面建成小康社会目标实现之年，是全面打赢脱贫攻坚战收官之年。当前，脱贫攻坚剩下的任务都是最难啃的“硬骨头”，而年初以来爆发的新冠肺炎疫情，更是给脱贫攻坚带来了新的困难和挑战。习近平总书记指出，脱贫攻坚是一场必须打赢打好的硬仗。下一步，协会将进一步深入贯彻落实党的十九大精神，坚持以习近平总书记关于脱贫攻坚和疫情防控的重要指示精神作为根本遵循和行动指南，进一步引导和推动期货行业机构把各项相关工作抓实、抓细、抓落地，在助力国家打赢脱贫攻坚战中做出新的更

大贡献。

（一）切实加强协会党委对脱贫攻坚工作的领导

脱贫攻坚越到最后越要加强和完善党的领导。协会将进一步发挥党委核心领导作用，引导行业机构深化对当前脱贫攻坚工作紧迫性的认识，加强对疫情影响之下脱贫攻坚工作复杂性的认识，鼓励行业机构持续加大帮扶工作的投入力度。

（二）引导行业帮扶力量向挂牌督战贫困地区倾斜

今年，中央对未摘帽的52个贫困县和贫困人口多、脱贫难度大的1 113个贫困村挂牌督战。为进一步加强示范引导，引导行业帮扶力量聚焦挂牌督战贫困地区，协会拟在综合考虑行业特色、帮扶对象实际因素的基础上，在礼县组织开展集中帮扶活动。

（三）全力配合完成中国证监会定点扶贫工作任务

持续加大对中国证监会系统定点帮扶贫困县的帮扶力度；探索消费扶贫、专业扶贫、教育扶贫多措施，助力赣州市、萍乡市脱贫攻坚；研究脱贫攻坚与乡村振兴有机衔接问题，积极探索建立解决相对贫困的长效机制；配合乡村振兴战略实施，进一步修订完善行业扶贫考评方案。

（四）深入推进期货行业专业帮扶

进一步在贫困地区推广、普及期货专业知识，为专业帮扶的深入推进夯实基础；加强与有关各方沟通与合作，通过实地调研、专题研讨会探索优化“保险+期货”项目试点模式；进一步落实摘帽不摘责任、摘帽不摘政策、摘帽不摘帮扶、摘帽不摘监管的要求，保证帮扶力量持续稳定，切实巩固脱贫攻坚成效，防止返贫。

（撰稿：中国期货业协会）

第一篇
专业扶贫

深入推进农产品期货、期权市场建设，积极引导涉农企业利用期货、期权管理市场风险，稳步扩大“保险+期货”试点。

——《中共中央、国务院关于深入推进农业供给侧结构性改革加快培育农业农村发展新动能的若干意见》，

2017年2月5日

期货经营机构应积极探索建立农业补贴、涉农信贷、农业保险和农产品期货、场外期权等工具的联动机制，支持符合条件的贫困地区优先开展“保险+期货”试点，提高涉农企业、农民专业合作社等新型农业经营主体管理市场风险的能力。

——《关于期货行业履行脱贫攻坚社会责任的意见》，

2017年10月10日

抗疫扶贫两不误，誓让秋日满园芳

——上海期货交易所助力产业抗疫脱贫攻坚

为深入贯彻党中央、国务院关于统筹做好新冠肺炎疫情防控和脱贫攻坚工作的决策部署，上海期货交易所统筹兼顾抗击疫情和脱贫攻坚两项工作，2020年天然橡胶“保险+期货”扶贫试点工作提速，总计投入1.5亿元抗疫扶贫资金，联合44家期货公司及4家保险公司，为25个县的近19万吨天然橡胶提供价格保障，助力橡胶产业抗疫复产。

胶农在割胶

疫情加剧了胶农的困境

2020年年初爆发的新冠肺炎疫情给贫困胶农的脱贫工作及橡胶企业的复工复产带来了相当大的困难和挑战。一方面，自疫情发生以来，国内天然橡胶期货主力合约由年前最高时的13 455元/吨跌至目前的11 000元/吨左右，价格已处于两年来的最低水平，胶农售胶收入已远低于割胶成本，这对广大贫困胶农实现脱贫致富目标无疑是雪上加霜，还可能造成因疫致贫、因疫返贫的情况发生。另一方面，橡胶生产企业即将迎来复工复产的关键时期，如果胶农因胶价大跌而“弃割弃收”，橡胶生产企业将可能面临因疫情造成的上游原料短缺、下游需求下滑的双重经营困境。

为应对疫情，“保险+期货”项目落地提速

为助力天然橡胶产业对抗疫情和稳定生产，上期所特事特办，提高效率，果断地将原定召开的立项“现场答辩会”更改为“线上答辩、评委分散评分”的形式。在减少人员聚集产生的疫情扩散风险的同时，坚持“公平、公正、公开”的评审原则，利用“互联网+”等创新手段，迅速完成了2020年的立项评审工作。

评审之后，上期所党委精简决策程序，决定将党委会、总办会合二为一，并优先审议“保险+期货”立项的议题。3月4日会议审议通过之后，当天下午上期所就向期货公司发布通知，要求相关期货公司尽快开展工作，加快抗疫、扶贫资金的落实和落地。

2020年上期所总计投入1.5亿元资金，同比增长41%，为全国25个产胶县的18.95万吨天然橡胶提供价格保险，预计为超过10万户的胶农提供价格托底保障。其中，为扶持胶农的“保险+期货”项目，投入资金由2019年的9 000万元增加至1.3亿元；为扶持橡胶生产龙头企业的场外期权产业扶贫项目，投入资金由2019年的1 600万元增加至2 000万元。

2020年，上期所天然橡胶价格保险全覆盖的试点县（区）由2019年的4

个增加为9个。在扩大资金支持力度的同时，期货公司和保险公司的参与数量也随之进一步扩大。参与的期货公司由2019年的41家增至44家，公司数量占全市场合格公司的比例为68.75%（截至2019年12月底，全国具备场外期权业务资质的期货公司风险管理子公司约64家）。合作的保险公司由2019年的3家增至4家。开展项目的数量也由2019年的50个增至67个。项目的开展将给贫困胶农带去更大力度的价格托底保障，为疫情期间胶农脱贫工作带来了一场“及时雨”，同时有利于橡胶生产企业缓解原料短缺困难，克服疫情影响，抢抓有利生产时机，为脱贫攻坚及橡胶产业的复工复产提供有力支持。

实施精细化管理，确保项目取得扶贫成效

“保险+期货”试点工作涉及环节较多，牵涉面较广，项目具体操作起来面临许多实际困难。为落实扶贫效果，上期所重点强化项目的业务管理，把专业的事情干到位。

一是对扶持资金的使用进行严密监管，对保险公司运营成本进行严格控制。上期所要求参加试点的期货公司风险管理子公司实施专户管理、资金封闭运行。风险管理子公司开立专门的期货交易账号，上期所将支持资金打入专户，期货交易在专户中进行，期货盈利以保险赔付款的形式通过保险公司账号直接打入受益胶农的银行账户，从而避免“跑冒滴漏”，让投保贫困胶农的利益获得切实保障。同时，要求保险公司在保证服务质量的前提下严格控制运营成本，使相关通道费率逐年显著下降。

二是支持期货公司在充分研究市场的基础上发挥专业所长，为贫困胶农争取更大的风险保障。我国海南、云南两省的割胶期从4月持续到11月，期货公司需要持续对冲8个月的价格风险，对专业要求很高。上期所同意并鼓励其在上期所监管之下灵活操作，发挥专业能力：允许期货子公司可以分时段、择机入市，这既可以抓住价位回调走高的有利入市时机，又可以减少期货子公司判断失误带来的损失；同意期货子公司在取得市场盈利之后提前结束交易，这样有利于保住已经取得的成果，避免“坐过山车”；支持期货子

公司在符合保险规范的前提下设计看涨、看跌双向期权，这样在市场走势难以判断时也能为胶农提高获取保障的概率，让胶农“跌也赔、涨也赔”。从2017年到2019年，上期所和期货公司一起，不断研究对策，总结经验，使项目总赔付率逐年提升，2020年上期所也将继续想方设法，让胶农受益。

三是纪检工作及时跟进，确保工作合规，扶贫取得实效。2018年和2019年，上期所纪检办“保险+期货”精准扶贫项目专项检查小组，连续两年对项目进行全面检查。检查组深入海南、云南农村，走乡入户，实地检查项目落实情况。检查之余，在肯定试点成效的同时，也积极提出需要完善之处，包括加强项目资金使用情况的公开性和合理性、加强相关专业知识的培训、督促保险公司加快理赔速度等。业务部门针对小组反馈的意见，逐一落实，为今后的项目推进打下了很好的基础。

四是加强专业培训，提高各参与主体对试点工作的认知。上期所督促期货公司在项目实施地积极开展专题培训，并对内容进行严格把关，不允许展业揽客，而是深入浅出地讲道理，摆事实，使各参与主体进一步理解“保险+期货”的基本原理和具体要求，达到了预期效果。当地干部、胶农看到了项目的效果，明白了其中的原理，更激发出他们的参与热情和干劲，纷纷表示争取把时间抢回来、把损失补回来，力争把疫情对脱贫攻坚的影响降到最低，为如期高质量打赢脱贫攻坚战贡献力量。

上海期货交易所“保险+期货”精准扶贫试点项目签约仪式

（撰稿：上海期货交易所）

千里援边疆，初心终不负
——南华期货征程第四载

一颗橡胶树从开割的那一天起，就开始不停地奉献她的乳汁，层层叠在一起的刀痕，便印证了她功勋的一生。我们的故事也随着这一轮一轮的弧线烙在了橡胶树的肚皮上，流淌在温柔静谧的胶水中……

割胶后留下的痕迹

不畏千里，毅然驰边

2017年的一个傍晚，窗外风雨交加，南华项目组在会议室为上期所橡胶“保险+期货”选址问题的讨论如火如荼。

“就是应该选海南，海南是我国最重要的天然橡胶生产基地。”某位同事说。

“其他同业都选海南地区，我们可以考虑云南地区，那边也大面积种植橡胶，且有很多胶农需要我们的帮助。”其他同事提议。

正当争议不下时，时任浙江南华资本管理有限公司董事长兼总经理的李北新说：“我们应该积极发挥期货及衍生品专业优势，为国家服务‘三农’、脱贫攻坚多做贡献。”最终我们项目组避开了最热门的海南地区，把项目地点选在了云南省沧源佤族自治县。

在确定试点选址之后，我们和中国人民财产保险股份有限公司云南省分公司一道深入老区进行了一次实地专题调研。

云南省沧源佤族自治县俗称阿佤山区，拥有众多橡胶林，西部和南部与缅甸接壤，是临沧市唯一的革命老区县，也是国家级扶贫工作重点县。

驱车前往沧源县橡胶产区的道路并不平坦，狭窄的盘山公路崎岖蜿蜒，从临沧市区需要颠簸3个多小时才能到达。我们实地了解到，老区县农民依靠橡胶营生，然而由于技术水平的限制、天气环境的不确定，以及近年橡胶价格的波动性影响，胶农的生活收入难以保障，常常依靠政府的补助。沧源佤族自治县要想打赢这场脱贫攻坚战，单纯依靠政府补助是不可能从根本上解决问题的，这也不是脱贫攻坚的长效机制。

我们将调研情况如实地汇报给了李北新董事长，他强调“保险+期货”要为胶农提供一个有效的价格保障，且一定要落实到位，践行“保险+期货”金融扶贫新模式。我们与上期所、云南人保多次协商讨论，最终在中国西南边境这个以橡胶为主产业的沧源佤族自治县里，有关橡胶树的故事就这样诞生了。

发挥专业，践行使命

我们从沧源考察回来时就意识到必须要设计一个关于橡胶价格的期权保险方案，来帮助胶农解决“靠天吃饭”的困境——胶农靠卖胶水来维持生计，然而，只有天气好时胶水才会多，胶水多了卖的价钱却又少了。

在方案设计之初，我们考察了天然橡胶的农产品属性，关注到天然橡胶价格的季节性问题。价格波动主要分成以下几个阶段：1月至2月中旬的价格上涨，主要来自市场的消费预期及胶农季节性停割导致的库存减少；2月底至之后5月的主基调是下跌，因为我国及东南亚主要天然橡胶主产区陆续进入开割季，供应压力又持续加大，各地库存迅速增加；之后的6月至9月的价格通常会有微微的翘尾上升，主要原因是受益于之前的持续下跌后的调整，且每年该季度都会有收储的传言，整体市场情绪向好；最后10月到12月再度进入低迷走势。

针对橡胶价格的波动性风险，我们探索通过“保险+期货”的产品模式来解决胶农的市场困境，根据胶农怕跌不怕涨的现实需求，最终设计形成了天然橡胶期货价格下跌保险。通过前端胶农获赠的保险与后端基于保险的期货对接来建立价格风险“收集—聚合—传导—分散”的良性机制，真正形成天然橡胶市场价格波动风险的长期可持续管理模式。同时，考虑到胶农卖胶的周期性，我们在期权终端采用了亚式期权的结构，它采用每日收盘价的算数平均数作为结算价，此结构可以有效地降低期权成本，进而有效节省单位保费，从而让项目资金产生更大的边际效用。

从项目构想、框架搭建，到期权的架构、定价方法，再到保单条款、落地成型，我们都反复地与当地政府、保险公司进行充分的探讨。最终，沧源天然橡胶“保险+期货”试点模式落地生根。

功夫不负有心人，2017年7月25日沧源第一单“橡胶价格险”顺利出单，同时云南人保向南华期货买入了期权产品进行风险对冲。当这个令人兴奋的消息被云南省临沧市政府知道后，临沧市政府和沧源县政府第一时间联系了云南人保，表达了对试点项目的肯定和感谢。在上期所的支持和云南人保的推动下，南华期货、云南人保和沧源县政府达成了战略合作协议，运用金融手段全力助力沧源县打赢脱贫攻坚战。

持续耕耘，扶贫扶智

2018年8月，正值沧源当地的雨季，但山区多变的天气未能阻挡南华期货"保险+期货"项目组的脚步。航班降落在沧源机场的那一刻，机舱内掌声雷动，这趟航班是近三日第一次成功地将乘客送到沧源的航班，一并送来的还有2017年"保险+期货"项目的赔付和支农助胶培训。

2018年8月10日，南华期货与沧源佤族自治县人民政府、县农业局、县财政局、县扶贫办、中国人民银行沧源支行、人保财险等领导，一同为班洪乡、班老乡、芒卡镇胶农代表举办了培训会。

沧源县2018年"保险+期货"支农助胶培训会

通过理论培训与项目实践，芒卡镇胶农代表由衷地表示：“保险+期货”给胶农们带来了希望，最初是有所怀疑，然后逐渐理解和相信，到现在完全信任了。他的发言让在场所有人思绪万千。说实话，这场培训会能组织起来非常不容易，很多农民在山里干活，无法取得联系。人保财险的工作人员只能在晚上挨家挨户地去通知胶农。最后把2017年的项目赔付递给胶农的时候，胶农的脸上露出了欣喜的表情。

回程的路依然曲折，因长时间下雨引起了塌方，主干道交通中断，只能绕道山路回临沧市，原先3小时的路程增加到6个小时。但是经过此次培训会，我们的信心更加坚定，因为尽管项目给予的支持有限，但给这片贫困土地上的人们带来了新的希望。

四载征程，不负初心

南华期货一直以来都秉承着“精准扶贫的标语牌插多远，扶贫之路就能走多远”的扶贫理念，为贫困地区注入金融活水。2017年8月，在上期所的支持下，南华期货联合人保财险云南分公司首次将“保险+期货”的金融扶贫新模式带到了沧源佤族自治县，试点2 000吨，项目最终赔付当地1 748户胶农逾156万元，户均赔付近900元，受到了当地政府和广大农户的关注和欢迎。实践证明，“保险+期货”是使胶农受益、发掘市场发展潜力的惠农工程。

为了让“保险+期货”惠及当地更多的胶农朋友，让更多胶农可以自发运用金融手段对冲风险，形成长期持续的惠农机制，南华期货2018年橡胶“保险+期货”项目继续选址在沧源佤族自治县，试点规模达5 000吨，进一步扩大受益人数至3 946户，最终赔付额逾523.65万元，户均赔付1 327元。2019年，我们更上一层楼，赔付2 909户胶农392.74万元，实现户均增收1 350元。

随着南华期货沧源县天然橡胶“保险+期货”项目的不断推进，沧源胶农一年又一年地收到来自天然橡胶期货价格下跌的理赔金，这给胶农们带来了希望，让他们更加坚定地为我国橡胶产业的发展贡献力量。

2019年4月30日，经云南省人民政府批准，沧源佤族自治县正式脱贫摘帽，标志着沧源历史性地告别了绝对贫困，向全面小康社会迈进。

为巩固脱贫成果，防止贫困人口再返贫，同时形成天然橡胶市场价格波动风险的长期可持续管理模式，截至2020年，南华期货开展“保险+期货”模式的扶贫项目已达4年之久，覆盖4万亩橡胶林、4 048户橡胶种植户，其中建档立卡贫困户人数2 416人，涉及佤族、傣族少数民族2 283人。南华期货通过充分利用期货衍生品的专业优势，让“保险+期货”精准扶贫模式深入贫困地区，帮助贫困农户提升风险管理意识，为完善农业保险制度、改善扶贫机制和扶贫方式积累了宝贵经验。

（撰稿：南华“保险+期货”项目组）

“胶贱”不再伤农

——东吴期货和兴证期货合作助力精准扶贫

“保险+期货”作为一种十分“接地气”的创新型价格风险管理工具，已连续5年写入中央一号文件，得到了广大农业经营主体的一致认可。“保险+期货”与脱贫攻坚工作相结合更是成为期货行业服务“三农”和打好脱贫攻坚战的有力抓手。

兴证期货、东吴期货积极响应国家号召，狠抓落实脱贫攻坚社会责任，发挥行业特长，以金融工具供给端为突破口，为贫困地区提供了行之有效的“保险+期货”价格风险管理工具。

聚焦胶农“真痛点”

德宏傣族景颇族自治州位于我国西南边陲，是我国橡胶产业大州，2018年橡胶总产量逾6 000吨。德宏州首府所在地——芒市是国务院扶贫办认定的832个国家级贫困县之一。遮放农场位于遮放坝，是以橡胶、茶叶、咖啡等经济作物为主要产业的国有中型农业企业。截至2018年底，遮放农场可开垦利用土地面积2.5万亩，其中橡胶种植面积15 533亩。2014年，农业部办公厅将遮放农场列为“十三五”贫困农场，并对农场解困脱贫进行重点扶持。瑞丽农场属中型国营农垦企业，土地面积99 795.3亩。橡胶产业为瑞丽农场的主营产业。截至2018年末，瑞丽农场的橡胶种植总面积达40 207.8亩，其中公有橡胶种植面积33 685.65亩，非公有橡胶种植面积6 522.15亩。

天然橡胶作为遮放农场、瑞丽农场的支柱产业，割胶收入是当地农民的主要经济来源。2020年，天然橡胶受国内外市场复杂因素的影响，价格波动十分剧烈，天然橡胶期货价格指数近10年平均振幅高达41.4%。橡胶价格跌破生产成本，导致胶农弃割现象时常发生。割胶收入难以稳定，这是导致当地胶农贫困的主要原因。因此，稳定当地胶农收入是当地扶贫攻坚的迫切需求，而促进当地橡胶产业持续发展，提供有效的风险管理工具，则是精准扶贫与“扶志、扶智”相结合的内在要求。

对付“顽症”下“新药”

对于当地胶农的“痛点”，以往并无行之有效的解决办法，当地胶农收入往往是听天由命。2017年，橡胶现货价格高位下跌，胶农割胶热情骤减，导致当地橡胶种植业遭受严重冲击。

为进一步了解当地橡胶产业发展情况及胶农风险管理需求，兴证期货、东吴期货联合中国人民财产保险股份有限公司（以下简称“人保财险”）等项目参与人员到达德宏州芒市进行实地调研。调研过程中与德宏州政府、州农垦局、州农业局等领导举行了会谈，兴证期货、东吴期货调研代表听取了德宏州橡胶产业发展领导小组对于德宏地区橡胶产业发展情况的介绍，并向当地政府介绍了“保险+期货”

实地调研橡胶树

的运行模式及其对当地橡胶产业发展的重大意义。通过实地调研，两公司了解到橡胶价格持续波动是制约当地橡胶产业发展的主要因素，于是在上期所的大力支持下，兴证期货、东吴期货联合人保财险决定在德宏地区开展2019年度天然橡胶“保险+期货”精准扶贫试点。试点的开展得到了德宏州政府的大力支持，德宏州政府将本次试点纳入2019年度政府重点工作计划。

为减少胶农投保负担，试点所需全部保费均由上期所支持，实现了让当地胶农“零支出投保”。本次试点为遮放、瑞丽农场所属2 544户胶农提供了2 000吨天然橡胶的价格下跌保险。试点保险运行期间累计4个月，以期货市场对应的期货合约价格为标的，人保财险在保险开始的同时向兴证期货、东吴期货的风险管理子公司购买场外期权进行风险对冲，保险到期后人保财险向投保胶农赔付差价。本次试点最终实现保险赔付总计253万元，赔付率达142%①，赔付总额占到了遮放、瑞丽农场2018年橡胶销售总收入的13.2%②，试点有效地对冲了市场风险，帮助投保胶农捂住了“钱袋子”，让投保胶农切身体验到了“保险+期货”这一扶贫利器的“实在”。

试点创新促增产

不同于传统的价格保险，本次试点在保障橡胶价格下跌的基础上首次设置了最终赔付与实际割胶量挂钩的创新条款。具体而言，农民所获赔偿与经过当地农垦系统核定的实际割胶量成正比，当实际割胶量超过期初约定割胶量时，胶农即可获得全部保险赔付。这样的创新条款可为胶农提供天然橡胶价格下跌的风险保障，在一定程度上降低因价格下跌而导致的割胶量下降的可能性，既稳定了胶农的收入，也保证了市场供给，这是本次“保险+期货”试点的一次大胆尝试。

---

① 总保费共计180万元。

② 根据遮放、瑞丽农场所提供2018年橡胶销售收入数据计算而得。

保险运行期间，由于德宏地区橡胶现货价格持续低迷，并且橡胶树因白粉病导致割胶困难，许多投保农户出现弃割、少割行为，实际割胶量不足当年预期的1/3。为了鼓励胶农割胶，稳定当地胶农割胶收入，兴证期货、东吴期货在得知实情后第一时间联系当地人保财险及遮放、瑞丽农场负责人，多次深入基层割胶点向投保胶农讲解“保险+期货”试点赔付规则，鼓励胶农积极割胶，最终割胶量比试点期初统计数据大幅上升，上升幅度超过50%。本次试点用实践证明了“保险+期货”优化模式对于稳定胶农收入和当地橡胶产量具有重要意义。

“扶智”与“扶志”相结合

2019年11月28日，兴证期货、东吴期货联合人保财险，在德宏州举办“2019年德宏州橡胶‘保险+期货’精准扶贫试点赔付仪式暨培训大会”，当地政府领导、上期所相关领导、保险及期货公司领导、农场相关负责人、投保农户代表等61人出席赔付大会。会上，兴证期货“保险+期货”项目负责人与东吴期货天然橡胶研究员分别做了“保险+期货”模式介绍及2019年度天然橡胶价格走势回顾及2020年天然橡胶价格预期等主题报告，向参会胶农详细介绍了如何高效运用“保险+期货”模式防范天然橡胶价格风险，加深了胶农对“保险+期货”的认知。

德宏州农垦局相关领导在会议中指出，本次试点成功化解了橡胶价格下跌所带来的胶农收入减少的问题，以高效的保险形式将胶农与期货价格风险管理市场联系起来，将“保险+期货”的扶贫功能发挥得淋漓尽致。德宏州人民政府相关领导也对本次试点给予了高度评价，表示德宏州人民政府及相关单位将继续大力支持2020年度精准扶贫试点的建设工作，并希望来年试点建设中可以扩面增量，在覆盖国有农场胶农的基础上覆盖更多民营胶农，将“保险+期货”扶贫红利覆盖至整个德宏地区。

赔付大会现场

多方合力共扶贫

为保障本次试点顺利运行，多方参与主体各司其职，自觉形成强大扶贫合力。为确保胶农割胶量数据准确可靠，试点引入了德宏州橡胶产业发展小组，人保财险依据其提供的农垦系统中收胶点的收胶数据，核算胶农实际割胶量，大幅提高了投保、核保以及赔付工作效率；人保财险上海自贸分公司与德宏州分公司具体负责本次试点的承保工作。人保财险在试点筹备、前期调研、组织投保、核保赔付以及协调各方主体沟通等方面做出了大量工作。保单出具的同时，人保财险向期货公司购买场外期权产品进行风险分散；兴证期货与东吴期货的风险管理子公司设计贴合当地胶农割胶实际情况的场外期权产品，通过期货市场将天然橡胶价格风险转移至期货市场进行分散。

本次试点通过各方参与主体工作的有效衔接，成功地为贫困地区的胶农提供了切合实际的价格风险管理工具，赔付效果显著，并成功实现了期货行业服务“三农”实体经济的有效尝试，是多方扶贫主体广泛参与并结合专业特长进行精准扶贫的积极实践，展现了强大的精准扶贫合力。

德宏州政府、兴证期货、东吴期货、人保财险负责人现场会商

（撰稿：东吴期货有限公司、兴证期货有限公司）

银保期三强联合，助山区脱贫摘帽

——华泰期货开展“银行+保险+期货”项目惠农支农

坐落于川陕边陲、大巴山腹心地带的通江县、万源市自古以来就是入蜀要道，县域境内峰峦起伏，河流纵横，温润潮湿的气候使这片山水之境自古就是人文墨客登高游览、摩崖造像的风水宝地。卓然天成的地理环境虽集万宝之源，通万江之水，但崎岖的地形同样造成了这里长期交通不便、生产落后、观念封闭、区域贫困等诸多问题，该地区的脱贫攻坚工作成为政府和社会各界面临的巨大挑战。

2019年，华泰期货多次前往通江县、万源市，开展农户养殖代表座谈会，实地走访农户。经过调研了解到，通江县、万源市的养殖农户主要养殖了牛、鸡、猪等家畜、家禽，购买的饲料主要是豆粕和玉米，由于采购饲料和养殖的动物销售有时间差，如果高价采购的饲料没有及时传导到动物售价上，则会面临挤压养殖利润的窘境。为解决养殖户饲料成本问题，华泰期货联合中国工商银行、上海安信保险股份有限公司、中国太平洋财产保险股份有限公司、通江县及万源市政府共同组成“银行+期货+保险+政府”价格分散试点项目组，为保障养殖农户收入，推进当地脱贫攻坚工作寻求解决渠道。

开展“保险+期货”宣传教育，培育当地市场

随着社会各界对金融工具认识的不断深入，“保险+期货”这一造血式的

帮扶方式越来越得到社会的认可。但由于四川省通江县和万源市两地地处偏远，交通不便，当地涉农主体及养殖农户缺乏运用金融市场管理风险的意识，农户对“保险+期货”项目的意义、作用和原理等方面的理解尚需加强，对“保险+期货”项目的开展存在一定的疑虑。为消除农户的疑虑，推动项目的顺利开展，在当地政府和大商所的大力支持下，华泰期货多次前往通江县、万源市，举办“保险+期货”惠农支农培训交流会，当地养殖农户、企业代表等100余人参加了培训会。培训会上，华泰期货向参会人员普及了期货基础知识，解读国家普惠金融政策，交流饲料风险管理创新模式，分享“保险+期货”案例，使当地涉农主体充分了解了国家惠农支农政策，也初步了解了玉米期货和豆粕期货，理解了如何通过玉米期货和豆粕期货参与套期保值，降低养殖成本，从而保障养殖收入。培训会极大地引起了当地政府及涉农主体参与期货市场管理饲料成本的兴趣，为下一步开展项目实施打下了坚实基础。

华泰期货在四川开展“银行+保险+期货”惠农支农专题培训会

引入“银行+”，深化“保险+期货”助力脱贫攻坚成效

经过前期调研、宣传和培训，结合通江县、万源市实际情况，华泰期货在本次“保险+期货”项目中引入“银行+”，探索“银行+保险+期货”模式，并选定饲料玉米和豆粕作为价格保险的标的，由地方政府配合保险公司开展农户数据核查工作，组织参保农户投保。“银行+期货+保险”模式是商业银行、期货公司、保险公司联合为农户和涉农企业搭建的以融资、保险和期货为依托的综合金融服务平台，有助于解决涉农主体贷款难、风险大等痛点。通过充分发挥期货市场的风险管理功能，以保险产品的形式降低涉农主体的原材料成本上升或产成品价格下降的风险，进而保障农户收入和企业稳健经营，实现可持续发展，并最终为银行授信提供支持。该模式作为金融扶贫方式的创新，不但提高了涉农主体的抗风险能力和潜在利润水平，还有助于提升涉农主体的金融意识，激发涉农主体的自身造血机能，从而发挥更大的脱贫攻坚效果。

目前，四川省的扶贫工作已经进入攻坚阶段，一批龙头企业已经逐步壮大，并以多种形式带动贫困户走上脱贫致富之路。随着企业规模的扩大和市场化程度的不断提升，企业融资需求不断提升，原材料成本管控和产成品价格管理成为影响其经营的重要因素。在此背景下，有必要探索引入“银行+期货+保险”模式，发挥金融合力，围绕企业核心需求，支持龙头企业做大做强，进一步丰富“输血+活血+造血”一体化扶贫的内涵，促进“精准扶贫、精准脱贫”目标早日实现。

发挥风险管理专业能力，保障养殖农户收益

2019年，华泰期货联合工商银行、太保保险选定通江县、万源市开展玉米、豆粕“保险+期货”试点项目。项目吸引了9地地方政府、1家合作社、1家村民委员会共10 018农户参与，保费达118万元，涉及现货豆粕5 800余吨、玉米17 800余吨。为减轻投保农户的保费负担，华泰期货联合工商银

行投入专项资金承担部分保费，工商银行优先为参保农户和农业企业提供融资支持，通过融e购平台扶贫专区销售农产品现货，在“保险+期货”业务操作中，华泰期货风险管理子公司华泰长城资本负责选定品种、设计项目方案及相应场外期权产品的业务支持，实现风险转移，对冲保险风险。保险公司通过购买华泰长城资本提供的期权产品，实现项目中“保险+期货”业务的风险转移，对冲保险风险，并根据华泰期货及子公司的期权产品结构和报价制定符合试点地区特点和需求的价格保险产品。

在项目实施过程中，华泰长城资本充分发挥风险管理专业能力，一方面对历史波动率进行分析，适当增加定价波动率安全垫，将定价风险控制在可接受范围。另一方面，按期滚动入场期权的方式也将波动率定价风险在时间上进行了平滑。华泰长城资本将本次保单涉及的玉米和豆粕数量分散在各期滚动入场，有效降低了每一笔期权对冲入场时的市场冲击，降低了流动性风险，将保险产品风险转移到期货市场，实现多方受益。

“银行+保险+期货”项目落地开花，解决养殖户痛点

经过20周的运作，通江县、万源市的玉米、豆粕“银行+保险+期货”项目顺利结项。2019年12月25日，万源市旧院镇大伦坎村和茶垭乡李家沟村贫困养殖户获得了首批理赔款8.11万元，惠及大伦坎村和茶垭乡李家沟村213户贫困户，项目获得总赔付金额达35万元，有效控制了养殖户的饲料成本，保障了当地养殖业的稳健发展。在保险期间，玉米价格基本呈现逐渐下行态势，农户随行就市采购，其采购成本也是逐渐降低；豆粕价格整体波动幅度较小，对农户采购成本影响较小。同时由于受非洲猪瘟的影响，肉制品的价格出现普涨局面，养殖农户在成本端降低且产成品价格上涨的情况下，项目运行呈现了双赢的局面。

此外，养殖农户通过价格保险产品有效地控制了饲料成本，稳定了养殖利润，降低了个体经营风险，工商银行基于个体养殖规模和保单，向参保农户提供了小微扶贫信用贷款共计40万元，切实缓解了小微企业融资难、融资

贵的难题，切实带动了通江县、万源市养殖产业的发展，进一步助力养殖户通过积极生产改善生活，脱贫致富，同时，在金融机构服务“三农”领域也起到了一定的示范性作用。价格保险的存在，有效地控制了银行贷款的信用风险，降低了养殖户的贷款成本，充分发挥了金融机构在扶贫工作中的“造血”功能，加快了当地脱贫攻坚的步伐。

（撰稿：华泰期货有限公司）

一颗期货心，守四方热土

——金瑞期货的扶贫故事

“我们这代人有一份情结，扶一把老百姓特别是农民。社会主义道路上一个不能少，全面小康大家一起走！”2020年5月23日，习近平总书记看望参加全国政协十三届三次会议的经济界委员时说道。总书记的话语掷地有声，温暖人心，催人奋进。

自2017年以来，金瑞期货用特有的金融专业优势践行着扶贫使命，为服务国家精准扶贫插上了“期货翅膀”。从中俄边境极北之地黑龙江饶河，到中国深呼吸小城江西修水，再到西南边陲云南孟连，金瑞期货灵活运用衍生品工具助力贫困县风险管理，走出了富有特色的期货扶贫之路，也收获了广大贫困户真心点赞。

玉米缘起，期货让乌苏里船歌更嘹亮

饶河，地处乌苏里江中下游三江平原腹地，乌苏里船歌诞生地，盛产玉米。李广明，是一个土生土长的饶河人，也是饶河县犇鑫谷物种植农民专业合作社的大管家、当家人。“饶河是国家商品粮基地，一根根玉米决定了我们家家户户的饭碗。”李广明坚定地说。

人勤春来早，李广明每年3月会组织社员制订当年的春耕计划。5月上旬，合作社8位社员就按事先指定的耕作范围开始播种。伴随着机器的轰鸣声，沉睡一冬的黑色沃土被农民唤醒，一派春耕农忙景象奏响了春耕“交

响曲”。

2017年4月，金瑞期货与这片魅力边城结缘，将乡亲们最看重的玉米放在心中，扛上肩头，就近设立饶河营业部，结对帮扶饶河县。

当时，农户们正准备春播，一位社员说：“去年天气条件不好，玉米亩产只有七八百斤。3斤玉米只能卖到1块钱，你说谁还有心思种玉米啊？”李广明听着很是难过，一时间也失去信心，天气影响收成，价格无法预测，面临这些未知的风险，咱们农民到底有没有好的方法呢？

正当李广明犯难的时候，金瑞期货带着玉米“保险+期货”试点项目走向了饶河的田间地头，为合作社的农户们打开了一扇窗。

“第一次听说‘保险+期货’，我们都不知道是啥东西，因为上一年收成不好，要不要用上这个价格保险我们心里也没底。”李广明谈到当初的感受时这样说，“但因为有政府的大力支持和金瑞期货的热心帮助，我们还是愿意尝试一下。”

事实上，2017年犇鑫合作社8位社员一共获得10万余元的项目赔付，减弱了玉米价格弱势带来的收入下跌的影响。农户们真切地感受到期货创新扶贫的实惠，信心满满地又开始筹划新一年的耕作了。

从此，金瑞期货通过“保险+期货”和饶河的农民一起成为玉米地的守护人，农户通过金融工具管理风险的意识有了明显的提高。到了2019年，当人们还沉浸在丰收的喜悦幸福中时，非洲猪瘟疫情的蔓延显著减少了猪饲料玉米的消费，接踵而至的强降雨和洪灾又导致玉米减产，玉米价格跌宕起伏。

“多亏了‘保险+期货’，实实在在帮了大忙啊！”农户们纷纷表示。2019年犇鑫合作社一共收到获赔金额38.1万元，共覆盖合作社农户65户，其中有两户曾是建档立卡贫困户。如果不是玉米价格保险提供保障，农户就缺少了正常的资金链，对今后包地、种地和购买农资等都可能造成严重影响。

2019年12月，饶河玉米“保险+期货”理赔大会暨服务“三农”培训会成功举办

“授人以鱼不如授人以渔。”2019年岁末，正值隆冬，金瑞期货再次来到饶河办起了服务“三农”培训班。作为合作社代表李广明也参加了培训班，“这不是第一次参加了，弄明白了对我们很有好处，‘保险+期货’真的可以解决收益波动这个老大难的问题。”李广明充满信心的话语，似乎让人看到了“保险+期货”的种子已在饶河这片美丽的黑土地上生根发芽，开花结果。

胶农受益，“保险+期货”飞向彩云之南

正常情况下，云南新割胶季在每年4月中旬全面展开。

割胶时节，云南省孟连县富岩镇大曼糯村班高组37岁村民岩冷每天深夜两点起床，赶到离家几公里外的64亩橡胶林开始一天的劳作。到了橡胶林，岩冷熟练地带上胶灯，用胶刀在胶树上选择好割胶线，划出口子，接好胶水，然后将胶水装桶。每天的割胶工作基本上都是深夜两点到清晨六七点。

岩冷说，像他这样土生土长的佤族胶农，在他们小组有35户，橡胶收入几乎是村组各家庭唯一的经济来源。

2019年，橡胶林遭受旱灾影响，岩冷家里的64亩橡胶林停割了4个月，与往年相比减产25%左右。受此影响，岩冷家的割胶收入仅16 000元，作为一个五口之家，人均一年3 000余元的收入让岩冷一家的生活陷入了困境。

这时，金瑞期货孟连天胶“保险+期货”项目让“靠天吃饭”的胶农找到了新的保障。仅岩冷一家，就获赔7 117元，占当年家庭收入的44.5%。

与岩冷有着相同经历的还有同村托嘎组胶农杨永树。杨永树今年53岁了，家里四口人。“2018年我们就参加了金瑞期货的橡胶险，第一年赔了我们3 747.87元；2019年我们又保了70亩，得了赔偿款7 780元。”杨永树笑盈盈地说，“以前碰到大灾年真是饭都吃不饱，现在国家政策好了。橡胶险的赔款很及时，刚好解决了老大读书的花费，确实帮了我们大忙。”

赋能老区，小小鸡蛋里的扶贫创新

修水县，隶属于江西省九江市，是著名的革命老区，中国工农革命军第一面军旗就是在这里设计、制作并率先升起的。修水也是九江市建档立卡的贫困县之一。

2019年7月的一天，金瑞期货南昌营业部刘江又要出发前往修水县，路程200多公里。为了做好鸡蛋价格保险的项目对接，这条路刘江已来回多次。他这次去拜访的是位于修水县的鸡蛋养殖企业江西金凤凰农业创始人阎军。

刘江随阎军来到金凤凰养殖场，鸡栏整齐按列排开，从给料、给水、调温、调光、调湿，到鸡蛋的检查、包装，实地考察后刘江发现养殖场早已实现了全自动化科学养殖。

那么，还有什么发展瓶颈需要突破呢?

对此，阎军很无奈地说：“我们企业在蛋价波动时经常处于无能为力的境地，养殖利润很容易遭到吞噬，没有任何办法解决困难。”

听到这里，刘江心里已经为企业做起了盘算，他知道鸡蛋价格险一定可以为这一颗颗鸡蛋支起保护伞。

江西金凤凰农业养殖场鸡舍现场

2019年12月，刘江负责对接的鸡蛋价格险顺利运行并成功完结，参保企业在鸡蛋售价下滑利润微薄的情况下，实现的利润反而比未参保的要高出15%，这让阎军第一次体会到期货创新的魅力。值得一提的是，这是江西省首单向大连商品交易所申请支持的“保险+期货”项目，项目的成功实施极具示范意义。到2019年底，江西省内已有5个“保险+期货”项目申报获批，覆盖多个国家级贫困县。

正如天气变幻莫测一样，2020年新年伊始，一场突如其来的新冠肺炎疫情打乱了人们所有的节奏，由于疫情防控的需要，市场消费定格，国内各行各业的运转都被按下暂停键，养殖行业更是未能幸免。刘江又想到了金凤凰农业，拨通了阎军的电话。明确了当下风险点后，金瑞期货决定为金凤凰农业500吨库存鸡蛋免费提供场外看跌期权产品，为企业部分库存对冲价格下跌的风险，帮助企业渡过难关。

“当时市场低迷，鸡蛋价格仍处于低位，公司每天都在亏本，不知何时才能走出困境。”回忆起当时的困境，阎军语气低沉，“由于受疫情影响，一是交通管制使得饲料供应不足，蛋鸡处于半饥饿状态，产蛋量锐减；二是蛋品需求企业还未复工，餐饮、酒店、农贸市场关闭，鸡蛋销售不畅、库存堆积，鸡蛋保质期短，只能降价亏本出售；三是本地购买饲料价格过高，加之各项运费、人工、防疫成本等，预计公司已经亏损400多万元。”

“我们都是期货工具的受益人。”阎军满怀感激地说。对于像阎军这样守着家乡热土辛勤创业的人来说，创业的路途充满艰辛，但也包含着自己对家乡的热爱与希冀。

不知不觉间，以前觉得有些高深莫测的期货，已经悄然融入农户与企业的生产经营过程中，带来了过去不曾有的守护与安心。对阎军如此，对于远在东北饶河的李广明、云南孟连的岩冷和他的同乡杨永树来说，同样如此。

不知不觉间，金瑞期货参与扶贫工作已经三年有余，金瑞人怀着服务实体经济的初心奔赴大江南北，从饶河到孟连，从秦安到修水，从景谷到白水，从太湖到桐柏……哪里有需要，哪里就有金瑞扶贫的身影。

涓涓细流，汇成大海。金瑞人在努力，只为用实际行动践行精准扶贫使命，为贫困县早日脱贫致富贡献期货力量；金瑞人在期待，待到国家脱贫攻坚战略取得全面胜利的那一天，一切付出，终不负韶华！

（撰稿：金瑞期货股份有限公司）

小苹果，大作为

——华龙期货利用苹果期货助力产业发展

苹果产业是甘肃省的重要产业，苹果期货是全球首个鲜果期货品种。苹果期货自2017年12月上市以来，华龙期货始终坚持期货服务实体的理念，积极推动苹果期货在甘肃省的普及，广泛开展苹果期货投资者教育活动，帮助甘肃省本地企业申请设立苹果期货交割库，辅导当地企业顺利完成首笔苹果期货交割，利用苹果“保险+期货”为当地果农提供价格托底服务。华龙期货以自身专业优势，从现代风险管理角度，致力于推动甘肃省苹果产业的转型升级与现代化发展，在服务甘肃省苹果产业方面取得了较为丰硕的成果。

苹果期货上市之初，为普及苹果期货知识，帮助苹果现货企业、合作社、果农、投资者等充分了解苹果期货规则，提升风险防范意识，华龙期货联合甘肃证券期货业协会、郑州商品交易所，多次在秦安县举办苹果期货投资者教育培训会，培训人数累计达到千余人次。培训主要讲解了苹果期货的基础知识，以及如何利用期货来规避苹果价格风险，并着重介绍了苹果“保险+期货”项目。华龙期货积极宣传苹果期货定

开展苹果期货知识培训

价工具的作用，引导果农规避市场风险，稳定果农收入，让苹果期货更好地服务于苹果企业的生产经营管理。

在苹果期货知识培训广泛开展的同时，公司多次组织调研人员前往甘肃天水、静宁等各苹果主产区开展调研工作，从规模优势、仓储优势、区位优势等多个方面充分论证申请设立苹果期货交割仓库的必要性与可行性后，积极向郑州商品交易所申请在甘肃省内设立苹果期货交割仓库，并且对省内数十家苹果龙头企业进行实地调研，根据产业分布、交通运输、仓储物流等条件，挑选出6家龙头企业开展交割库申报辅导工作，并向郑州商品交易所递交了相关企业的申报材料。通过多方不懈努力，6家企业中的秦安雪原果品有限公司于2018年9月28日成功获批设立苹果期货交割仓库。

苹果期货交割仓库在秦安雪原果品有限公司揭牌

苹果期货交割仓库落地秦安标志着天水苹果销售由传统现货交易转向期货金融市场交易，对推动秦安县苹果产业转型升级和脱贫攻坚有着重要意义。为了推进苹果产业的发展和交割仓库的后续工作，2018年11至12月份，华龙期货多次到秦安雪原果品有限公司走访调查，从苹果入库、分拣、包装、质检到资料填报等各环节入手积极辅导该企业苹果仓单注册业务，指导该企业进行仓单期转现操作。2019年1月25日，在华龙期货的辅导下，天水市秦安雪原果品公司苹果期货交割仓库完成了仓库的首笔苹果期货交割业务，同时这次分割也是天水市首笔苹果期货交割业务。此次交割，既让秦安雪原果品有限公司熟悉了交割流程，也标志着甘肃省苹果产业在利用现代金融工具管理经营风险的道路上迈出了重要的一步。

华龙期货始终坚持围绕服务实体经济发展这一根本宗旨，持续助力产业发展。近年来，华龙期货积极探索开展“保险+期货”业务，继2017年开展4 000吨玉米“保险+期货”业务后，2018年12月华龙期货联合太平洋保险甘肃分公司，以自有资金补贴保费的形式，在甘肃省秦安县开展了400吨苹果“保险+期货”业务，为天水市秦安县郭嘉镇邵咀村200户建档立卡贫困户种植的400吨苹果提供了保值服务。

此次苹果“保险+期货”业务期限为1个月，目标价格为12 967元/吨，共收取保费20万元。为鼓励开展此项业务，华龙期货提供专项资金补贴保费10万元。最终保险到期日时苹果期货价格下跌，最后保险公司赔付参保果农355元/吨，共计14.2万元。

秦安县苹果“保险+期货”理赔现场

秦安县是国家级贫困县，华龙期货在该县践行期货服务实体和期货扶贫的使命。此次“保险+期货”项目的参保农户全部是建档立卡贫困户，保费由华龙期货联合秦安县政府全额补贴，不仅发挥了期货服务实体的作用，也是期货扶贫的重要举措。华龙期货始终坚持服务实体经济与扶贫相结合，发挥专业优势，帮助实体企业管理生产经营过程中面临的价格风险，为实体经济提供更多、更好、更优质的服务，努力为国家的脱贫攻坚战略贡献力量。

（撰稿：华龙期货股份有限公司）

跑赢“最后一公里”，白水苹果分外香

——国元期货惠农助农故事

我是陕西白水县某商贸企业的负责人。

我们县属于国家级贫困县，以种植苹果为主要产业。俗话说，“种田种地都是靠天吃饭的事”，虽然白水县地处关中平原与陕北高原的过渡地带，是著名的“苹果之乡”，也被专家列为“世界最佳苹果优生区”，但也难逃天灾的打击。

2018年4月，正值苹果开花期，一场异常罕见的霜冻大灾难使白水县50%以上的苹果几近绝收。果农们本来怀揣着“今年是苹果大年，可以丰收丰产的憧憬”，却被眼前近似枯萎的花骨朵拉回了现实。我们企业年初就与下游客商签署了5月的交货协议，现在苹果产量这么少，物以稀为贵，到时候苹果市场价格上涨，那我们企业收购苹果的价格岂不会大幅提高？该怎么办呢？

初识期货和期权

这时，我突然想起来2017年年底白水县果业管理局和国元期货有限公司签署了一个苹果期货战略合作协议，准备要大力开发和扶持我们县的苹果产业，还联合举办了一个重点企业苹果期货培训会。会上，我听讲解的人说，现在有了苹果期货，可以用来对冲苹果的价格风险，而且我们还可以通过期权来规避价格波动的风险。那是我第一次听说期货和期权，但是我直觉这两个东西好像对我们企业会很有用处。我打算去细致地了解一下，看能不能解决我们企业现在面临的问题。

我联系到了国元期货，结合我们企业的现状提出了需求："等到5月，苹果价格上涨，到时候我们收购苹果不就太贵了？有没有什么办法能解决？"

国元期货的工作人员告诉我，可以通过买入一个场外看涨期权来对冲风险。

"场外看涨期权是啥？我以前都没做过，有没有什么风险？"

国元期货的工作人员详细地向我讲解了有关期权的基础知识，分析了场外看涨期权的特点。"哦，那就是我花了权利金，买了个保险，等价格上涨了，我就能收到一笔钱弥补我们企业的损失。"

听起来好像不错，很合理，我觉得可以尝试一下。

自从上次交流之后，我一直与国元期货工作人员保持着联系，他们指导我了解苹果期货实时盘面的价格及情况，帮我分析行情走势。最终结合现货市场的情况，我决定5月初买一个场外看涨期权。2018年5月10日，在苹果期货8 070元/吨的价格处，我买入一笔苹果场外看涨期权，并支付了权利金。我刚买入期权，苹果期货价格就快速上涨，毕竟第一次做，所以到了我的心理价位，我选择马上出场。最终国元期货赔付给我52.42万元！这完全足够弥补我们企业多付出的收购成本了！我第一次真实地感受到期货、期权的魅力。

积极参与“保险+期货+订单”项目

自从那次成功买入苹果场外看涨期权后，我一直想着场外期权是否可以帮助我们县受灾的果农们。因此，我联系了国元期货的工作人员，看是否有合适的项目和策略能够解决我们县果农今年遇到的问题。这时，恰逢郑州商品交易所推出苹果“保险+期货”项目来服务苹果主产区“产业脱贫”，其中涉及“保险+期货+订单”模式，需要有一个苹果贸易企业来收购果农的苹果，企业收购所面临的价格风险则会通过价格保险来保障，而保险公司可以运用场外期权来对冲保险的赔付风险。有了上一次场外看涨期权的成功经验之后，我对这个“保险+期货”项目的理解更加深入。在全面了解“保险+期货”项目的运作模式后，我立即向国元期货申请参与“保险+期货”项目，由我们企业来直接为果农们提供保底收购服务。

这个“保险+期货”项目主要由国元期货、保险公司共同参与，由我们企业与果农签订保底收购协议，并确定好苹果期货保值价格后向保险公司购买价格下跌保险，保险公司再向国元期货的子公司买一个看跌期权。如果后期苹果期货价格下跌，保险公司就会赔偿我们的差价损失。

值得一提的是，这个项目并不需要我们企业提供任何保费，整个项目保费是由国元期货、保险公司、郑商所一起支持的，合计得有100多万元呢！我们企业和果农算是“空手套白狼”，啥也不用出，果农可以以高于市场价的价格卖苹果，我们企业也可以规避保底收购面临的价格下跌风险，这可是天大的好事！

为了让果农们也深入理解这个项目，国元期货联合县政府专门开展了好几次培训会，国元期货的工作人员与果农面对面交流，非常耐心地解答各种疑问，对这个项目进行了详尽的说明。从当地政府积极探索各种扶贫工作模式及出台的相关政策开始谈起，到项目运行模式、过程等，帮助果农全面了解“保险+期货”项目带来的好处和实惠，让所有果农从“不了解”到“认可”，再到“接受”。果农们真正看到了“保险+期货”项目的利益，再加上政府的大力支持，果农们的心终于踏实下来，大家积极踊跃地申请参与这个项目。

众所周知，苹果在9月—11月为采收季，到时候将会有大量新果季苹果流入现货市场，市场供应增加，苹果价格可能会面临下行压力。因此，我们与国元期货、保险公司协商，准备在2018年9月—12月开展项目。2018年8月底，我们企业就与果户签订了保底收购协议，收购价比2017年高了0.5元/斤。参与果农涉及14个乡镇、38个村，一共有232户果农参与。其中，建档立卡贫困户100户，合计收购了3 000吨苹果。9月中旬我们企业向保险公司购买了价格下跌的保险，到期日在12月中旬。9月—12月，苹果价格如预期下跌，最终，我们企业收到了75.35万元的赔付，参与这个项目的果农也较2017年多收益了1 250元/吨！

参与“保险+期货+订单”项目的体悟

整体来说，这个项目从多个方面来维护和保障了企业和果农们的利益。保费由国元期货、保险公司、郑州商品交易所支持，提升了贫困户参与的积极性；对于果农来说，事先与企业签署保底收购协议，即使未来苹果市场价格下降，果农依然能够按照事先约定的价格售出苹果，直接解决了销路问题，使果农提前锁定了收益，让果农无后顾之忧；保险公司、期货公司对贸易企业实施价格保险，规避了价格下跌给企业保底收购带来的价格风险，有助于企业实现规模经济，增强了企业竞争力，从而提高了农业产业化水平。总结为一句话：“保险+期货”项目的实施开启了我们县产业升级和果农增收的新征程！

2018年12月19日，“保险+期货”项目理赔会在白水县隆重召开。陕西果业局、白水县人民政府、郑州商品交易所、保险公司、国元期货的领导们都出席理赔会，并进行了发言。同时，为我们企业交付了项目理赔款项，并以现金方式向232户果农发放赔付款。“保险+期货”项目切实做到了惠农助农，让我们企业和果农面对风险有了底气，也使白水苹果成了保障果农利益的“平安果”。

白水县苹果“保险+期货”理赔会

理赔会上，让我印象最深的一句话是国元期货董事长洪明发言中提到的：“保险+期货+订单”跨界合作打通了金融服务“三农”的“最后一公里”。

是啊！曾经的传统农业是“靠天吃饭”，与金融服务算是“八竿子打不着”，但是现在在国家的大力支持下，金融服务将围绕农业开展，直接拉近了传统农业与金融服务的距离，这对传统农业来说是多么大的利好消息。从此以后，农民手中也掌握了可以把控价格风险的工具，将会进一步推进产业的升级与发展，为产业脱贫提供巨大助力。

2020年2月27日，白水县顺利实现脱贫摘帽。我们感谢党中央，感谢政府，感谢交易所、保险公司和国元期货能够积极推进我们白水县脱贫事业的发展，为我们县苹果产业升级提供大力支持。今后，我们县、我们企业将积极结合期货、现货市场，学习运用各类风险管理工具，不断提升自身的抗风险能力，为传统农业的改革创新贡献自己的力量。

我们将继续向未来狂奔，奔向幸福的小康生活！

（撰稿：国元期货有限公司）

山路难阻扶贫情，胶农获益展笑颜

——海通期货助力胶农抵抗价格风险

云南省金平县，占地3 677平方公里，总人口37.28万人，是一个多民族的家园，共有9个少数民族，占当地总人口的87.6%，同时也是集“边疆、山区、多民族、原战区、贫困”五位一体的国家级贫困县。金平县经济发展主要依赖传统农业生产，发展了橡胶、白糖、商品林等种植业。由于当地99.72%的地区为山地，生产条件较差，帮助当地胶农提高生产收入的稳定性有重要的意义。

实地调研

经过实地调研，海通期货了解到割胶生产体力劳动繁重，雇工割胶人力成本高，而近年橡胶价格持续走低，种植者收支不平衡，无法保障利润。割胶技术和管理水平总体较低，且由于长期以来受到计划经济的影响，橡胶产业习惯于国家扶持和保护，对于市场经济缺乏抵抗风险的能力和相应实践的探索，甚至只能用停止割胶的方式来止损，所以金平县的橡胶产业陷入较为艰难的境地。

在了解到云南省金平县橡胶种植户的困难之后，海通期货第一时间成立项目团队，主动联系当地政府，希望以开展橡胶“保险+期货”的方式，为当地胶农提供收入保障，支持当地橡胶种植业发展，为推动脱贫攻坚贡献力量。

2019年2月，项目团队开始着手对橡胶基本面行情及国内种植情况进行分析。为做好扶贫方案设计，项目团队前后数次拜访金平县政府、当地橡胶农场及农户。通过与当地政府、胶农的沟通以及对橡胶林的实地考察，充分了解当地橡胶的生产、销售情况，也对胶农在生产过程中的需求与顾虑有了更具体的了解。根据调研，当地割胶旺季一般为4月、9月、10月、11月，一般情况下亩产量为100公斤。若全部开割，当地橡胶产量在4万吨左右。随行就市，是当地胶农生产、出售橡胶的主要模式。对于橡胶公司而言，收购的橡胶会在期货市场上做一定量的套期保值，而胶农则被完全暴露在价格风险之下。

当地胶农表示，对于种植的顾虑主要有两点：一是橡胶价格持续低迷，价格不断下跌导致割胶收入减少，部分胶农已经在橡胶林下种植其他作物以弥补收入上的不足；二则是橡胶价格波动较大，时常在胶农割胶出售后出现短期的上涨行情，胶农无法享受胶价上涨的收益，严重影响割胶积极性。有数据表明，2018年金平县种植橡胶共44.33万亩，但开割面积仅为13.12万亩，开割率仅为29.6%。

完成初步调研后，海通期货团队联合金平县政府、当地中国人保相关团队积极联系橡胶种植户，最终联系到1 939户建档立卡的贫困户胶农。经协商，海通期货与人保财险结合当地情况共同拟订了扶贫项目的保险方案与期权方案，最终决定分两期对橡胶价格进行保险，保险种类为天然橡胶价格保险，每期保险数量为2 000吨，时间总计4个月，以上期所上市的RU2001期货合约价格作为赔付金额计算依据，保险费用由海通资源全部承担，两期保险涉及的橡胶产品名义本金共4 693万元，保险费率为3.84%。为更好地帮助胶农规避价格波动带来的风险，海通期货团队设计了优化型亚式看跌期权、“行权价就高不就低”的美亚式看跌期权、结算价周期可调的美式看跌期权三种方案作为备选，最终两期皆选择了优化型亚式看跌期权进行套保。按照每日结算价的算术平均值确认最终结算价，约定最大赔付不超过2 000元/吨。场外期权的定价由海通资源根据合约的历史波动率进行计算，最终的期权权利金为名义本金的3.46%。

设计最优方案

在设计完保险产品与场外期权产品后，公司第一时间拟订并递交了申请计划书，完成了备案。随后海通期货与人保财险、海通资源签订了合作协议，确定了实施的细节。7月15日，项目的第一期保险与场外期权生效，为期46天，承做数量2 000吨，获得赔付117 140元；9月6日，项目第二期进场，为期70天，承做数量2 000吨，获得赔付263 780元；项目总计获得赔付380 920元。

本次项目的开展为当地政府扶持农业发展、实施农业补贴提供了新的操作方式，相比之前高价收购、直接补贴的方式提高了资金的针对性与使用效率，推动了农业补贴的市场化，响应了国家金融扶贫的政策号召。

总结项目经验

在项目开展过程中，海通期货团队结合以往的经验，在顺利完成的基础上加以创新，力求将最好的扶贫效果带给当地胶农。在保险条款的设计上，保险赔付与场外期权具有相同的赔付效果，农户承担的价格风险完全转移到了期货市场。在设计期权方案时，海通期货团队针对橡胶价格处于低位、高位以及正常价位等不同情景，结合历史波动规律，创新设计出“行权价格就高不就低的美亚式看跌期权”与“结算价周期可调的美式看跌期权”作为备选方案，优中选优，最大限度地发挥保费效能，提高胶农保险权益。

海通期货团队在项目开展前后都提供了扶贫项目讲解与金融知识培训，以提高当地政府与种植户的风险管理意识。在项目的实施期间，海通团队与保险公司保持着密切沟通，探讨对于期货盘面走势的看法，最终确定入场与出场时间，充分发挥场外期权非线性损益的套保优势。同时，积累使用场外期权的实操经验，也让保险公司的操作人员在以后实施此类扶贫项目时更加得心应手。

在上海期货交易所与金平县政府的支持下，海通的团队在过去4年的扶贫实施经验上更上一层楼，在金融扶贫的道路上继续探索，力求在帮助国家贫困人口脱贫攻坚的同时，推动我国农业支持体系的发展，为国家打赢、打好2020年全面脱贫攻坚战贡献自己的力量。

（撰稿：海通期货股份有限公司）

农险照亮扶贫路，期货化作灯中芯

——永安期货书写扶贫答卷

2016年初，我大学一毕业就进入期货行业，第一次接触了“保险+期货”项目，永安期货带着我们共同书写了这份“写给脱贫攻坚的期货答卷”。

期货作为一种衍生品，具有价格发现和风险管理的基本功能，以及对冲、管理价格风险的基本属性，近年期货工具在服务“三农”领域的作用和重要性逐步显现。随着国家农业领域市场化改革的不断深入，2014年开始国家相继取消了大豆、棉花和玉米的临储政策，实行“市场定价、价补分离”的新机制，有效缓解了临储政策带来的市场扭曲效应和价格偏离。但是取消临储政策的同时也意味着农民的收入无法保障。在这个背景下，2015年“保险+期货”模式初步形成，通过期货市场价格风险管理功能，借助保险这种通俗易普及的方式，有效保障了农户的种植收入。

启动玉米“期货价格+基差”收购

2017年，作为一名期货新手的我，开始有机会参与到“保险+期货”业务。

在大商所的支持下，我们找到了农业龙头企业吉林云天化，在这家种肥药粮为一体的现代化农业企业的支持下，我们开始共同尝试开展“保险+期货+订单农业”试点。而订单农业的加入，主要是想通过基差收购的方式，克服困扰农户和收粮企业多年的“一口价”收购的弊端。“一口价”收购虽然省时省力，但收购后如果农产品价格上涨，农户却无法享受上涨收益，收购企业在收购的同时，也被动地承担了价格风险，可谓是双双“受伤”。

商议方案

通过基差收购，按照玉米“期货价格+基差”确定收购价格，合作社再和云天化签订玉米基差收购合同，在有效期内合作社可以随时按照玉米“期货价格+基差”点价确定销售价格。如果点价低于玉米入库时实际现货价格，云天化将按现货价格收购，使合作社农户规避了基差扩大降低收入的风险，也可以在基差走弱时，获得额外基差销售利润。

万事俱备，只欠东风，农户接受这种模式才是项目的关键。为此，我们联合保险公司和云天化，开始对合作社开展培训，主要是让农民意识到这种模式的好处，好在最终得到了合作社上下的大力支持，我们心里的一块大石头也落了地。下一步，我们以玉米C1801期货合约为标的，设计了熊市看跌期权垂直价差策略保险，时间为2017年6月29日至2017年10月9日。合作社农户购买上述价格险后，将风险转移给保险公司，保险到期，如果保险事故发生，保险公司赔付农户玉米价格下跌的损失。保险公司再通过永安期货购买场外看跌期权产品组合，分散其巨额赔付风险，将风险转移至期货市场。基差收购环节约定基差为−200元/吨，并和农户约定在10月31日前完成点价。收割后，合作社的玉米从产地直运到吉林云天化粮库，对比当时的玉米市场价格、基差点价价格、订单合同约定的保底价格，农户按照吉林云天化市场收购价格1 540元/吨销售玉米，实现订单销售金额3 380万元。吉林云天化通过在期货市场进行套期保值操作，锁定基差风险，实现玉米价格保险和玉米销售的无缝对接。参与项目的农户，在保险端也获得了120.20万元的理赔。

项目结束后，农户代表冯俊还为我们算了一笔账。

“2017年农场的土地流转费用是7 000元/垧，加上种子、化肥、人工等种植费用成本约12 000元/垧，平均每垧产量十二三吨。签订农业订单后，种地成本大幅下降。原来卖粮时，从收粮到脱粒、烘干，要经过好几道环节，现在直接卖给吉林云天化，仅卖粮环节每吨玉米就节约了64元。此外，过去每垧地需要用1吨化肥，现在用吉林云天化提供的科技肥只要1 700斤，不仅保护了耕地，增加了产量，而且云天化按照出厂价结算种子、化肥成本，相比于市场采购也节省了不少费用。”

农户不仅顺利出售了粮食，还收到了期货价格保险的补偿款6 000余元，很多农户甚至开始准备扩大土地种植规模了。

因为上述项目取得了良好效果，所以项目被列入“吉林省农村金融改革创新试点项目”，还获得了国家财政资金支持和吉林省金融创新发展专项奖励。

开创“保险+期货+订单+融资担保”项目

有了前面的项目经验，我们创新和探索的信心更足了。2018年下半年，公司项目组在辽宁证监局的带领下，来到了东北调研，再次体验了“上山下乡”的地头生活。

永安玉米场外期权项目理赔仪式暨期货精准扶贫座谈会

首站来到了朝阳市杨树岭乡。作为省级贫困地区，朝阳市是全省脱贫攻坚的主战场。杨树岭乡地处朝阳市建平县中部，玉米种植面积2.8万亩，年玉米产量1.1万吨，全乡建档立卡贫困户526户1 323人，玉米种植已成为绝大部分贫困农户主要的收入来源。我们和乡书记交流了解到，杨树岭乡由于盐碱地较多，加之自然灾害频发，玉米产量不高，玉米价格波动也较大，稳定贫困户种植收入成为当地面临的难题。乡书记说：“很多人干脆不种了，种也赚不了多少钱。”这句话对我们的触动很深。

“既然来扶贫了，何不发挥一下我们的专长，做个玉米场外期权！”大家一拍即合，立刻回公司写方案向公司申请。

申请得到了公司的大力支持！公司党委决定捐赠100万元，帮扶杨树岭乡开展玉米价格保险。在辽宁证监局的大力支持下，在与合作社充分交流并培训宣讲的情况下，得到了种植农户的广泛认可。考虑到合作社对期权有了一定的认识，我们决定此次不借助保险渠道，直接利用场外期权为合作社管理2018年种植的玉米价格风险。

为了提高项目覆盖面，通过对玉米行情的研判，我们设计了玉米看跌价差期权策略，进一步降低了单位期权费，最终项目覆盖了杨树岭乡贫困户种植的10 000吨玉米。通过场外期权，将贫困户面临的价格风险转移到我们公司，我们的专业交易团队再通过期货市场复制场外期权进行对冲，将风险转移至期货市场，项目结束后，直接将价格下跌损失理赔款支付给合作社。2018年10月18日，期权到期，结算后参与项目的贫困农户户均获得赔付5 400元，赔付率超过100%。年底，根据辽宁省相关标准，2018年参与项目的贫困农户已全部实现脱贫！

大连普兰店区玉米“保险+期货”扶贫项目理赔仪式

产量价格双保障

同年，价格保险如火如荼开展的同时，另一种引人注目的创新模式——产量价格双保障模式，也被推出，成为我国农业保险领域的有力补充。

普兰店区归属大连市，是全国禽畜主产区之一，近七成的农作物种植以玉米为主，农业生产主体仍以家庭经营为主，零星分散，不成规模。因为特殊的气候和地貌特征，导致该地区灾害频发，玉米亩产低，急需一种基于产量和价格的双重保障。深入调研后，我们和大连市农委、交易所和保监局层层沟通，走访了解了合作社和种植户近几年玉米种植和销售情况，最终联合中华财险在普兰店区推出了玉米收入保险，其中产量风险由保险公司承担，价格风险由我们借助场外期权对冲，把产量和价格保障都落实在了一张保单上。

用农户朋友的话说，就是“天灾也不怕，价低也不怕，两个都有更不怕”。

在多方共同努力下，2018年6月，保单正式出具，上面明确了每亩不低于722元的收入保障，这对于普兰店区农户来讲已经不低了。

2018年大连玉米种植区受灾情况十分严重，先后遭遇高温、涝灾、风灾和虫害，全市减产50%，普兰店部分地区绝收。本着“巨灾面前以农民利益为重”的理念，项目最终赔付农民919.72万元，赔付率高达408%，也创造了大商所推行“保险+期货”试点以来的最高赔付率，扶贫效果十分显著。

这个项目获得了交易所结项第一名，我们的创新模式也得到了认可，禁受住了考验，也提振了我们的信心，给我们带来了满满的成就感。

如今，我们已经在这条扶贫道路上走了5年，用50余个项目探索出了一条属于永安期货自己的可复制、可推广的扶贫之路，而每个项目也像一盏盏明灯，照亮了扶贫路。

（撰稿：永安期货股份有限公司　赵万隆）

集多方力量，护白糖产业

——东证期货一直在路上

中国是白糖消费大国，也是生产大国，白糖的产量位居世界前列。我国的白糖产区主要集中于广西和云南，两地的糖料蔗产量占全国的95%以上。云南省甘蔗种植面积、产量和产糖量均居全国第二，仅次于广西，是我国种植甘蔗和白糖生产的优势区域。

白糖产业为云南省经济发展特别是偏远地区脱贫致富做出了重要贡献。云南省普洱市孟连县与景谷县是糖料蔗的主产区之一，这两个县曾是我国国家级贫困县，于2019年4月刚刚退出贫困县序列。

2019年在郑商所的支持下，东证期货在两县参与了白糖“保险+期货”县域全覆盖项目，涉及白糖30 000吨，覆盖蔗料耕地61 536亩，最终实现赔付423.68万元，赔付率达106%，让蔗糖种植农户真切感受到了种植甘蔗的甜头。

守护边境线上的“甜蜜”民生

孟连县地处祖国西南边陲，是云南省普洱市下辖的自治县，景谷县紧邻孟连县，同属云南省普洱市下辖的自治县。蔗糖产业是孟连县、景谷县两地的传统优势产业，在当地国民经济中占有举足轻重的地位，种糖制糖是当地老百姓重要的收入来源。两县涉糖农户为数众多，白糖产业的健康发展是两地老百姓在脱贫致富道路上的重要保障。

2019年5月，东证期货同大地期货、金瑞期货，联合太保产险、安信农保正式成立“保险+期货”县域全覆盖项目专项小组，深入项目地开展实地调研，对两县实际种植面积与产量数据进行采集。综合考虑孟连县、景谷县农业农村和科学技术局提供的关于当地糖料蔗种植的面积、亩产历史数据和最新数据，项目组最终确定此次参保糖料蔗总面积为194 865.01亩，折合白糖95 000吨。

在广西、云南这两大糖料蔗主产区，两地政府为扶持白糖产业每年会公布下一榨季甘蔗收购统一指导价，并加上良种加价和联动系数作为补充。在榨季结束后，政府会公布二次结算价格。近十年中，由政府制定的甘蔗收购指导价逐年提高，自2012/2013榨季之后基本维持在420~430元/吨的水平。相比之下，郑糖期货价格自2016年底开始单边下跌，直至2019年初糖价才开始回暖，但绝大多数糖厂仍旧处于生产成本线之下，糖厂亏本销售，资金周转困难，难以顺利兑付农民蔗款，拖欠甘蔗款现象较严重。由此，政府甘蔗收购指导价难以起到保底作用，势必严重挫伤蔗农生产积极性，进而对产业长远发展产生不利影响。反之，当糖价上涨时，糖厂可以按收购价支付甘蔗款，但蔗农仍然无法分享白糖价格上涨带来的利益。即使部分地区确实仍在实行联动系数，但因为联动系数对应的白糖价格较高，实际销售价格远未到该价格，所以效果甚微。

经过长达两个月的项目准备期，项目组成员与当地蔗农、糖厂以及政府多次深入沟通后认为，国内食糖在2019年的销售形势整体偏乐观，且东南亚降水量少，可能导致印度、泰国食糖减产，进而外糖进口量可能萎缩，后市糖价易涨难跌。在充分结合当地白糖产业特点的基础上，经多方会商，共同设计了以看涨期权为主体结构的项目方案，使蔗农在收购指导价保护之外，有机会分享白糖价格可能上涨带来的收益补偿。

横向推广试点范围，纵向强化试点效果

自2017年开始，孟连县曾多次作为试点区域开展期货交易所的“保险+

期货”项目，在取得良好赔付效果的同时，农户也加深了对“保险+期货”这一模式的理解和认同，当地基层政府也积累了一定的项目操作经验。因此，项目组在原有基础上进一步扩大了承做规模和覆盖区域，承保了孟连县种植的所有糖料蔗。看到孟连县在“保险+期货”领域的成功经验，景谷县政府也积极参与到项目中来，因而此次项目也覆盖了景谷县所有的糖料蔗，此次项目惠及两地蔗农约6.5万人。

2019年云南省普洱市孟连县、景谷县白糖“保险+期货”试点项目签约仪式

孟连县和景谷县政府针对项目加大了扶持力度，通过“沪滇帮扶”资金出资200万元以支持项目的后续开展。此外，两县农户参与的积极性也较高，自缴部分保费参与项目，每吨白糖自缴保费7元，共计66.5万元。

项目正式保险期间设定为2019年11月8日至2019年2月20日，保障期长达105天，按照场外期权端实际情况载明两批入场白糖的不同保险价格5 485元/吨、5 512元/吨，项目总保费为12 665 000元。孟连县、景谷县糖料蔗榨季多开始于每年10月、11月持续至第二年春节前，随着糖料蔗开榨周期的到来，白糖市场震荡也趋于加剧，所以项目组在期权端设计了美亚式增强结构：亚式均价架构降低极端行情的风险；美式结构灵活行权便于抓住上涨行情锁定高额赔付。此外，设置的增强保护价格可提高结算均价，保障了一定的赔付效果。

2020年2月末，项目步入结项期，此次总计实现赔付金额13 417 819.77元，其中，孟连县合计赔款8 448 600元，户均赔付1 122.59元，每亩获赔82.38元；景谷县合计赔款4 969 219.77元，户均赔付710.29元，每亩获赔53.84元，切实保障了当地农户的基本种植收益。理想的赔付效果达到了较好的宣传作用。

两县蔗农在实际参与后，深刻体会到自身利益得到了保护，对“保险+期货”的认可程度大大提高。以孟连县蔗农扎师为例，其种植的10.64亩糖料蔗全部参与了项目。根据当地实际情况，糖料蔗每亩的种植成本约为650元（化肥成本约为200元/亩），因此扎师种植成本约为6 916元。每亩地一年的产量为4.68吨，糖厂收购糖料蔗提出的采购价约为435元/吨，故扎师种植糖料蔗的收入约为21 660.91元。综合以上因素，扎师2019年种植糖料蔗的利润为每亩1 385.80元，总计14 744.91元。扎师自缴了42.76元的保费，最终项目产生了82.38元/亩的赔付，共获得赔付金额876.52元，即蔗农扎师用利润的0.29%购买价格保险获得了接近种植利润6%的回报，更好地保障了自身的劳动果实。

科技金融推进“保险+期货”扶贫新模式

太保产险联合中国农科院打造了数字农险移动运营体系——“太保e农险”。新技术的应用以实现农险承保服务“精确承保、保真保准”、理赔服务“精准快速、有图有址有真相”为目标，并在项目中的客户端随时为投保农户提供灾情预警和气象服务，协助农户及时开展灾害预防，科学采取减灾减损措施，从提供单纯保险服务向全面风险管理服务转变，提高承保、理赔流程运作效率和规范化水平。

“保险+期货”模式的诞生并非来自顶层设计，而是由实体客户根据自身要求提出，由期货公司、交易所、保险公司多方协调摸索出来的创新业务，并在后期的试点探索中充分挖掘出其精准扶贫、产业扶贫的功能。这样的经验一方面彰显了金融服务实体经济的本质和职责，另一方面也反映了，当实体客户、基层干部对金融体系有一定了解后，可以借助金融机构、金融从业人员的专业能力来为我所用的主观能动性。

三年来，东证期货已在云南景谷、富宁、孟连、澜沧等地开展了白糖“保险+期货”的扶贫项目，共实现赔付600万余元，受益农户达6 000余户，且大多为建档立卡的贫困户。接下来，东证期货将持续用力、接续发力，积极落实产业扶贫、精准扶贫的战略实施，为打赢脱贫攻坚战贡献更多的力量。

（撰稿：上海东证期货有限公司）

送来“及时雨”，铺平脱贫路
——国泰君安期货海南扶贫侧记

机缘巧合胶农“牵手”期货

已过了不惑之年的老罗（化名），是海南琼中黎母山镇一家橡胶种植合作社的负责人。2017年2月，面对橡胶价格连续下滑，老罗内心越来越着急。

黎母山镇是一个小县城，能做的产业不多，多年来，割胶收入是合作社农户经济收入的主要部分。胶农割胶时间都在凌晨4点到8点，十分辛苦，但橡胶价格连年下降，胶农收入不增反降，严重挫伤了胶农的生产积极性，年轻人都选择了外出打工，一些干了几十年的老胶农都放弃了割胶，合作社的胶园一度被大面积“弃割”。

虽然2016年橡胶价格有了些许起色，但还是昙花一现，到了2017年2月底，天然橡胶价格比年初几近“腰斩”，割胶的收入已经难以维持生计，对于要不要继续留在家里帮忙维护胶园、割胶，很多人又犹豫了。2月中下旬，老罗发现一些农户已经开始打包行李，准备离开镇上。

进入3月后，天然橡胶价格并没有抬头的意思，想起前几年胶价暴跌时的难熬经历，对于要不要继续守着这胶园，老罗也动摇了。连续几个晚上，老罗都睡不着，他和亲戚打电话一吐心中的烦闷。聊天中，一个亲戚提到他的孩子说期货行业要做橡胶的扶贫工作。这意外的消息，让老罗有了柳暗花明的惊喜，赶紧继续打听。这真是机缘巧合，老罗所代表的合作社和正在准备“保险+期货”项目的国泰君安期货联系上了。

实际上，早在2016年“保险+期货”试点首次被写入中央一号文件，文件明确指出，要稳步扩大“保险+期货”试点工作。2017年3月，国泰君安期货接到上海期货交易所推出2017年天然橡胶“保险+期货”精准扶贫试点项目的有关通知后，其全资子公司国泰君安风险管理公司场外团队就开始研究“保险+期货”项目方案，初步拟订将项目帮扶点设在橡胶主要种植区域海南和云南。老罗的咨询为该项目的落地起到了催化剂的作用。为了更早更多地了解当地情况，专项小组决定到项目开展地进行实地可行性调研。当然，老罗负责的合作社就是专项小组的拜访目的地之一。

先头军好事多磨

3月的黎母山镇温度很高，空气又潮又热。第一次来到这里的专项小组刚从车上下来没走几步就已经满身是汗了。简单地寒暄之后，老罗迫不及待地向专项小组介绍了合作社成员收入受胶价影响变化的情况，专项小组也向老罗讲解了“保险+期货”项目背景和基本原理。

交流中，虽然专项小组讲得很细，但对于项目老罗还是有很多地方都没有听懂，只是觉得有点开心，又有点忐忑。开心是因为如果这个项目能落地，橡胶价格跌了保险公司就会给大家补偿，价格涨了还退一部分保险费，并且现在这份保险也不需要大家掏钱。忐忑是因为，这个保险到底是怎么回事，具体又是怎么个赔付法，他都没听太懂。

同时，专项小组的项目设计人也有点不放心，因为虽然深谙项目模式背后的原理，但是项目具体怎么落地，当时他们心里也没有底。国泰君安风险管理公司衍生品团队自组建以来，对“保险+期货”模式进行了研究探讨，但“保险+期货”项目确是第一次上手开展。按照交易所通知的规定，要做成县域扶贫项目，扩大项目惠及范围，还要有当地政府的参与和支持。

项目小组成员赴黎母山镇调研

当时，国内推出“保险+期货”模式进行扶贫，还是一个新生事物。这次国泰君安期货的专项小组又是头一批到达琼中的项目团队。当地对期货了解有限，从沟通交流到取得共识，必然还需要一个过程。

疑虑归疑虑，但是，老罗还是积极配合专项小组，先后走访了农业局、金融办等政府部门。专项小组对不同政府部门提出的各种疑问都积极解答，还把当时国家下发的文件、交易所的通知等资料进行了整理、打印，给参与交流的政府人员参阅。当地政府工作人员对“保险+期货”模式可以扶贫，尤其是对于相关产品还免费提供这一点，不少人都持怀疑态度：这不是天上掉馅饼的事吗？所以专项小组跑了一大圈，解释得口干舌燥，却没有一个部门能做出决定。面对这些部门对期货市场的不信任，专项小组成员开始有点沮丧。就在这时，琼中县委副书记张长丰的到来，打破了这个僵局。

琼中县政策研究室主任杨文是个“80后”小伙儿，知道了最近几天有个期货公司想来琼中做“保险+期货”项目后，上网做了些功课，还仔细核查了专项小组给的资料，然后认真地向张长丰副书记汇报了这件事。张长丰副书记很重视，想听一听这到底是怎么一回事，就主动要求和专项小组成员见一见，更细致地了解一下情况。

这次与政府工作人员的会面比之前的都要正式，因此专项小组也抱了很大希望。但会面结束之后，县委希望期货公司对项目效益提供更多的论证，然后再做决定。一周过去了，专项小组要回上海的时候，琼中县委依然没有给出确切的答复。

老罗喜订“旱涝保收”合作书

这次联系后，专项小组被琼中“晾了”两周多。这段时间专项小组陆陆续续地给琼中政府部门提供了更多资料，老罗也时不时和专项小组成员打个电话问问进展情况。其实专项小组和老罗一样，心里有点焦急。

其实，这两周的时间里，多家期货公司与海南省各地市政府部门进行了接触，也让政府相关部门在一次次沟通中对项目模式的理解逐步深入，加速了他们对期货行业和相关项目态度的改观。

4月初，专项小组终于收到了琼中县政府发来的意向通知。

清明节假期还没有过完，准备充分的专项小组再次风风火火地赶往琼中。抵达后的头两天，专项小组要开展的“保险+期货”项目就在与中国证监会海南监管局会面中获得肯定，专项小组还与人保财险海南分公司签订了项目合作意向书。打听到日日都有新进展，老罗心情一天比一天好。专项小组再次回到琼中县的第四天，琼中县政府与国泰君安期货谈妥了扶贫项目合作意向。下午，老罗拿到了合作社与国泰君安期货签订的合作意向书，喜笑颜开。老罗和专项小组心头悬着的石头，终于都落了地。

这次挥别的时候，老罗和专项小组的成员都很高兴。老罗高兴是因为终于“捡”到了旱涝保收的保险。专项小组高兴是因为这次与当地证监会监管局、政府、农民合作社等一系列机构团体的交流，获得了大量“新鲜”的一手信息，这些都能帮助他们在设计项目方案时更好地保障胶农收入，使方案达到助力当地脱贫致富的效果。同时，这次交流也为下一步具体合作打下了良好的基础。

一回到上海，专项小组就开始和保险公司商量确定保险方案。老罗听政府部门的人说，传到他手里的保险方案前后修订了4版。但是他不知道的是，这4版方案背后，专项小组和保险公司一起做出了多大的努力。最终的保险方案里，保险期限分为两期，通过两次结算、三档赔付，最大限度地保障了胶农利益。

从签订协议到当年8月底第一期赔付，天然橡胶价格一路暴跌，相比年初，价格已经跌去超过三分之一，但老罗对此已经不那么上心了，他的“不上心”很有底气。

项目开始后，专项小组就忙活起来，把期货公司研究院的同事也拉了进来，一起讨论，反复斟酌，最后才敲定入场点。提起当时的情况，专项小组负责人记忆犹新，专项小组的产品设计团队特别设了专人值班，每晚都盯盘，生怕错过一个高点。

“毕竟每多出一分，参与项目的农户就能获得多一分的好。过程中，感觉简直比用了自己的资金交易还紧张。”专项小组负责人不禁感叹。

琼中橡胶的“保险+期货”项目第一笔赔付时，专项小组再次赶赴海南，琼中县政府对期货的怀疑早就烟消云散了，座谈会氛围也不再像当初那样客气和拘谨。老罗和合作社的农户甚至还带了琼州特产绿橙表达谢意，非要专项小组带回去给其他同事都尝尝不可。

期货扶贫筑牢脱贫致富“稳定器”

2018年初，海南琼中县政府联合国泰君安期货在琼中县委政府大楼6楼会议室举办了2017年天胶“保险+期货”第二阶段的赔付仪式暨2018年天胶“保险+期货”扶贫项目座谈会。大家都听说了老罗他们合作社买了个橡胶价格保险，市价跌了，保险还能给补回来。所以各个合作社都想抢到一个参会资格，会议室里人坐得满满的。大家都希望多了解了解情况，成为“新一年的老罗”。

天然橡胶“保险+期货”扶贫项目座谈会

从此，国泰君安期货的“保险+期货”项目成了琼中县每年的“固定活动”。

2018年，国泰君安期货作为琼中县独家承接橡胶“保险+期货”项目的期货公司，在前一年的基础上进一步扩大项目规模，覆盖了约4万亩胶林，营根镇、黎母山镇、和平镇等辖区内共计2 852户农户参保，其中1 211户为建档立卡贫困户。当年，保险覆盖合计5 000吨橡胶，赔付金额总计346万元，为精准扶贫再立新功。

也是这一年，海南琼中在“保险+期货”的助力下，成功脱贫摘帽，成为国泰君安期货决战决胜脱贫攻坚的新起点。

2019年，国泰君安期货橡胶扶贫项目再次顺利结项并实现良好赔付，琼中“保险+期货”项目实现赔付约252.5万元，赔付率达93.5%。琼中县政府也在前几年项目的基础上，开始主动在全县铺开橡胶的商业性保险工作，力争实现全县胶农“户户知晓”，提高全县橡胶保险覆盖率和保障水平，推动当地农业保险现代化发展进程。

琼中县2019年天然橡胶“保险+期货”理赔仪式

国泰君安期货助力琼中地区实现脱贫不返贫，只是其以专业能力进行产业帮扶、助力地方脱贫的一个缩影。截至2019年，国泰君安期货“保险+期货”模式下的扶贫项目品种包括天然橡胶、玉米、大豆、鸡蛋、苹果、棉花、豆粕、白糖、红枣、鸡蛋等，项目从南到北，南到海南，北到黑龙江，在全国多个地区均有落地。2017年至2019年保险金额分别达到5 206.6万元、24 497.4万元和61 777.3万元，有力地稳定了项目地区贫困主体收益。

（撰稿：国泰君安期货有限公司）

浇灌产业经济之花，助力凉山脱贫摘帽

——华西期货开展“造血式”扶贫

走进苹果基地盐源县，开展凉山州第一单场外期权

凉山州位于四川省西南部，是全国贫困程度最深、脱贫难度最大的地区之一。凉山州有11个国家级贫困县，1 118个贫困村，其中贫困发生率超50%的深贫村396个，有贫困人口49万人，分别占全省贫困人口的28.7%和深贫地区的78.9%。

盐源县位于凉山州西部，是西南地区最大的苹果生产基地，拥有生产高山无公害苹果的最佳生态环境。盐源苹果被四川省政府认定为重点帮扶的“四川扶贫”集体商标产品，曾荣获农业部“优质农产品奖”和“中国国际农业博览会银奖”等殊荣30余项，是西博会“最受消费者喜爱”果品。盐源县作为国家级贫困县，多年来苹果产业一直在积极寻求突破与发展，当地充分利用优越的气候环境条件以及富足的土地资源优势，大力扶持农户种植以苹果为代表的特色经果林，2017年已实现产值15.36亿元。苹果产业已成为带动该地区群众致富、支撑贫困群众脱贫的重要基础产业，但该产业也存在规划布局不合理、机制不灵活、产业投入和产出效率不高、生产能力偏低诸多问题。

为帮助农户走出困境，响应中央金融扶贫的号召，2018年5月，在四川证监局、凉山州州政府相关领导的帮助和引导下，华西期货派出调研班子，

深入盐源县田间地头走访调研苹果种植、加工、销售各环节的生产经营情况，收集贫困县果农信息，获取了大量高山苹果的一手资料。通过对当地某苹果种植合作社的详细了解，华西期货了解到该合作社由116户果农组成，其中建档立卡的贫困户10户，合作社苹果年产量9 000吨，但由于品质不一、销路不畅等原因导致苹果销售困难，果农收入惨淡。

实地调研

为向贫困地区的种植户推广利用金融衍生品进行风险管理的手段，华西期货多次联合盐源县政府、农牧局、财政局、扶贫办等部门，对果农进行期货、期权知识培训，普及套期保值专业知识，引导果农转变思路，合理利用期货防范价格风险，为服务当地苹果产业发展奠定了良好的基础。

成功将场外期权引入凉山州

2018年8月16日，盐源县农牧局、盐源县某苹果专业合作社、华西期货签订了三方合作协议，由华西期货向合作社提供金融扶贫、产业扶贫资金2

万元。盐源县农牧局为扶贫资金的使用和管理提供监督、引导，有效地保证了项目顺利开展。在华西期货专业知识培训和技术指导下，合作社将此次扶贫资金用于向华西期货风险管理子公司华期创一购买苹果场外期权。

第一单场外期权承保的苹果数量为20吨，为期2个月，华期创一在期权设计上进行了创新，确保农户获得赔款的概率高达90%以上。到期后，苹果现货价格在存续期内持续下跌，华西期货风险管理子公司向该合作社赔付共计2.5万余元，在苹果上市之际切实保障了种植户的收入，提前锁定了苹果销售价格，抵御价格下跌的风险，提升了种植户的综合效益。

华西期货金融扶贫凉山州首个苹果场外期权项目签约仪式

此次项目华西期货投入的不仅仅是2万元扶贫资金，而是成功引导地处西南偏远贫困地区的果农尝试了苹果场外期权进行风险管理。通过金融工具的引入，引导种植户向高质量苹果标准看齐，逐步形成标准化规模种植，扩大苹果销售规模和范围，实现农户增收致富的目的，改变传统产销理念，促进产业转型升级。

凉山州第一单苹果场外期权是因地制宜的“造血式扶贫”，将政府力量、农村资源、金融产品有效地整合在一起，利用金融企业的先进技术和创新产品服务于实体经济，助力脱贫攻坚，在当地形成了良好的示范效应。

承前启后，凉山州第一单“保险+期货”项目落地

盐源县的苹果品种为红富士苹果，是郑州商品交易所指定交割的现货品种，期现货相关性高。当地苹果最早在6月上旬成熟，最晚在10月成熟，主要采收期为8月至9月，郑商所主力合约和次主力合约分别为当年10月和次年1月，活跃期足够覆盖苹果的采收季节，适宜开展苹果“保险+期货”。随着“保险+期货”试点的推广，苹果目标价格保险受到了各级政府的重视，凉山州政府专门牵头协调华西期货及其风险管理子公司、保险公司共同探讨，为苹果“保险+期货”项目在凉山州盐源县落地提供了政府支持基础。

2019年1月，华西期货携手凉山州太平洋保险公司在凉山州地区顺利开展苹果“保险+期货”项目相关工作。经华西期货和凉山州太平洋保险公司共同研究开发，依据凉山州盐源县苹果种植周期、价格历史波动、销售特点等因素，以期货市场的合约价格为理赔依据，设计出凉山州第一款苹果价格保险。保险产品挂钩的是郑商所1905合约，针对当前期货行情价格高于农户期望承保价格的情况，华西期货以农户期望承保的价格设计了平值场外期权。华西期货继续向盐源县某苹果专业合作社提供金融扶贫、产业扶贫资金3万元，支持合作社参与苹果价格保险。

合作社利用扶贫资金为40吨苹果购买了为期2个月的价格保险，承保到期时苹果期货合约2个月均价不低于5.55元/斤。与此同时，保险公司向华西期货子公司华期创一购买亚式看跌期权进行再保险，华期创一则通过期货二级市场进行风险对冲。

2019年3月6日保险到期，2个月苹果期货合约均价为5.49元/斤，每斤

苹果果农可获得0.06元赔付，40吨苹果共计获得近5 000元赔款。华期创一利用对冲收益对保险公司进行期权赔付，从而为保险公司实现对果农的赔付提供了资金保障。通过购买保险，果农提前2个月锁定了40吨苹果5.55元/斤的销售价格，防范了现货价格下跌的风险，增加了收入来源。

第一单苹果“保险+期货”项目是在第一单场外期权试点成功的基础上，采用市场化的“保险+期货”模式运作，引入更容易被果农接受的保险链条，易于形成可复制、可推广的模式，为农产品价格下跌风险提供直接保护，持续增强果农的风险承担能力，对进一步提升农业保障水平，扶农惠农起到了积极的作用。苹果“保险+期货”项目的落地，让当地果农在面对不利市场环境的时候有了底气，苹果期货也成了保障果农利益的“平安果”。

加大帮扶，护航凉山州苹果、鸡蛋全产业链

积极探索，“蛋果期贷宝”诞生。2019年华西期货结合凉山州当地经济发展需要与金融衍生品特点，立足于产业链发展的痛点与难点，采用“期货+信贷增信”的综合风险管理创新模式，设计出“凉山州苹果、鸡蛋产业链‘蛋果期贷宝’风险管理试点项目”（以下简称“蛋果期贷宝”项目）。2019年10月，“蛋果期贷宝”项目得到各方领导的一致好评，并且以第一顺位由四川省农业农村厅推荐至农业农村部，并获得立项审批。

“蛋果期贷宝”以凉山州盐源县苹果、鸡蛋产业链风险管理为落脚点，锁成本、保收益、增信用、降利率，加强产业链抗风险的能力，并利用场外衍生品价格保护创新地为当地农户解决贷款难的问题，最终达到地区农业产业规模化、集约化的效果，助力贫困地区打赢脱贫攻坚战，决胜全面小康。具体模式是，在产业链上游，期货公司帮助新型农业经营主体利用场外期权、基差点价等方式锁定支出，保障成本，让成本无忧；在产业链下游，新型农业经营主体提前签订销售订单保障销路，期货公司帮助主体利用场外期权增加销售收入，做到以销定产，持续增收；在整个经营过程中，期货公司帮助

新型农业经营主体联系当地银行，利用场外衍生品合同形成的价格保护，申请低息贷款，增加贷款渠道和融资规模。

“鸡废养树、烂果养鸡”绿色生态养殖模式

以点带面，开启凉山综合风险管理新模式。通过对盐源县某苹果专业合作社的回访交流得知，其正在建养鸡场，以开展“鸡废养树、烂果养鸡”的绿色生态养殖模式。针对其风险管理需求，华西期货建议合作社参加此次创新试点，在试点年份的8月至次年1月，苹果合作社可视价格波动择机向期货公司购买以苹果为标的的带保底赔付的亚式看跌期权（或签订商品互换合同，向保险公司购买相同赔付结构的保险），规避苹果售价下跌风险。由于合作社在前期的业务铺垫中已具有风险管理意识，欣然接受了华西期货的相关建议，向华期创一购买了三笔共计1 000吨苹果亚式看跌期权（带保底赔付）。存续期内，四川地区苹果现货价格震荡。场外期权到期后，合作社获得赔付3万元，起到了一定的保障效果。

2020年初，受新冠疫情影响，鸡蛋现货市场波动巨大，且由于道路受阻、人员限流等原因，民众减少了出行、外出就餐与娱乐，间接导致了鸡蛋滞销，淘鸡不畅，产生鸡蛋供大于求的局面，价格有较大的下跌风险。特别是凉山州盐源县还处于交通较为不便的地区，更使初步尝试鸡蛋生产的合作社雪上加霜，鸡蛋现货期货的价格出现大幅下跌，给当地农户造成了损失。

华西期货及时跟踪市场动向，加大与合作社的沟通，希望利用期货市场工具帮助农户共抗疫情。为帮助农户锁定销售收入，保障蛋农利润，华西期货按照蛋鸡养殖的饲料配比以及产出设计出了一款鸡蛋利润指数亚式看跌期权。合作社向华期创一购买了该鸡蛋利润指数场外期权，为其100吨鸡蛋保驾护航。在场外期权合约存续期内，鸡蛋价格持续下跌，华期创一最终赔付给农户3.7万元，赔付率超过150%，极大地弥补了农户生产的亏损。同时，该合作社有贷款需求，向凉山州农商银行申请了50万元的贷款，并利用了华西期货场外期权产品进行增信，该贷款产品涉及三方，已完成协议签订，合作社已获得50万元贷款，为其新型养殖模式助力。

“蛋果期贷宝”项目初步确定为期三年，华西期货将结合凉山州贫困地区实际情况，认真总结该模式现有优势和经验，继续与凉山州其他有意向参与的农户沟通，持续寻找其他凉山州相关合作社进行合作，扩大合作规模，完成计划覆盖的现货数量，同时在项目推广、模式完善等方面探索更有效的长效合作机制。

多方参与，促进四川产业新发展。通过前期多次在凉山州开展培训交流活动，提高了各方对创新试点的了解，加强了凉山州新型农业经营主体对创新型金融产品的认识，将风险管理项目从单一期货经营机构引导的形式转变为期货经营机构设计、各政府部门和金融机构多方参与的创新合作机制，积极撬动社会和财政资金，使得金融支农创新项目能够更顺利地推行下去。2020年5月以来，华西期货及其风险管理子公司分别与中国平安保险四川省分公司、中航安盟财产保险公司、中国工商银行联合中国太平洋保险公司，深入凉山州贫困腹地布拖县、美姑县和金阳县，合作开展大商所饲料成本“保险+期货”项目、大商所玉米价格“保险+期货”项目、大商所饲料成本“保险+期货+银行”项目，三个项目分别惠及建档立卡贫困农户763户、4 541户、158户。

凉山州深度贫困县数量多，脱贫难度大，都存在难以发展产业、扩大就业的问题，扶贫工作一直是凉山州的头号工程。因此，精准扶贫需要落实在有潜力、有优势的产业上，提升产业链的综合效益，以期达到高质量扶贫的效果。华西期货在凉山州开展的一系列产业扶贫，正是结合了贫困地区特色产业，利用金融机构的专业能力助力农村产业集群转型发展，是服务“三农”、精准扶贫的重大创新。

华西期货作为国有企业，始终不忘初心，牢记使命，与国家经济社会发展同呼吸，与实体经济转型升级共命运，勇做扶贫帮困的弄潮儿，让金融之水更好地浇灌实体经济之花，为打赢脱贫攻坚战，决胜全面小康做出更多的贡献。

（撰稿：华西期货有限责任公司）

“扶贫果”，香又甜

——全国首单“保险+期货”扶贫项目“养成记”

金秋时节，武家塬村又弥漫起诱人的果香，缀满枝头的苹果映红了半边天，武贵成（化名）一家和几个工人，一边摘着果子，一边谈笑风生。

只见武贵成的老伴儿一手摘下苹果，另一手熟练地剪去带下来的枝叶，再将苹果塞进挂在胸前的布袋中。每当布袋装满，她就取下放进地上的塑料筐，再将袋底一提，苹果就听话地滚入筐中。武贵成将盛满的苹果筐装上三轮车，拉往村道边的大棚，逐个取出摆放成堆，等待客商光顾。

果贱伤农

武家塬村，这个坐落于陕北黄土高原南沿的山村，土层深厚，光照充足，昼夜温差大，种植苹果有着得天独厚的条件。这儿出产的苹果，个大形正、色艳味浓，轻咬一口，汁甜肉脆、余味悠长。早年，村里曾种过不少玉米，可即便算上政府补贴，农户也总是入不敷出，而苹果作为经济作物，至少能给农户提供基本的收入保障。在村委会的倡导下，那些玉米种植户咬咬牙，纷纷改种苹果，挨到第三年，开始挂果。如今，苹果几乎成了武家塬唯一的农作物，也是当地农民最重要的收入来源。

武家塬有几十户建档立卡贫困户，武贵成家就是其中之一。村里有不少人外出打工，武贵成两口子承包了几个乡亲的土地，加上自家的果园共有10亩左右。他们的儿子在外地上大学，平时只有夫妻俩打理果园。陕北高原雨水稀少，光照充足，为保持土地水分，农户会为果园覆上地膜。即便如此，两口子基本上每隔半月也要骑三轮车拉水浇一遍。到了苹果套袋、摘袋、收果的季节，两人忙不过来，只能雇几个工人帮忙，每人每天120到150元工钱，管吃管住。正常年景，刨去工人工钱和农资成本，每亩果园能赚两三千元，算下来10亩地也只有两三万元，这还没算上夫妻俩自己的人工。即使加上他们农闲时打零工挣的钱，要供养一个大学生也十分吃力。武家塬有几十户建档立卡贫困户，武贵成家就是其中之一。

一辆小货车停在存放苹果的大棚前，武贵成走上前去，简单寒暄后步入正题。

“啥价儿收哩？”

“三块六。”客商答道。

“这价儿不行，最少四块。”武贵成有些失望。

“今年都是这个价儿，又不是第一次打交道了，价儿出哩实不实你能不知道？”

武贵成打算再等等看。小货车伴着一阵轰鸣，缓缓离开。

武家塬保持着一家一户的种植方式，每到秋天苹果集中上市季节，收购价总被压低，果农没有太多议价余地。

对武贵成和乡亲们来说，丰收季节果贱伤农可能是永远无解的问题。这个秋天，武贵成夫妻俩一合计，除了卖出部分苹果以供家用和还账（赊的农资）外，在自家地窖囤上几千斤，争取在两三个月后的2018年春节备货季节卖个好价钱。当然，这是个冒险的决定，往年也曾出现过旺季价格不涨反跌的情况。

曙光乍现

苹果是我国除了瓜类以外产量最大的水果，陕西、山东、甘肃、河北、河南、山西及辽宁七省产量合计超过国内总产量的九成，苹果主产区和我国重点扶贫区域高度重合。

在这样的背景下，苹果期货作为一种金融扶贫工具，被提上上市日程。究其功能，生产经营者能够通过手机、电脑等终端，即时查看期货盘面价格，了解市场趋势，并在价格合适时提前在盘面上卖出，这样就可在较好的价位提前锁定销售价格，起到稳定种植收入的作用，避免千百年来“看天吃饭”的窘况。由于具备这样的功能，苹果期货被人们形象地称为“扶贫果”。

原理虽然简单，但期货及衍生品涉及杠杆交易、基差、基本面及技术分析、交割等各方面专业知识，并占用交易保证金，在不具备交易能力的情况下贸然入市将会面临极大风险。对于当前绝大多数农户来说，即便是听说过期货，那也像是一座空中楼阁。那么，如此高高在上的期货工具，怎么飞入寻常百姓家呢?

11月初，村委会突然通知武贵成去开会，接到通知的都是同村的建档立卡贫困户，一共26户。会上说，政府担心他们囤积的苹果价格下跌，给他们安排一项名叫“苹果价格保险”的扶贫惠农项目，保费由一家金融机构全额补贴，不用保户自己拿钱。这个冬季，如果市场价格低于设定的价格，保险公司就会给他们补差价。

“嫽扎咧”(陕西方言，意为“太好了”)，知道保险公司能保天灾，但还从没听说过苹果价格跌了也能保，武贵成和乡亲们感到很新鲜，也很高兴。很快，这26户贫困果农就签好了投保意向书。

说起价格保险，不了解的人会有疑问。像传统的农业灾害保险，保险公司可以用未受灾地区的保费去赔偿受灾地区的保户。而全国各地农作物价格基本是同涨同跌的，没办法用上涨地区的保费去补贴下跌地区。那么如果陕西苹果价格下跌触发理赔条款，赔偿金又从何而来呢?

其实，这个问题通过现代金融工程技术得到了很好的解决。保险公司在收取价格险保费后，可以向期货公司的风险管理子公司购买一份看跌场外期权，一旦市场价格下跌，风险管理子公司就会按照场外协议约定，向保险公司支付价差，保险公司再用这笔资金向保户理赔。当然，风险管理子公司会通过专业化的对冲操作，利用期货市场将相应的风险转移出去。这样的业务模式就是近几年时常见诸媒体的“保险+期货”。这种模式的优势，就是将期货公司的风险管理专业能力和保险公司经营网点众多、乡村渗透性强、社会认知度高等优势进行了有效结合，打通了期货市场服务“三农”的“最后一公里”。

通力合作

此次武贵成等农户能够获得价格保障，源自华融融达期货股份有限公司（当时名为华信期货股份有限公司）和中国人民财产保险股份有限公司陕西省分公司的齐心探索。

“我们扎根在陕西，就有责任利用期货市场来建设陕西。”说此话的人是华融融达期货西安营业部负责人柳姗姗。

早在2017年初，华融融达期货西安营业部就决定，年内要把“保险+期货”试点项目引入陕西，让陕西农民也能受益于现代金融衍生品工具的发展。根据陕西当地的农业种植结构，苹果等品种被西安营业部列入其首批“保险+期货”项目。除柳姗姗外，市场分析师吴坤和公司苹果产业事业部负责人曹鹏义等，也加入到此次拟开展的苹果价格险项目。

此前，华融融达期货及其子公司上海华信物产有限责任公司曾在多个省份开展“保险+期货”试点业务，但对于西安营业部来说，由于当时陕西全省还从未开展过“保险+期货”项目，一切还需要摸着石头过河。

保险和期货，二者相辅相成，找到适合的合作伙伴就能够起到事半功倍的效果。虽然国内保险公司数量众多，但拥有农业保险资格的并不多。为了优中选优，华融融达期货的“保险+期货”项目组多方调研洽谈，最终将目光锁定在人保财险陕西省分公司。项目组对其最为看重的就是他们网点众多，并且深入农村基层，毕竟开在家门口的保险公司能够让农户更加放心。而此时这家保险机构恰好也在探索金融扶贫的新模式，“保险+期货”项目立即引起了他们的兴趣。就这样，两家机构一拍即合。

然而，跨界合作并没有想象中那么容易。保费和权利金如何计算，资金划转的流程和税费问题，保费来源，期货公司如何对冲和赔付，平值、实值、美式、亚式、触碰式……它们的概念和差异又是什么，这些专业问题和操作细节，都需要细致沟通、磨合，而且还要设想一切可能发生的状况，制订应对预案。

为了以实际行动助力脱贫攻坚，华融融达期货决定为此次的参保果农全额补贴保险费。陕西作为国内最大的苹果主产省份，果农有100多万户，“保险+期货”又该从何处开始试点？为找到更为适合的帮扶对象，华融融达期货和人保财险陕西省分公司开始求助苹果产区的政府。一开始，试点地区的寻找工作推进得并不顺利，也许是疑虑“保险+期货”到底能否发挥扶贫实效，最早对接的某地方政府对这一项目似乎并不“感冒”，项目一度陷入僵局。

然而，车到山前必有路，一次偶然的机会，铜川市果业部门的一位领导获悉，一个帮扶贫困果农的“保险+期货”项目正在筹备酝酿。在了解该项目的内涵之后，他立即感到这将是一个能够解决果贱伤农问题的金融扶贫创新模式。在这位领导的推动下，苹果“保险+期货”项目终于转至铜川市继续推进。经过对比论证，作为国家级贫困县，同时也是陕西省苹果基地县的宜君县被初步选定为试点地区，此后经过进一步筛选，将武家塬村定为试点村，并将以苹果种植为家庭主要收入来源的26户建档立卡贫困户列为帮扶对象。就这样，帮扶对象名单在2017年11月得以敲定，武贵成名列其中。

2017年12月8日，中国证监会宣布，批准郑州商品交易所自12月22日起开展苹果期货交易。郑商所苹果期货将是全球首个鲜果期货品种。

此时，由于苹果产区出货速度慢于往年，市场对苹果行情已有一定的看跌预期。为了第一时间为果农提供价格保障，华融融达期货、人保财险陕西省分公司和地方政府都希望在苹果期货上市当天就正式启动这一价格险项目。

果熟蒂落

苹果期货上市日期日益临近，许多问题却仍未尘埃落定，如何使农户利益最大化则是考量的重心。华融融达期货西安营业部的项目组成员、华信物产的衍生品团队、人保财险陕西省分公司的经办人员和相关政府部门之间不得不加快商讨，以求最优方案。直到12月22日上午，各方都还在紧张地沟通。“那段时间，电话都快被打爆了。”吴坤这样描述当时的情景。

功夫不负苦心人，赶在苹果期货上市当天，所有细节最终敲定，全国首单苹果“保险+期货”项目正式签约运作，26户果农的共计20万斤苹果获得价格保障。与此同时，华信物产的衍生品团队在郑商所期货盘面上卖出期货头寸，以对冲苹果期货价格下跌的风险。

当时，宜君县当地苹果销售价格普遍为4元/斤（8 000元/吨），综合农户意见、种植成本、合理利润等情况，本项目确定了4.3元/斤（8 600元/吨）的目标保障价格。在2018年3月9日价格险项目到期时，若苹果期货价格较签约时下跌，农户将获得低于目标价格部分的差额赔偿。同时，本项目采用美式期权设计，果农能够随时根据行情变化和市场预期选择提前赔付。

这是一个寒冷的冬季，苹果市场出现了旺季不旺的现象，后期纷飞的大雪又进一步拖慢了北方苹果产区的出货速度，滞销引发苹果期现货价格持续下滑。苹果期货上市后，期价经历短暂冲高便逐步下滑。在全国逾150万户果农中，也许只有武贵成等为数不多的农户能够期待得到价格保障。

2018年1月中旬，苹果价格已跌到每吨8 000元以下，此时产区天气有所好转，运输状况逐步恢复，给苹果价格带来潜在利好。2018年1月19日，投保户选择以每吨7 660元的价格提前结算。相比8 600元的保障价，每吨规避了940元的下跌风险。

2018年2月8日，在宜君县彭镇举行的“苹果期货价格保险赔款兑现会”上，武家塬村的26户投保贫困农户获得合计9.4万元的理赔款，武贵成也如期领到3 000多元现金。当被问到参保的感受时，他笑着说：“投了价格保险就像吃了颗定心丸。”

苹果期货价格保险赔款兑现会

全国首单“苹果+保险”项目理赔的消息受到广泛关注，中国证券报、期货日报、陕西日报等权威媒体纷纷进行报道，并被中央人民政府门户网站中国政府网转载。作为央媒的新华网海外版（英文版）还以“中国苹果种植户获‘保险+期货’项目补偿”（Chinese apple growers compensated in “insurance plus futures” project）为题，向海外进行传播，被多家新闻机构转载。

苹果“保险+期货”试点项目没有就此止步。在宜君县项目实施后不久，华融融达期货又分别在陕西省延长县和甘肃省秦安县开展了同类项目，其中甘肃省秦安县项目为该省首单。华融融达期货在这三个项目中合计补贴19万余元保费，共为52户贫困农户生产的74.4万斤苹果规避了约40万元的价格下跌风险，这也为国内开展更多的苹果价格险项目起到了示范作用。

“过去生活在贫困山区，是一种没有希望的感觉。”有着贫困山区成长经历的吴坤这样描述他曾经的感受。在他看来，脱贫攻坚需要由“输血”过渡到“造血”，拔掉了穷根儿，才能带来新的希望，未来在各级政府、相关企业和机构的共同支持和参与下，“保险+期货”等各类创新金融工具在“造血”式扶贫乃至农业供给侧改革上将大有可为。

到那时，像武贵成这样的万千贫困农户脸上的笑容将更加灿烂，中国的广大乡村也将更加繁荣。

Home | China | World | Business | Culture | Sports | Sci & Tech | In-

www.news.cn 新华网 NEWS www.xinhuanet.com XINHUANET Friday, Febr

Chinese apple growers compensated in "insurance plus futures" project

Source: Xinhua | 2018-02-09 15:48:53 | Editor: Mengjie

Xinhuanet App

ZHENGZHOU, Feb. 9 (Xinhua) -- Twenty-six farmer households in northwest China were recently compensated for losses due to a drop in apple prices, in an "insurance plus futures" hedging project.

China, the world largest apple grower and consumer, launched the world's first apple futures contracts on Zhengzhou Commodity Exchange in Henan Province in December 2017, to help growers hedge against risks amid price fluctuations.

According to the exchange, the compensation was made Thursday in an "insurance plus futures" hedging project jointly initiated by a futures company and an insurance company that offers price protection for 100,000 kg of apples.

As the market price has been lower than the target price, 26 households of impoverished apple growers in Shaanxi Province received a total of 94,000 yuan (14,870 U.S. dollars) in compensation.

China's apple output has been increasing over the past decade. It had 2 million hectares of

向海外传播中国苹果种植户获“保险+期货”项目补偿

（撰稿：华融融达期货股份有限公司　梁楠）

发挥行业特色，创新扶贫方法

——大地期货精准扶贫纪实

自2016年期货行业开展扶贫工作以来，大地期货充分发挥期货行业特有的风险管理专长，切实将扶贫工作与服务实体经济发展的行业宗旨有效结合，创新扶贫工作方法，丰富扶贫工作内容。公司长期利用风险管理优势帮助贫困地区培育扶助产业，以“保险+期货”的方式为云南省孟连县、景谷县、新疆阿拉尔市、山东巨野县、甘肃秦安县等多地的企业与农户设计了避险方案，以规避价格波动风险，帮助企业良好发展，保障农户收益。

喜上眉头，甜上心头
云南白糖“保险+期货”助力春耕复产

2019年4月初春，伴随着泼水佳节的到来，云南省各地进入春播，此时正是当地农户用钱之时。得知去年糖厂收购甘蔗的尾款终于到账的好消息，普洱市孟连县蔗农岩章满怀欣喜，盘算着周末可以上县城添补些农资。但在查完银行余额后，岩章却笑不出来了。“今年春种难咯，这些钱还不够买农资啊，这可怎么办！”眼看着春耕近在眼前，岩章难掩焦虑之情。岩章的囧境成了当地农户的一个缩影，农耕生产启动资金的短缺成了拖累当地农作计划开展的头等问题。

2020年伊始，突如其来的新冠疫情在国内外肆虐蔓延，全球大宗商品价格受到了极大冲击，白糖价格遭受重挫，极大地影响了整个制糖产业链上各

个主体的生产积极性。由于夏季饮料消费旺季尚未到来，疫情期间又实施了严格的隔离、封锁等措施，使得整个市场对白糖的消费需求进一步下降，制糖业上游产能堆积，糖企与农户心急如焚。随着近期国内疫情显著好转，白糖生产企业迎来复工复产的关键时期，如何充分调动蔗农的生产积极性，确保糖厂开工，有蔗可榨就成了整个白糖产业复产的重中之重。

为了解决这个问题，大地期货有限公司牵头，联合保险公司，在云南省普洱市孟连县、景谷县共同开展了云南白糖“保险+期货”项目。该项目覆盖全县区域，并顺利完成理赔，实实在在地助力当地春耕复产。

云南白糖“保险+期货”项目覆盖了孟连县、景谷县种植的所有糖料蔗共计约19万亩，折合白糖95 000吨，惠及两县蔗农14 522户，其中建档立卡贫困户3 219户。项目保费来源丰富，总保费达1 266.5万元，其中郑商所补贴1 000万元，两县政府补贴200万元，剩余66.5万元由农户自缴。最终，项目产生赔付金额逾1 341万元，其中，孟连县参保蔗农获赔约845万元，景谷县参保蔗农共获赔近500万元，全部赔款均赔付至参保蔗农账户。

“‘保险+期货’的赔付款下来了，我收到了2万多元，准备农资的事情终于不用愁了！”岩章兴奋地说，喜悦之情溢于言表。

此次项目的及时赔付，为进一步巩固当地脱贫攻坚的胜利果实做出了重要的贡献，同时也为解决蔗农春耕资金短缺、降低疫情不利影响提供了最直接、最有效的帮助，对当地蔗农来说恰如一场“及时雨”。良好的赔付效果切实保障了蔗农的根本利益，提高了蔗农的生产积极性，进而也有利于推动当地糖厂复产、复工，可谓一举多得。

不忘初心，牢记使命
新疆红枣“保险+期货”，守护天山脚下小红果

天山雪峰之下，塔里木河之源，古丝绸之路旁，有一块美丽而神奇的热土——阿拉尔。1949年11月，王震将军带领着“生在井冈山，长在南泥湾”的三五九旅挥师西进，驻防南疆，在阿克苏地区整编为新疆军区农业建设第

一师。历经数十年，几代农垦人与当地老百姓一起将阿拉尔市建设成“一带一路”上的重要驿站。当地独特的气候和土壤，为枣树生长提供了绝佳的自然条件。经过多年的苦心经营，阿拉尔红枣产业快速发展。这颗天山脚下的小红果，被誉为阿拉尔市“国字号”金牌名片，不仅是当地最重要的农业经济支柱之一，也是当地农民主要收入来源之一。近年来，当地的红枣种植面积不断扩大，产量大幅增加，但产业集中程度不佳、市场缺乏统一的收购标准使得红枣产业陷入“劣枣驱逐良枣”的困境，枣价整体水平下滑，好枣卖不出好价，当地枣农饱受其苦。

针对阿拉尔当地红枣产业面临的实际情况，同时响应国家支持“新型农业主体”的号召，在郑商所和当地政府部门的支持下，大地期货联合保险公司为阿拉尔市九品源果品种植农民专业合作社的枣农提供了红枣价格“保险+期货”项目。该项目覆盖红枣种植面积16 250亩，一级枣产量2 600吨，保险保障总金额超过2 700万元，涉及保费140余万元，其中枣农自缴部分保费占了近30%。最终实现赔付116.22万元，每吨红枣获赔447元，赔付率达82.65%，有效帮助了参保枣农减少项目期间红枣价格下跌的损失，稳定了枣农的生产积极性。

“因为之前听种棉花的讲过‘保险+期货’，我就抱着试试看的心态报名参加了这个项目。后来枣价下跌，正在发愁呢，没想到真的赔我钱了，一下子收到了5万多元的赔付金，太开心了！这个模式好，明年有机会要继续参加。”枣农王文静拿到项目赔付时高兴地说。

本项目帮助参保枣农有效地规避了枣价下跌的风险，获得了阿拉尔市政府、合作社与枣农的一致好评，很多周边合作社与枣农纷纷前来咨询如何参与下一阶段的项目。这次项目挂钩郑商所红枣期货合约，不仅防范了枣价的下跌风险，保障了枣农的根本利益，更是引导当地红枣种植产业从“提产量”向“产质并重”升级，同时提高产业主体风险管理的意识和能力，从而推动当地乃至整个红枣产业健康、可持续发展，更好地守护这颗天山脚下的小红果。

心系群众，勇于争先
山东玉米“保险+期货”，让巨野农民笑开颜

山东省是玉米种植大省，其下辖的菏泽市巨野县是省级贫困县，也是山东省20个扶贫任务较重的困难县之一。玉米是当地主要的粮食作物，种植面积常年在50万亩以上，是当地农民主要的收入来源。近年来，随着玉米收储制度的取消，玉米价格波动加大，丰产不丰收的风险日益凸显。为降低玉米价格风险，提高农户种植积极性，稳定当地玉米种植产业，大地期货联合保险公司在山东省菏泽市巨野县开展了玉米“保险+期货”精准扶贫项目。

本项目为巨野县10 325户玉米种植户(含建档立卡贫困户1 285户)的6万亩玉米地，提供了高达5 940万元的价格风险保障。项目获得地方政府资金支持15万元，农户自缴保费55万元，其余保费由大地期货支付。项目最终实现240万元赔付，每亩赔付40元。

面对如此显著的风险保障和扶贫效果，巨野县独山镇镇长李爱启感触颇深，他说：“随着农产品期货市场的快速发展，‘保险+期货’等支农新手段有力地促进了农业增效、农民增收。在巨野开展的大商所玉米‘保险+期货’更是‘保障农户基本收入、降低政府财政补贴压力、丰富地方农业风险保险体系、稳定地方产业经济的发展’的重要举措。项目中，政府筹措划拨专项资金支持建档立卡贫困户，普通农户承担部分保费参与，既体现了精准扶贫，又帮助农户树立和加强了风险防范意识。”

项目中的农户无不喜笑颜开。“参加这个玉米‘保险+期货’项目，我就不用担心白忙一年了。”这句话成了所有农户的心声。

摆脱贫困，为广大人民谋幸福，是我们党的重要使命。40多年前，中国开启了改革开放的伟大历程，同时也开启了人类历史上最为波澜壮阔的减贫进程。大地期货在资本市场服务国家脱贫攻坚战略的总体要求下，以期货经营机构专业优势为依托，不断创新行业扶贫工作方式。面对脱贫攻

坚任务，大地人确保扶贫工作务实、过程扎实、结果真实，再接再厉、不胜不休。大地期货将坚守初心，勇往直前，为打赢脱贫攻坚战贡献自己的力量。

（撰稿：大地期货有限公司）

践行期货市场初心，助力蛋鸡养殖脱贫

——上海中期期货开启“订单农业”

河北省邢台市平乡县是国家级贫困县，同时也是蛋鸡养殖大县之一。在大连商品交易所和河北省平乡县政府的支持下，上海中期参与大商所“农民收入保障计划”河北平乡县鸡蛋价格险分散试点项目，于2019年12月13日成功结项。

优化传统模式，提高赔付概率

“保险+期货”模式为农户提供了规避价格波动的有效途径。保险公司对农产品进行承保，期货公司（风险管理子公司）进行再保险并通过金融市场进行风险对冲。比起“输血式”的资金补贴，“保险+期货”的扶贫模式依托金融市场风险转移、对冲的功能，起到更好、更市场化的扶贫效果。

2019年7月，鸡蛋价格险项目首批保单出单。受非洲猪瘟影响，市场上猪肉供给减少，作为猪肉替代品之一的鸡蛋出现一定程度的供应紧张与价格跟涨。产蛋鸡存栏量未达到预期，局部地区蛋鸡受鸡苗质量影响产蛋率下降，产量增加有限。面对节节攀升的鸡蛋价格，经销商产生“恐高”情绪，存货意愿和能力都受到影响，鸡蛋价格波动进一步加剧。

上海中期设置了保底型亚式期权方案，赋予了较欧式期权更低的保费费率和更灵活的操作空间，保证了最低赔付。为提高赔付效果，此次试点项目采取逐月赔付的形式，操作更加灵活，规避了不同月份的下跌风险，最大限度地保障了养殖户利益。项目设立了“会商提前终止”制度来提高赔付概率，给投保养殖户根据市场行情择机获取较高赔付的机会。由于鸡蛋期货价格单边上涨，在最后一期，上海中期随行就市，向交易所申请更改为看跌价差的结构。在总保费基本不变的情况下，第四批养殖户获赔了25万余元。在期货价格、现货价格同步呈现上涨的情况下，本次项目最终让养殖户累计获得40多万元的赔付款。

根据太平洋保险公司邢台支公司的统计，平乡县当地每只鸡每天的饲料成本为0.28元/只，如果养殖户有10 000只鸡，保险期的养殖成本约为31万元，保险期间的养殖盈利约为144万元。如果不购买鸡蛋价格保险，最终盈利约为113万余元，如果购买鸡蛋价格保险，最终盈利约为133万余元。由此可见，只要保险区间符合养殖的周期，保险方案贴近养殖户生产需求，即使鸡蛋价格呈上涨趋势，养殖户也可以稳定收入甚至有额外增收。稳定了蛋鸡养殖，为鸡蛋养殖户规避了价格下跌的风险，充分提高了养殖户扩大养殖规模的积极性，助力于养殖户和蛋鸡产业的稳定发展。

王一花（化名）是平乡县河古庙镇王家园村人，养殖蛋鸡数量共15 000只。她参保时蛋鸡2.48元/斤，饲料成本上涨，基本处于亏损状态。2018年，平乡县政府和太平洋保险集团下乡宣传“保险+期货”项目，告诉当地鸡农通过项目可以稳收入，政府也愿意出资。抱着试试看的想法，王一花投保了鸡蛋价格险，其间鸡蛋价格一路上涨，她想这保险肯定没有用了。但令她没想到的是，保险到期了，她居然还能获得8 800元的保险赔付款。鸡蛋价格卖得高，保险还有赔付，2019年王一花的收入比2018年翻了番。参与项目期间，王一花也积极参加由太保、畜牧局、农村农业局和上海中期组织的金融培训，不但学习了先进的养殖方法，也更加明白了“保险+期货”到底是什么。收入增加了，还能学习到金融知识，王一花觉得参加项目让她获益良多。

河北平乡鸡蛋“保险+期货”项目培训会

不断创新发展，提供扶贫新思路

“随着试点项目的不断增多，我们会更加重视风险管理，建立完善的风控体系，探索更多的试点模式，吸引更多的金融机构参与进来。”上海中期党委书记、总经理许一峰说。

为了进一步提高金融助农的能力，推动未来持续发展，参与的市场主体不断扩容。从单一的保险公司及期货公司参与，现已逐渐扩充至银行、信贷等多维度金融机构，保费来源也从商品交易所补贴发展为地方政府财政提供补贴甚至全商业化运作。在这个过程中，期货公司作为项目的主要运作方，前期方案的制订及设计要尽可能地贴合实际情况，不断创新，以确保项目的最终成效。

在创新方面，上海中期已积极探索联合保险公司、当地政府积极引进银行、龙头企业，打造“场外期权+政府+龙头企业+银行支持+订单农业”的创新模式。在养殖合作社担心未来鸡蛋价格下跌的情况下，养殖合作社可以向上海中期风险管理子公司上期资本购买场外期权对冲价格风险。上期资本利用期货复制期权的方式将卖出的场外期权风险转移到期货市场进行对冲。银行可以为养殖户提供信贷支持。同时，为了解决养殖户的鸡蛋销路问题，可以通过相关企业进行托底收购，提供“订单农业”支持。

此外，上海中期根据自身研究和定价优势，积极尝试亚式二元期权结构。亚式二元期权结构可以给整体项目提供“双保险”，即使标的品种的行情出现单边上涨，或者期货结算价整体下跌，二元期权结构提供的区间固定赔付也能够在一定程度上弥补较低的下跌赔付，提升整体结构的赔付率，使鸡蛋期货价格无论上涨还是下跌都能获得全方位的风险保障。

鸡的养殖不仅涉及鸡蛋，也涉及饲料。玉米和豆粕是饲料的重要原料组成。其中，玉米饲料的市场价格波动对鸡养殖户经营有重要影响，鸡养殖户所处的产业链地位决定了其一直是原材料价格的被动接受者，只能根据自己的判断或加大采购量，维持高库存，或减少采购量，维持低库存。这种“追涨杀跌”行为并不能有效解决饲料价格波动给养殖主体带来的经营风险。针对这个问题，上海中期合成了鸡饲料价格指数。该价格指数根据实际饲养的用量，赋予玉米与豆粕数量一定的配比，即1吨鸡饲料等于x吨玉米和x吨豆粕，该指数以入场当天玉米期货和豆粕期货的成交价换算成目标价格，结算价格也是以该两个品种价格为依据进行换算。参保养殖户向保险公司购买挂钩鸡饲料价格指数的价格保险，保险公司向期货公司购买场外期权转移价格风险，到期后保险公司根据保险责任水平核算出险损失，最终确定养殖户的理赔金额。

在多年的研究及实践下，上海中期持续通过优化传统模式，根据不同行情、养殖户的资金流转情况、生产周期等为其推出个性化、多样化、创新性及较为稳定的“保险+期货”方案。

“通过保险，我养鸡卖蛋心里有底了，希望政府继续开展这种惠农项目，我肯定会积极响应和配合。”养殖户王一花在结项时十分欣喜，也盼着下一期项目能够继续参与。

"'保险+期货'是我县农业农村局组织谋划乡村振兴相关政策及涉农重点项目，统筹利用国家关于支持农业发展的财政奖补等政策，推动农业农村财政资金与金融资本协同服务乡村振兴。本次鸡蛋项目的实施有效提高了我县农业产业发展过程中的风险防范能力，增强了新型农业经营主体和农户抵御生产风险的能力，有效提升了农产品质量效益和竞争力，促进了农业产业高质量发展。"在结项大会上，平乡县副县长史书军做出了中肯的评价，给了上海中期及整个金融市场坚定的信心。

史书军介绍平乡扶贫项目的运行情况

（撰稿：上海中期期货股份有限公司）

金融回归本源，承担社会责任

——国信期货耿马县精准扶贫项目纪实

伴着公鸡的啼鸣声，天空渐渐泛起鱼肚白，远远望去山雾弥漫。这时，山间传来了一阵欢笑声，几个身穿傣服、脚踩雨靴的阿哥阿妹，每人提着一个木桶，出现在山林间，他们踏着湿漉漉的小径往村庄走去。雪白的胶水欢快地拍打着木桶，向人们诉说着割胶人的一天。

这样的画面每天都会出现在这个坐落于云南省临沧市耿马县的边陲小村落。云南省贫困人口数量位居全国第二，是我国脱贫攻坚的主战场之一。天然橡胶是云南省的主要产业之一，全省天然橡胶种植胶面积已达900余万亩，天然橡胶产量近50万吨，占全国天然橡胶总产量的50%以上。就耿马县而言，全县橡胶的种植面积有63.5万亩，涉及3个乡镇、2个国有农场、68个村、1.68万农户、7万余人，已开割面积27.4万亩，干胶产量3万余吨。村民们除了平常的农作，种植橡胶是他们的主要经济来源。

然而，据当地干部介绍，近年来，随着天然橡胶价格大幅下降，劳动人口大量外流，农村里的许多年轻人都选择离开家乡到城里打工，目前从事割胶工作的大多是留守在农村的老人们，出现了割胶工普遍老龄化的现象。这一现象的后果便是弃割现象时常发生，导致胶林荒废，进而造成了经济产值的巨大浪费，极大地限制了当地经济的发展。

如何帮助数量众多且分散的胶农规避橡胶价格波动带来的风险，保障其利益，稳定其生产积极性，既是关系到当地橡胶产业发展的问题，也是关乎民生的大事。为贯彻落实中央一号文件的政策精神，响应国务院、证监会关于期货市场服务“三农”及精准扶贫的号召，在上海期货交易所的大力支持下，国信期货在耿马县开展了天然橡胶“保险+期货”项目。

多次实地走访，获取实际需求

为了解项目实施地胶农及加工厂的实际需求，保障项目的顺利开展，国信期货在云南省耿马县进行了多次实地走访。

在当地政府的协助和陪同下，国信期货调研小组进行了多次走访，深入胶农中，对“保险+期货”试点项目帮扶工作进行了深入浅出的解释，强调“保险+期货”试点项目的价格保障与风险转移的特征，普及金融保险知识，鼓励老百姓积极参加项目，积极充当橡胶企业同胶农沟通的桥梁。

国信期货调研小组走访了当地的橡胶加工厂——孟定腾鑫实业有限责任公司。调研小组在与企业代表和胶农代表等多方交流的过程中发现，当地胶农对期货、期权及保险等衍生工具的知识相对匮乏，对“保险+期货”的运营模式仍然存疑。另外，企业还表示由于胶价长期处于底部，一定程度上影

橡胶加工厂车间

响了胶农割胶的积极性，进而导致企业收胶难度的加大。这无疑增加了“保险+期货”项目推进的难度。对此，国信期货重点向他们介绍了本次试点项目与传统定向资金补贴扶贫方式的不同之处，即利用场外期权，引入双向保险的新模式，通过保险公司为胶农、胶厂购买橡胶价格保险，将胶农、胶厂面临的橡胶价格涨跌风险转移至保险公司，保险公司则通过购买场外期权的方式将价格风险转移给期货风险管理子公司，由期货风险管理子公司利用自身专业能力对价格风险进行对冲。同时，国信期货也向企业保证，将积极深入研究“订单+保险+期货”模式，尽量做到理赔与实际割胶量挂钩。

在多方洽谈期间，当地政府表示将积极组建橡胶合作社，改善胶农售胶方式单一的情况，以合作社的形式出面，代表胶农同橡胶企业进行协商，有效提升胶农在销售中的话语权。当地橡胶企业则表示将建立专门的合作机制，同合作社建立长久的、友好的合作关系，并对相关收购活动进行精细化管理，以提升合作效率。国信期货调研小组表示，由于各个胶农的橡胶产量和质量都存在差别，要尤其重视项目完成后的利益分配方案，合作社既要能联合胶农，也要能合理分配利润，才能提升胶农的种植热情和参与项目的积极性，才能够保证“保险+期货”试点项目具有可持续性，持续提升胶农收入水平，真正达到国家扶贫战略的要求。

项目顺利落地，扶贫成果丰硕

2019年7月，孟定镇举行“2019年耿马县橡胶‘保险+期货’精准扶贫项目”启动仪式。国信期货在会上详细介绍了项目采用的双向保险的新模式，各方均对“保险+期货”这一创新模式表示支持。会上国信期货还为当地企业普及影响天然橡胶价格的主要因素，介绍期货和期权市场规避农产品价格下跌风险的机制以及“保险+期货”的运行模式及作用，进一步提高了当地企业对于“保险+期货”模式的认知，为项目模式的进一步推广打下了坚实的基础。

2019年耿马县橡胶“保险+期货”精准扶贫项目签约仪式

国信期货耿马县“保险+期货”试点项目首期顺利出单，标志着项目的顺利落地。在随后4个月的项目实施过程中，该项目分三次出单，1 641户农户积极参与项目，其中包括565户建档立卡户。项目保险费总金额180万元，保障现货总规模2 000吨，保障货值总金额6 974万元。该项目于2019年11月顺利完成，保险公司通过电子支付方式，实名制一对一支付保费，最终让农户获得保险理赔款总额77.188万元，户均470元。切实的保障行为与实实在在的理赔，让农民真切地感受到“保险+期货”的实用性，农户得到补偿，稳定了农业生产。实践经验的功效大于理论知识，通过具体赔付与跟踪服务，国信期货与农户建立了互信关系，使得国家扶贫资金能够用到实处，真正做到了用之于民。

创新扶贫方式，助力脱贫攻坚

耿马县项目已是国信期货开展的第三个橡胶“保险+期货”项目。项目是基于运用市场化手段保护农民利益、减轻政府财政负担、保护国家战略资源的探索，以保障贫困农民利益，助力农业发展为出发点和落脚点，旨在解决农民的心病，让农民能够安心生产，同时也能获得合理的回报，做到真扶贫，扶真贫。在项目的落地过程中，国信期货始终把保护胶农利益放在第一位，科学合理地确定保险的目标价格，降低成本，给胶农真正的实惠。

未来，国信期货将继续在“保险+期货”这一创新模式中发挥期货公司在“服务实体经济、防控金融风险、深化金融改革”中的重要作用，切实服务“三农”，为实现精准扶贫、金融扶贫贡献力量。

（撰稿：国信期货有限责任公司）

发挥期货优势，彰显企业责任

——渤海期货助力脱贫攻坚

自2016年期货行业发出“服务国家脱贫攻坚战略行动倡议”以来，渤海期货积极响应行业号召，始终以“服务实体经济”为发展的核心理念，将中央精准扶贫精神落到实处。公司扶贫足迹遍布5个省8个县，累计投入资金263.06万元，通过组织爱心捐赠、协助贫困地区销售农产品、援建农产品销售电商平台、开展“保险+期货”项目等帮扶方式，助力甘肃秦安、吉林汪清、河北赞皇、四川南充、海南五指山等贫困地区脱贫攻坚，获得了当地农户、政府、媒体的一致好评。

围绕苹果期货服务产区脱贫攻坚

2017年底，郑州商品交易所正式推出苹果期货。为发挥苹果期货的定价功能，助力贫困地区果农脱贫，渤海期货选择在秦安县深入开展金融帮扶。

秦安县位于甘肃省东南部，天水市北部，是全国扶贫开发工作重点县。2017年末，全县有177个贫困村，5.96万贫困人口，贫困发生率为10.72%，其中农业人口占比超过90%。该县也是我国林果栽培的最佳产区之一，被誉为“中国苹果之乡”，全县苹果种植面积达70万亩，林果收入在秦安贫困户收入结构中占比超过75%，苹果产业已成为当地农民收入的主要来源和全县农业经济的主导产业。由于苹果价格易受市场行情影响，波动幅度较大，如何有效规避市场风险、促进农民稳定增收，成为当地急需解决的问题。

2018年7月，渤海期货与秦安县人民政府接洽，双方签署扶贫框架协议，在产业帮扶、教育帮扶等各方面展开合作。此后，渤海期货开始着手推动苹果“保险+期货”项目的展开。

由于当地“保险+期货”项目开展得较少，部分政府工作人员、果农并不了解该模式，对金融及期货行业相关知识也较为匮乏，对接初期，普遍抱有谨慎态度，项目进展缓慢。同时，当地农户并没有价格风险规避意识，“保险+期货”的推广面临一定的困难。加之苹果价格快速上涨，各方参与保险保障的意愿也在降低。

针对前期沟通情况，渤海期货分析了主要问题，调整了工作思路。由于部分政府工作人员未接触过“保险+期货”项目，也不了解期货市场情况，对此公司加强了与秦安县扶贫办、农业农村局等相关部门的沟通，详细介绍了“保险+期货”的模式、优势、作用等，帮助当地参与部门逐渐加深其对该项业务的理解；公司也积极开展培训交流活动，为政府有关部门工作人员及农商户培训期货相关金融知识，增强其运用金融工具防范风险的能力。经过近3个月的沟通和培训，政府工作人员对“保险+期货”业务的态度开始

2018年金融扶贫暨政银期保企合作项目对接会

发生转变。同时，渤海期货以捐赠保费的形式，降低投保农户的经济负担，免去了贫困户的后顾之忧。在各方努力下，2018年11月，秦安县苹果“保险+期货”项目正式开展，该项目为600户贫困农户、1 200吨苹果提供了价格保障。

发挥期货专业，保障农户收益

渤海期货风险管理子公司参照郑商所苹果期货价格波动率及未来行情判断，设计了“单向赔付+保底”的方案，期权结构采用看跌期权。当苹果期货结算价格大于保险合同约定价格时，公司通过保险公司为农户进行保底赔付；当期货结算价格小于保险合同约定价格时，公司将对差额部分进行赔付。由于苹果结算价格有所下跌，项目最终为投保农户赔付25.77万元。

有参保贫困户在接受媒体采访时说：“当时参保的时候有点稀里糊涂的，都说好就参加了，没想到还真给赔了，以后有机会的话肯定还会参加，心里头也踏实一些。”

2018年秦安县苹果“保险+期货”理赔及签约仪式

渤海期货加紧业务推进步伐。2019年9月，渤海期货再次开展苹果“保险+期货”扶贫项目，并以捐赠保费的形式减轻农户投保负担。该项目覆盖贫困农户150户、苹果种植面积300亩，保险保障金额249万元。

扩大项目规模，发挥示范效应

前期试点项目取得良好效果，秦安县人民政府及相关部门的支持力度也在不断加大。2020年1月，秦安县农业农村局借助中央财政政策支持，开展2020年建档立卡贫困户“苹果+期货”保险项目，对全县17镇428村5万亩苹果园实施价格保险。公司为其中1.3万户农户（其中贫困户1 221人）、1.12万吨苹果提供了价格保障。渤海期货对冲部分已于2020年4月结项，赔付金额313.57万元。

2020年6月，秦安县召开了2020年金融工作会议暨政银期保企合作发展工作会议，对渤海期货借助“保险+期货”助力脱贫攻坚所做的贡献表示高度认可。

2020年秦安县金融工作会议暨政银期保企合作发展工作会议

在各方通力协作下，2019年末，秦安县贫困发生率下降至0.76%。2020年2月，秦安县退出贫困县序列。秦安县“保险+期货”项目是渤海期货扶贫工作的一个缩影，也是整个期货行业扶贫工作的一个缩影。使命未竟，步履不停。渤海期货将持续创新服务模式，切实承担企业责任，为国家脱贫攻坚贡献金融力量。

（撰稿：渤海期货股份有限公司）

玉米收入不稳定，“桦川模式”来帮忙

——鲁证期货助力打赢脱贫攻坚战

“你们的‘保险+期货’帮了我们大忙了，我们需要‘保险+期货’，如果没有‘保险+期货’，今年我们家的粮食收入可能就保障不了了，我的孩子就上不了大学了，太谢谢你们了！”，来自黑龙江省桦川县的一位建档立卡贫困农户含着眼泪对鲁证期货的工作人员说。

桦川县是国家级贫困县，2016年全县共识别贫困村45个，贫困户15 133户30 747人。桦川县位于黑龙江省东部，主产玉米、大豆、水稻等农作物，农业生产占全县生产总值将近40%，充分保障农民收入，实现农村产业脱贫对于脱贫攻坚具有重要意义。

作为国有金融企业，鲁证期货积极响应国家和中国证监会、中国期货业协会关于脱贫攻坚的号召，自觉践行企业社会责任，充分发挥金融扶贫优势，借助“保险+期货”形式，利用期货场外期权与现货结合，在全国多地开展专业扶贫工作。特别是在桦川县落地的价格险“保险+期货”“保险+期货+现粮保底收购”“保险+期货+基差贸易”及收入险“保险+期货”等项目，连续4年逐步升级模式，探索出独具特色的“桦川模式”，助推桦川县顺利脱贫，成为全国标杆式案例。2018年起施行的整县推进项目，每年保证全县实际投保面积保持在20万至40万亩，产量达到20余万吨，切实保障了农民的种植收益，帮助贫困地区实现了真脱贫、不返贫。

初次尝试“保险+期货”模式

2016年中央一号文件首次提出“保险+期货”，鲁证期货即深入研究“保险+期货”模式的价值，并积极响应中央号召，在黑龙江省桦川县开展了大豆“保险+期货”项目试点，帮助合作社规避价格波动风险，得到了当地的好评。鲁证期货在试点之初即从多个具体业务环节深入研究，积极尝试“保险+期货”服务“三农”的可行性和有效性，立志为拓展农业保险路径、丰富农业保险品种工作努力探索，以更好地服务于国家粮食安全战略和县域经济发展。

扩大“保险+期货”试点范围

随着大豆、玉米等临储政策的退出，农产品价格波动给农民种植收益带来了更多的不确定性。桦川县农业产值占全县生产总值将近40%，农业产业发展对全县脱贫攻坚影响巨大。由于2016年桦川县内大部分玉米种植户出现亏损，如何保护农民玉米种植收益，稳定农民收入成为当地党委政府最为关切的民生问题。在此背景下，鲁证期货与桦川县政府签订结对帮扶协议。同时，针对传统“保险+期货”模式在规避基差风险和农民卖粮价格上的不足，在2017年项目中将“保险+期货”模式与现货收购相结合，在行业中创新性地推出了“保底价收购”的模式，通过鲁证期货全资风险管理子公司鲁证资本与玉米种植农户签订“现货保价收购”协议，明确现货收购价格、数量及质量标准，约定当市场价格低于保底价时，种植农户能够直接以保底价将现货出售给鲁证资本，即“现货收购+期货/期权”的模式。为打通现货收购渠道，2017年鲁证资本特地在桦川县设立了分公司，专门为现货收购提供支持，也为2018年的再次实践奠定了基础。

2017年，鲁证期货为当地16万余亩（约10万吨，占全县产量的1/3）玉米提供现货保底收购服务，将金融服务前置，使参保农户吃上安心种地的定心丸。2017年末，粮食价格大幅上涨，当地玉米种植户实现了3 000元/公顷以上的收益，达到了历史较高水平。保底价模式证明了期货市场保护农民收益，服务“三农”的模式行之有效，也展现了期货机构服务实体经济的功能。

鲁证期货与桦川县结对帮扶签约仪式

“保险+期货”全县覆盖

2018年，鲁证期货收到来自桦川县人民政府关于申请扩大玉米“保险+期货”项目规模的函，恳请鲁证期货给予帮助，向大连商品交易所申请，在扩大玉米“保险+期货”项目规模和补贴上给予支持，争取全县覆盖。鲁证期货根据当地政府的脱贫规划和实际要求，积极协调各方资源，认真研究制订“保险+期货+基差收购”服务方案，在“保险+期货”基础上加入“基差贸易”环节，既为农户提供了价格保护，又解决农民“卖粮难”问题，真正保障农民收益。一方面，鲁证期货与保险公司联合设计了以玉米期货价格为标的的保险产品，为农户提供玉米价格保险，而保险公司购买鲁证资本提供的场外期权转移风险，后者再利用场内外期货、期权进行对冲，将农户面临的风险分散在金融市场上；另一方面，鲁证资本通过政府筛选的合作社与农户签订基差采购合同，约定以“固定基差+期货盘面点价”的形式采购现货。通过此种方式，鲁证期货为桦川县当地40万亩的玉米（产量24万吨）提供价格保障，覆盖了全县有保险意愿的玉米种植户，同时加强人员配置，提高定价对冲能力和现货配套能力，确保项目顺利实施，使桦川县成为全国首个主粮品种“保险+期货”整县推进的试点，为全面推广“保险+期货”提供了示范样本。

根据以往习惯，年末当地农民卖粮进度不足四成，售粮要持续到次年3月份。进入2019年，全国玉米市场价格开始走低，为了履行政府和鲁证期货保护农民种粮收益的承诺，探索完整的农产品价格保险模式，鲁证期货主动发函桦川县政府延长保障期限至3月末。为了确保现货收购顺利进行，鲁证期货在桦川县当地设置了三个收粮点，为农民卖粮提供便利，现场进行质量检测和称重后，实时交付货款到农户，使稳定农民种粮预期、保障农民种粮收入的效果更加完善有效。最终，鲁证期货合计收粮2.4万吨，农户要出售的粮食大部分已出售。总体来看，旱田种植区玉米种植户人均收入实现4 500元，远高于贫困户人均3 550元/年的脱贫标准，有效支持了当地脱贫攻坚工作和经济发展。

在农户家调研

“保险+期货”不断升级

在鲁证期货的帮助下，2019年5月，桦川县正式脱贫摘帽。由于桦川县刚刚脱离贫困县序列，当地农户的收入稳定性仍较为脆弱，为进一步巩固脱贫成果，完善试点模式，鲁证期货积极将收入险引入本地区，对“桦川模式”进行内核升级，再次打造了县域覆盖的玉米收入“保险+期货”试点。收入险的引入能够同时兼顾产量及价格出现的波动，较以往的玉米价格险又提升了一个维度，为农户直接提供基本收入保障。项目总计覆盖全县玉米种植面积32.75万亩，折合现货量18.34万吨，为2 555户农户提供了收入保障。试点项目总保费为2 338.13万元，保险保障金额达到3.12亿元。

2019年可谓是黑龙江的“大灾之年”，多次台风侵袭造成部分地区遭遇内涝，桦川县受灾严重，玉米大规模减产，期货价格也受多重影响一路下行，最终玉米种植收入大幅下滑。在此背景下，“保险+期货”项目为农户提供了收入保障，抵御灾害与价格波动带来的收入损失风险。2020年3月，鲁证期货桦川县玉米“保险+期货”试点项目成功赔付，最终理赔总额8 787.31万元，赔付率高达376%，该项目是继2018年鲁证期货在桦川县率先实现县域全覆盖试点之后，首次进行县域范围的玉米收入险试点，也是全国范围内试点面积较大、赔付效果较优的收入险项目，为当地玉米种植农民提供了有效保障，防止返贫，夯实了脱贫成果。

鲁证期货连续4年在桦川县开展“保险+期货”项目，以实际效果证明了“保险+期货”助力贫困地区脱贫攻坚及夯实脱贫成果的有效性，“保险+期货”模式让农民“受灾不受损”的实例已在桦川县广泛传播。实践证明，在传统保险的基础上，引入衍生品市场分散风险，是解决农产品价格类风险的必然方向。“保险+期货”作为当前期货公司进行专业扶贫的一种有效手段，体现了金融服务实体经济的本源之责，充分发挥了期货市场在农业领域的基本功能和经济价值，践行了期货公司的社会责任。

（撰稿：鲁证期货股份有限公司）

第二篇 结对帮扶

党政军机关、企事业单位开展定点扶贫，是中国特色扶贫开发事业的重要组成部分，也是我国政治优势和制度优势的体现。

——习近平，《对中央单位定点扶贫工作作出的批示》，

2015年12月8日

一曲薪火相传的扶贫战歌

——上海期货交易所发动期货行业力量共同帮扶太湖县纪实

2019年9月中旬，在太湖县挂职副县长任上一年整，我率队赴武汉大学参加县域金融工程专题培训。其间，适逢黄冈师范学院创作的大型音乐舞蹈史诗《红色薪传》在武汉上演，我利用晚上的时间，专程前去观摩。这幕大戏，时间跨度长达一百年，从共产主义萌芽开始，一直延续到当代。大别山区在革命年代做出的奉献和牺牲，从两句涉及数据的台词就可以看出："锣鼓一响四十八万，男将打仗女将送饭""五万船工，渡江一千九"。看完戏，我的心情久久不能平静，英勇的大别山区人民，前赴后继，不怕牺牲，共同创造了红色薪火代代相传的辉煌历史。今天，我们上海期货交易所和期货行业数十家期货公司一起，在太湖县携手并肩开展精准扶贫，又何尝不是在新时代共同谱写一曲薪火相传的扶贫战歌……

前奏：领导的嘱托

2018年4月份，我接到上期所党委组织部通知，要到安徽省太湖县挂职扶贫。临行前，上期所党委书记、理事长姜岩同志对我提出明确要求，要充分运用好自己长期从事会员服务工作的优势，争取发动期货行业力量共同帮扶太湖县，在脱贫攻坚决战决胜阶段进一步扩大扶贫工作成效。

2019年10月中，到太湖县赴任三周后，基于上期所对定点扶贫工作的指导思想、期货行业近年来精准扶贫工作的成效，以及在太湖县实地调研了解到的情况，我向太湖县县委书记程志翔同志进行了一次口头汇报，主要内容是关于2019年度上期所扶贫资金预算和使用方向，以及发动期货行业力量集体帮扶太湖县的工作计划。这次简短会晤，明确了我下一阶段工作的两个主要目标：一是2019年是太湖县脱贫攻坚决战决胜的关键一年，我要向上期所党委争取加大扶贫资金投入力度，计划在2018年度基础上翻一番，达到2 000万元；二是争取发动不少于30家期货公司集体帮扶太湖县。程志翔书记介绍说，太湖县15个乡镇中，有8个乡镇位于大别山区，脱贫攻坚任务较重，其中39个非贫困村因贫困人口较多、长期缺少外界帮扶力量支持，整体脱贫压力更大。我在多年从事上期所会员服务工作的经验基础上，向程书记提出，期货行业长期以来经营压力较大、期货公司总体利润水平不高，因此扶贫工作目标的设定，必须兼顾不同公司的财务状况和承受能力，同时力争保护大中小不同规模公司参与扶贫工作的积极性，避免在扶贫工作上人为划定档次，最好一视同仁。由此，我们共同明确了发动期货公司集体帮扶太湖县的主要模式：面向山区非贫困村，开展“一司一村”结对帮扶，每家公司争取提供20万元帮扶资金，帮助结对村开展产业扶贫，争取形成长效帮扶的良好格局。

此后事情的发展演进，基本遵循了程书记和我这次商讨明确下来的框架和实施路径。2019年，上期所响鼓重锤帮扶太湖县，年度扶贫资金投入达到创纪录的2 100万元；33家公司集体和太湖县签订结对帮扶协议，共投入670万元资金，帮助山区8个乡镇的33个非贫困村因地制宜发展产业，取得了良好成效。

副歌：期货公司集体来到太湖县

发动期货行业力量共同帮扶，说起来简单，做起来并不容易。

自2016年以来，在中国证监会党委的高度重视和坚强领导下，中国期货业协会大力引导和推动期货行业服务国家脱贫攻坚战略。两年下来，整个行业在扶贫工作上总体呈现出参与公司数量逐渐增多、扶贫力度逐渐增强、扶贫成效渐深渐远的良好态势。各方心力、人力、物力持续付出的背后，是期货人使命必达的信念和担当。

我在上期所长期从事会员服务工作，参与过会员大会、改选理事、改选专业委员会等重大事件，并且每年组织会员座谈会，和众多期货公司保持密切接触，人脉关系丰富，这是个人的优势条件。但面临的不利因素也显而易见：此前在扶贫工作上，各期货交易所和期货公司基本上各自为政，成功结合的案例主要体现在苹果、红枣这两个自带扶贫属性的品种上，但均不是上期所的上市品种；太湖县辖区70%属于大别山区，风景秀丽，但人多地少，难以发展大规模种植和养殖产业，工业基础也较为薄弱，跟期货行业基本没有业务关联。

明确了工作目标以及个人的优势劣势，我开始分三步推进这项工作：第一步，实地走访期货公司，了解扶贫工作开展情况和面临的痛点、难点。经与天风期货、方正中期、创元期货等不同规模的公司领导沟通交流，了解到行业目前普遍关注扶贫工作，愿意积极投入，并且已经积累了不少经验。在扶贫工作上，期货公司面临的主要难点和痛点，是和贫困县的沟通成本较高，扶贫资金投入的方向和项目进展较难把握，对扶贫成效的考核非常重视。第二步，带领期货公司实地考察太湖县。2018年11月7日、8日，天风、国贸、华金、方正中期4家期货公司深入太湖县百里、北中、弥陀、刘畈等乡镇实地考察产业扶贫项目，并进村入户走访慰问贫困户，对太湖县经济社会发展面貌、贫困程度、脱贫模式等有了直观的了解。第三步，向期货行业发出共同扶贫的倡议。2018年11月7日，上期所官微发出《发挥行业合力，助力脱贫攻坚——会员单位帮扶太湖县倡议书》，号召会员单位通过结对帮扶方式，以产业帮扶、教育帮扶、民生帮扶等多种措施，帮助太湖县山区村的贫困户改善生活水平，提高自身“造血”能力，助力太湖县如期实现脱贫摘帽。

除了这些，我还在覆盖全行业的期货公司负责人微信群里，转发了倡议书和太湖县相关信息，受到众多公司领导的高度关注，第一批明确帮扶意向的公司就在这个微信群里表明了态度。对于意向尚不明朗的公司，我再逐一电话和微信联系，尤其是近两年在扶贫工作上卓有成效的公司，更是重点关注，耐心动员，争取到更多公司加入了帮扶太湖县的行列。保守估计，2018年11月份，我一对一联络了不少于60家期货公司，每家公司平均联系三到四人，就太湖县基本情况、扶贫需求、扶贫考核办法等内容，不厌其烦、一遍又一遍地解答和解释。

功夫不负有心人。我到任两个多月后，2018年12月14日，上期所期货行业“一司一村”帮扶太湖县集中签约仪式隆重举行，来自北京、上海、天津、重庆、江苏、安徽、浙江、福建、广东、江西、湖北、陕西等多个省和直辖市的33家期货公司，集体和太湖县人民政府签订了结对帮扶协议。

“一司一村”结对帮扶签约仪式

主歌：大别山区盛开产业扶贫之花

签约仪式结束后，按既定工作安排，太湖县扶贫办迅速收集了山区8个乡镇39个非贫困村的基本情况和准备发展的产业项目情况，制作成直观的短视频，供签约的33家期货公司挑选，然后进行双方的需求匹配，最终明确了结对帮扶的33个山区非贫困村。2019年，33家公司的帮扶资金共670万元陆续到账，太湖县扶贫办再按程序进行款项划拨、专款专用，将资金投入到对应的村和产业项目上。

一年多过去，帮扶资金发挥了明显的带动脱贫作用，帮助山区非贫困村建起了茶叶、油茶、瓜蒌、红心柚、蔬菜、小黄鸡、小黄牛、番鸭等多个特色种植养殖项目，以及编织手套等小型加工项目：

天津一德期货帮助寺前镇塔镇村建起雷竹种植基地，并派出扶贫专员留驻塔镇村，帮助村里出谋划策，建立农产品销售中心，以解决山区农村长期存在的农产品销售难、流通难的问题。2019年10月底，中国证监会党委委员、副主席阎庆民到太湖县调研指导扶贫工作期间，专门赴塔镇村察看了雷竹种植基地。

安徽徽商期货帮助北中镇浮坵村建起小黄鸡养殖基地，第一年养殖规模达到6 000只，已全部出栏，鸡蛋也卖了不少。尽管受今年年初的疫情影响，部分存栏待售的小黄鸡多消耗了两个月的饲料钱，但这个基地已经为村集体增收8万多元，带动的10户贫困户也平均增加了2 500元的家庭收入。这些小黄鸡经活杀、清洗和冷冻保鲜包装后，可以远销到兰州、上海等地，让千里之外的人们也能品尝到太湖小黄鸡的美味。

苏州创元期货帮扶的弥陀镇白洋村，开辟了大片土地种植蔬菜。2019年4月份以来，已经轮番种植过小青菜、毛豆、豇豆，出产大部分供应村里的脱水蔬菜加工厂，少量送到镇上的机关和学校，销售收入加上农业补贴，已经有20多万元。2020年上半年，创元期货再出资10万元，帮助弥陀镇安乐村种植西瓜。原本种植羊肚菌的25亩地，5月栽苗，6月挂果，7月采摘，仅仅3个多月时间，11 000株西瓜苗上就结出了超过10万斤西瓜。创元期货投入的10万元帮扶资金，刚好够支付人工、肥料和瓜苗的钱，其中，向贫困群众支付的务工费这一项，就达到7万元左右。

上海国信期货对口帮扶寺前镇中河村，村两委结合本村实际，整合移民后扶、易地扶贫搬迁巩固提升等资金，新建扶贫车间加工劳保手套。到目前为止，800多平方米的钢结构标准化厂房和100多平方米的配套用房已全部完工，首批50台手套编织机及配套机械已通过招标，签订了采购合同，即将投产。手套加工不复杂，每台机器一小时能生产出12双手套，每双手套最低纯利润2分钱，50台机器每小时能为村里产出12元的利润，每月利润8 000余元，年利润10万元左右。按照中河村的规划，这个扶贫车间将逐步投入运行200台编织机，能解决村里三四十个贫困劳动力务工，让他们在增加劳动收入的同时，能就近照顾家庭和发展种养业。

来自广州的广发期货，对口帮扶寺前镇罗溪村，也走手套加工的路子。他们的动作更快，用原来罗溪乡粮站的房子改造升级，又找到一个有多年手套加工经验的邻村人，迅速开始了手套加工生产。找到了能人，村里在扶贫车间的管理上省了不少事，采用的是承包制，进料、生产、销售都由承包人负责，村里去年每个月能获得7 000元的固定收益。今年效益更好，承包金额上浮到8 000元，但年初两个月因疫情原因，车间没有开工，村里和承包人也共同承担了损失，减免了两个月的承包金。

寺前镇西南方向的安仓村，一年前用西安迈科期货投入的20万元帮扶资金，种下了40亩葛根，今年又增加了30亩。葛根也是很耗人工的项目，隔三岔五就要锄草，村里优先安排贫困户务工，每年在劳动用工上要支出10多万元；如果全年务工，一个人就能获得超过2万元收入。到今年农历十月，第一批长成的葛根就要开挖了，按人工种植的葛根块茎每斤1元的收购价格计算，一亩地大约能产生1万元左右的毛收入。

更远一些的马龙村，也用天津和融期货的帮扶资金种植了50亩葛根。一年来，村里人在村支书的带领下，种了葛根和油茶，建起了新的村卫生室、茶叶加工厂和油料加工厂，硬化村级公路16公里，完善了易地搬迁提升工程及人饮工程等，村部办公楼也正在新建。有想干事、能干事的基层党组织领头人，再有扶贫资金的助力，这个村的面貌，正在发生巨大的改变。

上期所帮扶的大石乡瓜蒌种植丰收场景

尾奏：战歌唱响，薪火相传

2019年11月1日，上期所再次向全体会员单位发出《再接再厉，共谱华章——关于共同参与太湖县消费扶贫的倡议》，倡导期货公司共同发起支持太湖县消费扶贫的行动。11月28日，上期所联合中共太湖县委、太湖县人民政府，在上海期货大厦共同主办“太湖县农特产品展示发布会暨期货行业消费扶贫认购仪式”。仪式上，来自太湖县的80余款农特产品现场亮相，50余家期货公司参与消费扶贫认购活动。2020年，又有部分期货公司加入结对帮扶太湖县的行列，截至6月底，总计已有38家期货公司结对帮扶了太湖县42个村。近两年来，期货公司采购太湖县农产品的总金额超过了300万元。

“一司一村”结对帮扶，较好地解决了非贫困村长期缺少帮扶的“悬崖效应”问题，为太湖县脱贫攻坚顺利进展做出了贡献。成果的背后，是大量的辛劳，2019年以来，先后有20余家期货公司30多次到访太湖县，进村开展党建共建、调研考察、访贫问苦、捐赠实物、捐资助学、金融知识培训等形式多样的扶贫活动。

守正笃实，久久为功。自2013年上期所接下中国证监会定点帮扶太湖县的接力棒后，中国证监会扶贫办对太湖县脱贫攻坚给予了高度关注，高层领导赴县里视察，会扶贫办持续给予具体指导，帮扶力度不断加大，扶贫资金从2013年的近百万元增至2019年的2 100万元。尤其是党的十九大以来，现任党委书记、理事长姜岩同志特别强调政治站位，把交易所党委对扶贫工作的领导摆在突出位置，亲自抓扶贫工作，两年内七次亲临太湖县调研指导扶贫工作，2019年夏更是带着党委班子到太湖县，在脱贫攻坚第一线开展主题教育和党委中心组学习。

2018年6月，上期所党委书记、理事长姜岩同志调研贫困村光伏产业扶贫项目

太湖县已经于2020年4月28日一举摘掉戴了35年的贫困县帽子。在脱贫攻坚最后的攻坚克难阶段，期货公司的集体参与，共同为中国证监会系统在太湖县持续18年的帮扶画上了一个圆满的句号。当然，这个句号并不是休止符，我们还要深入贯彻落实习近平总书记关于扶贫工作的重要论述，坚持“四个不摘”要求，着力巩固提升脱贫攻坚成果，助力建设富裕文明的新太湖。战歌唱响，薪火相传，上期所和期货公司共同为太湖县打造的这支“不走的扶贫工作队”，还在壮大，还在前行。

（撰稿：太湖县人民政府副县长 周军）

脱贫有“医靠”，扶贫有方法

——郑州商品交易所健康扶贫显成效

“感谢党和国家现在的好政策啊，要不是这次乡里面的医生到村里免费给我们体检，我肾上长的这个疙瘩儿，还不知道拖到啥时候才能发现治疗呢。”

几个月前，桐柏县毛集镇卫生院进村入户为乡亲们开展免费体检及健康知识讲座，年近70岁的张湾村村民何永学，在家门口的村卫生室接受了免费体检。体检中医生发现了他的左肾上长有囊肿，迅速指导他前往乡镇卫生院接受了住院治疗。近年来，郑州商品交易所聚焦解决“两不愁三保障”中基本医疗保障问题，持续在河南省桐柏县开展健康扶贫。帮助医生及时诊断出何老汉病症的关键设备，正是郑商所向桐柏捐助的1 400余件医疗设备之一。

瞄准健康保障基本医疗

2013年，郑商所按照中国证监会的统一安排，开始定点帮扶桐柏县。

“要想富，先修路。”

帮扶初期，郑商所投入589万元在桐柏修建道路、桥梁、校舍等基础设施，帮助桐柏县筑牢脱贫致富的根基。2015年11月，中央明确提出“实施健康扶贫工程，保障贫困人口享有基本医疗卫生服务，努力防止因病致贫、因病返贫”。于是郑商所逐渐将健康扶贫纳入帮扶方向之一。

桐柏县地处豫、鄂两省交界处，桐柏山腹地，是千里淮河之源、革命老区苏区。作为一个国家级重点贫困县，当时桐柏的经济和医疗基础都较为薄弱，因病致贫、返贫的贫困户占建档立卡贫困户总数的四成以上，疾病成为桐柏县贫困群众脱贫路上的“拦路虎”。由于基础医疗卫生体系的相对落后和医疗设备陈旧、数量不足，许多乡镇卫生院只能满足部分基础、常见病的检查需求，很多生活在僻远山区的群众，孕产妇、老年人、高血压和糖尿病人的健康检查都难以开展，远不能达到国家对基本公共卫生服务所要求的水平。因此，着力解决贫困群众因病致贫、因病返贫问题，是桐柏县脱贫攻坚工作的一块最难啃的“硬骨头”。

“没有全民健康，就没有全面小康。”2016年，郑商所结合桐柏县脱贫攻坚的实际需求，在认真实地调研论证后进行了健康扶贫的初次“试水”。这一年，郑商所共投入250万元支持桐柏县基层医疗机构配备医疗设备，为15个乡镇卫生院配置了健康一体机、全自动生化分析仪、便携式B超，为207个村卫生所配置中西医药柜、紫外线消毒车、诊断床等设备。项目基本覆盖了桐柏县乡村两级所有的基层医疗卫生机构，为许多乡镇卫生院和村卫生室完善了医疗设备配置，甚至实现了医疗设备“零”的突破，初步满足了贫困群众基本的医疗服务需求。

助推乡村健康标准化

郑商所健康扶贫的初次尝试起到了良好的帮扶效果，在一定程度上缓解了桐柏贫困地区医疗条件简陋的问题，但由于桐柏县医疗卫生底子薄、支持资金少，整体医疗卫生服务体系建设仍然不足，所以郑商所决定继续将健康扶贫作为定点帮扶桐柏的主要内容。2017年开始，聚焦基层医疗卫生机构标准化建设，郑商所为桐柏县送去了两个健康扶贫的定制“套餐”。

为了解决乡镇卫生院设备短缺问题，让优质医疗资源下沉到基层一线，郑商所两年投入985.85万元为桐柏县14所乡镇卫生院配置了多普勒超声波检查仪、心电图机等设备，进一步提高了基层诊疗服务水平。

“过去乡卫生院破旧简陋，简单的生化和心电图检查都做不了，乡亲们遇到稍微棘手的病症只能赶到几十里外的县医院。郑商所推动实施了医疗卫生提升工程后，现在乡卫生院宽敞明亮，全自动生化分析仪、彩超、心电图机等一应俱全，群众基本实现了‘小病不出村，常见病不出乡’的心愿，脱贫负担减轻了不少。”黄岗镇卫生院院长武从亮说。

村卫生室是农村医疗服务体系的基础，是服务百姓健康的第一联系点。2019年，郑商所加大帮扶投入力度，投入600万元与结余帮扶资金一并使用，在桐柏县开展143个行政村标准化村卫生室建设项目，打通服务群众“最后一公里”。在这之前，许多村医行医就在自己家中，生活用品、医疗用品混杂在一起，医疗卫生环境难以保证。标准化村卫生室建成后，80平方米的卫生室“麻雀虽小，五脏俱全”，诊断室、药房、治疗室、输液室等6室独立，每个卫生室至少配备一名合格村医，常见药品样样俱全，各项操作流程随之规范，医疗环境大幅度提升。在郑商所的帮助下，桐柏县实现了全县标准化村卫生室全覆盖，群众在家门口就能享受到质优价廉的医疗卫生服务，村容村貌也在村卫生室的影响下变得整洁卫生。

程湾镇和湾村集体卫生所

在郑商所健康扶贫的帮助下，桐柏县针对农村建档立卡贫困户、重点人群开展了“十万人免费健康体检”、贫困患者家庭医生签约、“夏季送清凉”等大型义诊服务活动，把检查治疗和健康服务送到行动不便的群众家中，实现了农村人口疾病的早发现、早治疗，极大地缓解了困难群众看病难、看病贵等问题。2019年春天，桐柏县黄岗镇卫生院组织医务工作者到王庄村卫生室开展家庭医生签约服务，在给一个13岁小姑娘做检查时，发现她的心电图数据异常，迅速联系安排小姑娘到南阳市第二人民医院就医，确诊为先天性心脏病。同年7月，她成功地进行了手术，并通过家庭医生签约服务，持续接受跟踪式健康管理。

连续几年的健康扶贫投入效果显著，根据桐柏县卫健委提供的数据，2019年各乡镇卫生院利用郑商所捐赠的设备为乡镇居民服务3.2万人次，援建村卫生室服务覆盖辖区居民15万人。

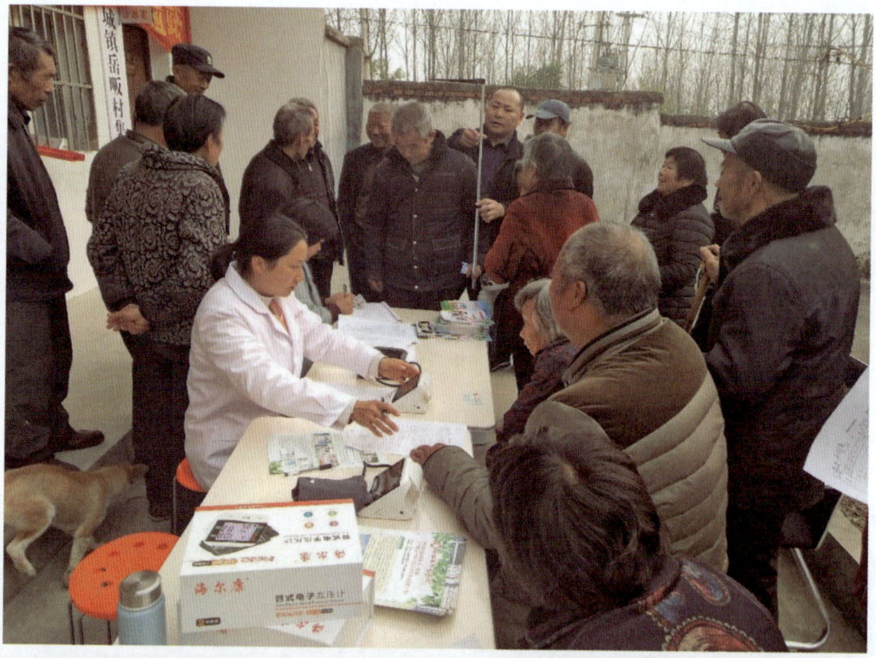

村卫生室给乡亲们做检查

疫情防控突显帮扶成效

在郑商所的帮助和支持下，2020年初，桐柏县人大议案《实施医疗卫生提升工程 大力推进健康扶贫》提出的目标和任务基本完成，医疗卫生服务水平得到了较大提升，卫生健康事业发展取得明显成效。桐柏县卫健委股长魏杰涛表示，郑商所对桐柏县基层医疗卫生事业的持续援助，填补了乡级、村级卫生系统医疗设备空缺，完善了基础设施建设，也为桐柏县的疫情防控工作提供了有力支撑。

2020年春节，突如其来的新冠肺炎疫情使得桐柏县卫生健康系统面临严峻考验。桐柏县与湖北省山水相连，人员往来密切，传染风险大，防控形势严峻。疫情检验出了郑商所助力桐柏县健康扶贫的帮扶成效。疫情期间，医疗设备完善的乡镇卫生院和标准化建设的村卫生室充分发挥出“网底作用”，成为桐柏县疫情防控阻击战的基层医疗阵地。乡村两级基层医疗人员有的奔赴一线，设立疫情监测点，严格把控疫情“入口”关；有的承担居家隔离观察人员的体温检测、发热筛查等健康管理工作；有的开展宣传教育工作，及时向辖区居民宣传新冠肺炎疫情防控核心知识。进入常态化疫情防控阶段后，标准化建设的村卫生室设备到位、科室完善、分区合理，不仅大大增强了基层医疗应对疫情的能力，更为桐柏打赢疫情防控阻击战提供了坚强支撑。

县乡村三级帮扶全覆盖

县级医院是农村三级医疗卫生服务网络的龙头和城乡医疗卫生服务体系的枢纽。桐柏县原妇幼保健院占地面积小，办公条件差，设备陈旧，已远远不能满足人民群众的基本医疗卫生服务需求。桐柏县筹措资金新建了妇幼保健院，主体框架已经完工，正处于内部装修和添置医疗设备器材阶段。郑商所开展的帮扶项目将健康扶贫扩展到县域，投入700万元为桐柏县妇幼保健院配置开展业务急需、必备的超高清腹腔镜系统、急救呼吸机等医疗设备和器材，为桐柏县妇幼健康提供基础硬件保障，助力实现“大病不出县”的目标。此外，郑商所还积极在行业内发出倡议，引进期货公司投入帮扶资金，共同支持桐柏县妇幼保健院建设及其他扶贫项目。下一步，郑商所计划组织桐柏县基层医疗工作人员培训，提升医务人员业务能力和水平，充分发挥医疗设备的作用，为贫困群众的身体健康保驾护航。

随着健康扶贫工作的逐步深入，桐柏县基层医疗卫生服务条件不断改善提升，优质的医疗服务进一步促进了桐柏经济社会发展。2020年2月，桐柏县顺利实现脱贫摘帽，郑商所功不可没，同时，郑商所将继续响鼓重槌，加大投入力度，助力桐柏县巩固脱贫成效。

（撰稿：郑州商品交易所）

贡献“期货智慧”，决胜脱贫看今朝

——大连商品交易所助力脱贫攻坚

在甘肃省天水市的秦安县，郭元元是普通的农村小学教师，32年来坚守农村教育第一线，月收入仅有几百元。以前，学校设施简陋，她从老木匠那儿学了手艺，为学校修理桌椅板凳；近年留守儿童越来越多，她“保姆”“家教”一肩挑，为孩子们提供爱心早餐和课余辅导。在孩子们眼里，她不仅是老师，师恩和亲情早已分不清。今年受疫情影响，学校停课，心急如焚的郭元元主动放弃休假，协助跟踪学生体温变化。年前，她收到了来自大商所“代课教师资助奖励基金”的9 000元补助金。对于这笔钱的用途，她说：“给孩子上学用，我看病花了些，还捐了1 000元。”

就在郭元元为开学而焦虑的时候，秦安县贫困户李永平正侍弄着自家果树。春种秋收，言易行难。去年秦安苹果从每斤4元多一路下降到2元，愁坏了果农。让李永平感到庆幸的是，2018年大商所、郑商所为秦安县所有种苹果的建档立卡贫困户提供了“保险+期货”业务，为果农收入上了保险。李永平的2亩果园拿到2 716.1元的赔偿。如今又到了农作时节，虽然他还是不懂期货是什么，但心里头踏实了许多。

郭元元祈盼疫情结束，早日开学；李永平祈盼果园丰收，卖个好价。他们都是普普通通的秦安人，在“同一屋檐下”为各自和他人的脱贫致富和幸福生活而奋斗。作为曾经的国家级贫困县，2013年底尚有18.12万贫困人口的秦安县，在2020年2月实现脱贫摘帽。这一成绩，离不开国家及地方政府的支持和作为，离不开郭元元、李永平们的奔走忙碌，而期货市场对产业、资金、教育等全方位扶持和投入，也是不可或缺的因素。

当金融走进土地，我们就是拓荒者。

“羲里娲乡”，结缘期货

秦安位于甘肃省东南部，古称成纪，历史久远，素有“羲里娲乡”之称。陇中充足的阳光照进这片黄土高坡，滋养千顷良田；独有的梁峁沟壑地貌塑造了当地人踏实肯干的朴素气质。曾经的古代“丝绸之路”要冲和商埠重镇，如今摇身一变，成了我国苹果之乡、花椒之乡。

在秦安，提及苹果让人欢喜，让人忧。喜的是，秦安地处渭北黄土高原地区，沟壑纵横，山多川少，光照充足，雨量适中，昼夜温差大，适宜栽培落叶果树。忧的是，果农难以摆脱“靠天吃饭”的困境：苹果减产，果农自然亏损；苹果丰产，又卖不出好价格。“丰产不丰收”，令果农欲哭无泪。

说到卖苹果，李永平觉得“一直赶不上趟儿”，尤其对2018年的经历仍心有余悸。当年他家2亩果园足收了近6 000斤苹果，不过村里有的农户一斤苹果能卖上5块，他只卖了3块多。“赚了毛毛钱，亏了块块钱”，这句挂在当地人嘴边的顺口溜，折射出秦安苹果业的辛酸。

与李永平遭遇相比，秦安县叶堡镇马庙村以及郭嘉镇朱弯村20户贫困果农颇为“幸运”。2018年1月，甘肃首个苹果“保险+期货”项目应运而生，太平洋财险和华联期货为这20户贫困果农的15.2万斤苹果提供了价格保障。同年3月，20户果农拿到了10.64万元的保险理赔款，户均赔付5 320元。这些头一回和期货打交道的贫困户，切切实实感受到了“保险+期货”的实惠，也让李坪村的李永平看着眼红。

2019年，“丰产不丰收”的局面与2018年如出一辙。甘肃、陕西两地苹果大丰收，但分拣后的苹果价格才2块多钱。由于秦安县果农苹果销售主要以随行就市为主，大订单较少，此时贸易商不敢入市收购，导致大量农民苹果销售困难。

幸好，在中国证监会扶贫办牵头开展的“一果连四方”活动的引领下，2018年底大商所、郑商所联合多家期货、保险公司，将苹果“保险+期货”项目覆盖到秦安县建档立卡贫困户中的所有苹果种植户，惠及全县17个乡镇4 400户农户，总保额1亿余元。贫困果农拿到了421.34万元的赔款，李永平的2亩苹果赔款就有2 716元，至今不懂期货的李永平笑得嘴巴都合不拢。

金融活水润陇中

实践证明，仅靠国家救济、行政干预的扶贫做法“治标不治本”，把握有形的政府之手和无形的市场之手，既“扶智”也“扶志”方是正路。但对于文化水平不高的果农来说，期货如同天书一般深奥，参与积极性不高，如何让广大果农响应呢?

筚路蓝缕，以启山林。在当地政府支持和共同参与下，大商所和期货公司开展了一系列期货衍生品的知识培训。大商所多名中层干部、业务骨干主动到最困难的一线挂职锻炼，一次次实地走访迎难而上，一次次动员说教苦口婆心，一次次业务培训晓之以理……在不懈的努力下，终于扭转了果农们对“保险+期货”只是保险公司为了赚取保费的偏见，对期货和保险有了全新的认识。正如苹果期货交割库企业、秦安雪原果品公司董事长蔡二成说的那样：在认识到“保险+期货”可以对冲价格波动、保护稳定收入之后，果农参与的积极性大大提高。

数据显示，秦安县参保农户的苹果未参保户的苹果多卖了0.37元/人·斤，很大程度上解决了种植户最为关心的价格风险问题。“我们全家收入全靠几亩苹果树，一年到头从种植、修剪到套袋、摘袋，小心翼翼地防病治虫，可一旦碰到伤冻，辛辛苦苦收获的苹果也卖不了几个钱。有了‘保险+期货’项目，心里踏实了，能够安心搞生产。”种植户张大爷笑着称，村民的精气神也明显好多了。

在项目推广初期，保费的减免也大大提高了农户的参与积极性。2018年大商所通过努力，申请到国家2 500多万元专项资金对秦安贫困户进行保费补贴，省市县三级政府进行资金配套，建立了政府、期货和保险三方合作的机制。本应农户缴纳的保费通过政府补贴、交易所补贴及相关帮扶单位捐赠、自筹等渠道解决。2018年，秦安县启动8 880吨苹果“保险+期货”项目，总保费490万元，涉及贫困户4 440户，为果农理赔421万元，平均每户约1 000元。2019年大商所与15家期货公司、2家保险公司实施2万吨“保险+期货”项目，在苹果价格下跌的行情下向果农赔付了2 300万元。

2016年至2020年，在政府、期货和保险界共同努力下，引入“金融活水”润泽陇中。首创于大商所的“保险+期货”正以星星之火的姿态，渐成燎原之势，点亮秦安未来。

实业、教育、卫生，一个都不能少

秦安曾经是国家级贫困县，而中山镇曾经是秦安的深度贫困镇。49岁的当地人刘建庭靠种植土豆、小麦和务工维持生计，一年只赚2万元，主要供孩子上学。家中房屋破旧，五口人挤在一张炕上，只有过年才能吃上一次肉。最难的时候，他四处举债才能维持生计。

2018年，情况得以改观。大商所联合国内大型企业和蛋品协会，引进百万蛋鸭和500万只蛋鸡养殖项目。其中，百万蛋鸭养殖项目总投资6.7亿元，已建成投放了青年鸭2万只，销售鸭蛋15吨。预计到今年底，项目能够集中养殖30万只蛋鸭，年产蛋6 500万枚，鸭肉5万吨，年总产纯利润可达600万元。项目既符合发展“短平快”产业的扶贫要求，也能解决秦安原有的花椒、苹果产业结构单一且资源过于集中、易受产业周期和自然灾害影响的问题，打造种养一体的循环生态农业。村民通过土地入股、扶贫资金入股、成功获得较好收入。

2019年6月下旬，刘建庭进入蛋鸭养殖场工作，每个月收入近5 000元，年底还能拿到1 600元的分红。如今，他们一家已经可以每月吃肉，还借钱把房子修了。大女儿、二女儿已经毕业工作，家里的环境渐渐地好起来。

产业有了规模，可产品如何走出山沟？以张寨村为例，以前村里的路全是土路，下雨的时候出行不便，村里的苹果、桃子只能人用担子挑出来，一路上颠簸，经常出现坏果，导致水果价格明显低于其他地方。

要想富，先修路。大商所投资156万元，在张寨村修了19 500平方米村路。现在路修好了，村里人出行方便，苹果收入也高于往常。

有了公路，没有销路怎么办？大商所联合相关单位引导秦安农企入驻电商平台，帮助秦安县搭上“互联网+”快车，支持企业直接面向终端消费地区线上销售苹果、花椒等农产品，拓宽了农产品产销渠道，提升了产业附加值。同时，大商所精准对接企业和贫困户，2019年采购秦安苹果25吨，为贫困户让利6万多元。

除了实业扶贫、消费扶贫外，大商所还紧紧聚焦“两不愁三保障”直接投入451万元，持续加大在卫生、教育、住房保障等方面的投入。特别在教育扶贫上，大商所每年投入30万元资金，设立“秦安县优秀贫困大学生助学金”，每年资助100名贫困学生，真正阻断了贫困的代际传递。同时，投入帮扶资金64.8万元，设立资助奖励基金，给200多位农村代课教师发放了生活补助和优秀奖励金。

前文提到的郭元元正是这个基金的受益人。而同样身为人民教师的秦安人赵自如对学校很有感情，教学之余还毫无怨言地承担起学校卫生绿化维修。从业35年间，他的工资从20元缓慢涨到了1 100元，只能靠借钱供孩子上学，最多时借了30多万元。2018年，他从大商所资助基金中每月领取500元补助。2020年春节，他买了人生里的第一台电视机。

对于以服务实体经济、服务“三农”为己任的期货市场而言，多措并举助力秦安脱贫既是义不容辞的责任使命，也是发挥交易所“中心作用”和市场优势的具体体现。大商所在助力秦安脱贫的进程中充分对接各方资源，积极协调联络银行、期货、保险等金融机构，形成了多方参与、多面支撑的“扶贫生态链条”。“在人才交流、果品营销、产业发展、教育卫生、基础设施建设等方面，‘期货力量’帮助我们实施了一大批基础性、民生性的扶贫项目。”秦安县政府研究室副主任说。

贡献“期货智慧”，决胜脱贫攻坚

掘井九仞未及泉，犹未弃井；胜利在望未全功，仍需努力。对秦安而言，脱贫摘帽不是终点，而是新时期、新生活和新奋斗的起点。对期货市场而言，如何巩固秦安等摘帽地区“脱贫不返贫”，如何在更多贫困地区推广“秦安经验”，贡献“期货方案”和“期货智慧”，期货市场等各方仍重任在肩。

2020年是脱贫攻坚决战决胜之年，在这场最后的战役中，期货市场将以不获全胜决不收兵的信念助力脱贫攻坚决胜，相信我们终将攻克最后的贫困堡垒，交出全面建成小康社会的优异答卷。

（撰稿：大连商品交易所新闻信息部　王冰）

穷在深山有“远亲”，倾力帮扶显真情

——中国金融期货交易所助力延长脱贫致富

“上一道坡坡下一道梁……”一首陕北民歌唱出了黄土高原的景，也唱出了黄土高原的情。在广袤无垠的黄土地上，有一个叫延长的地方，这里是中国民族石油工业发源地和中央红军东征出发地。多年来，因山高沟深、土地贫瘠，曾经长期戴着贫困县的帽子，群众增收脱贫压力巨大。

在中国证监会统筹部署下，中金所牵手陕西延长县开展定点扶贫工作，与延长人民结下了深情厚谊。8年来，中金所心系“远亲”，深耕黄土地，做足“绣花功”，累计投入引入帮扶资金1.04亿元，实施扶贫项目137项，惠及2万余名贫困群众，帮助延长县成为陕西省首批脱贫摘帽县。而站在决战决胜脱贫攻坚的全新起点，中金所将坚持摘帽不摘责任，不摘帮扶，与延长人民勠力同心，为全面建成小康社会添砖加瓦。

一心为民兴产业：用金融“活水”浇灌产业致富之花

“路走对了，就不怕遥远。”每年的初秋时节，顺着沿黄公路驱车来到延长县境内，在那山卯间，成片的果园里红彤彤的苹果让人眼前一亮。延长县属于世界苹果最佳优生区，近年来，当地大力发展苹果产业，苹果已成为支柱产业和百姓脱贫致富的“金蛋蛋”。而受制于交通不便和天气灾害，长期以来，当地苹果产业“同果不同价”“增产不增收”的现象时有发生。如何帮助果农锁定收益，扩大销路，助力贫困户实现致富梦?

帮扶要精准，必须把准“致贫脉”。中金所几任扶贫干部都坚持在做好金融扶贫这篇文章上下功夫，积极协同动员金融行业力量，把金融“活水”浇到精准扶贫的“根”上，用金融创新工具帮助农民规避市场风险，促进贫困户稳收增收，从而进一步推动当地发展现代农业，让延长苹果成为“扶贫果”“金苹果”。

结对帮扶以来，中金所积极打造金融扶贫“朋友圈”，探索金融联合扶贫创新模式。2018年11月，中金所联合金融扶贫小伙伴——中国工商银行专门推出了“工银易农贷–苹果通”扶贫融资金融产品，为解决果农和扶贫合作社等贷款难、融资难问题进行了积极探索和创新。延长县董金宇有机苹果专业合作社理事长李渊通过“工银易农贷–苹果通”贷到了30万元，他高兴地说道：“有了这笔贷款，我们企业的发展能再上一个台阶，我们也有信心带动更多的贫困群众脱贫致富。”

另外，中金所积极协调郑商所、工商银行和期货公司等金融行业力量，助推发挥苹果“保险+期货”扶贫惠农功能。面对这一新鲜事物，安沟镇阿青村果农肖金光心中很没底气，苹果价格保险真的管用吗？直到项目理赔的那一天，肖金光还是忐忑不安。他早早地起来，换了一件干净的衣服，开着三轮车来到了县城，在延长县2018年苹果“保险+期货+银行”理赔仪式上，他领到了1 671元的保底理赔款。“去年苹果卖上了好价，我家14亩果园大丰收，没想到丰收了还给我发保底理赔呢！”肖金光高兴地说，“以后我只管好好种苹果就行了，苹果价高我收入高，价低我还能拿到保险理赔款，不管价格

延长苹果

高低，我收入都有了保障。”

不让贫穷卷土重来：心系学子，教育扶贫燃希望

“太开心了，马上就可以去上大学啦！我被咸阳师范学院录取了……”2018年8月，在距离大学开学还有一周时间，延长县中学的高三毕业生，18岁的小尚（化名）就迫不及待地开始收拾行李，迎接即将到来的大学新生活。三年来，除了父母、老师、同学相伴，还有一群“可爱的”人，守护在小尚的身旁，无时无刻不在激励、鼓励着她。今天的成绩，就是对“他们”最好的回报。

小尚家住在罗子山镇尚家村，15年前，父亲在一次车祸中脚部骨折，成为二级残疾，至今不能干重体力活，一家四口的日子全系在母亲张秀珍身上，只靠张秀珍一人打工的收入维持生计，一家人的日子过得很拮据，是典型的因病致贫户。

当时，县中学的一条招生信息给母亲一家带来了希望。原来，中金所扶贫干部多次到延长县初中、高中调研，了解到许多家庭因子女上学致贫，尤其是部分初三毕业生，虽然品学兼优，但却因家庭贫困，在接受完九年义务教育后便选择了辍学，与高中、大学失之交臂。为了解决这一难题，经过协调，中金所联系中国扶贫基金会资助延长县中学30万元设立新长城高中自强班，面向全县初三贫困毕业生招生。按照资助协议，每名学生在每学年将会享受到1 800元的生活补助，三年内共计领取补助5 400元。

新长城自强班招生的消息，对于小尚这个贫困家庭来说，无疑是雪中送炭。回忆起当时的情景，小尚母亲仍然很激动，她说正是中金所鼓励了小尚等贫困学生要珍惜学习机会，努力通过知识改变命运。由此，中金所与延长县中学的贫困学生们之间就建立了一种特殊的关系，成为贫困学生口中最“可爱的人”。正是有了中金所这些“可爱的人”，父母的负担才减轻了，她才能继续上学，完成自己的大学梦。高中三年，被激励着的小尚学习更加刻苦。

小尚高考考了455分，被咸阳师范学院录取。“娃考上大学了，我和他

爸都非常高兴。”小尚母亲激动地说，“真的感谢中金所，娃在高中三年，学费减免了，每学期还能领到生活补助和助学金。要是没有他们的资助，我家真不知道怎么熬这三年。”在中金所资助的学生名单中，除了小尚的名字外，还有其他49名学生。和自强班的名字一样，他们自强不息，刻苦努力，一个个被延安大学、河南工业大学、商洛学院等大专院校招录。“非常感谢中金所的叔叔阿姨们，我代表自强班的学生感谢你们！我们不会辜负你们的恩情，我们到了大学以后，一定好好用功读书，毕业后一定要成为对社会有用之才！”小尚说。

为了不让贫穷卷土重来，8年来，中金所始终坚持扶贫与扶智、扶志相结合，深化从“帮钱帮物”向“智志双扶”转变，心系老区教育发展：2013年提供助学资金帮扶24名贫困大学生和23名高中生；2016年设立延长县中学新长城高中自强班、黑家堡中学教育扶贫基金；2017年实施农村小学“七彩小屋”项目；2018年实施关子口小学教育扶贫项目；2019年帮助延长县高中建设20间多媒体教室，建设3间中小学素养教育“梦想中心”……中金所在延长县实现了学前教育、小学、初中、高中、大学各阶段教育扶贫全覆盖。

天堑变通途：致富路修到家门口

“要想富，先修路。”延长县山路多，弯急坡陡，村庄之间还常被深沟相隔，这给苹果的种植和运输造成很大影响，打通道路成为果农致富的关键。当地果农说，以前路不好，收苹果的大车进不来，只能用三轮车把苹果运出去卖，不仅费时，如果路上苹果磕了碰了，还影响价钱。

在张家滩镇老沟湾新村，一条宽敞平坦的通村水泥硬化路穿村而过，成为这道黄土塬上一道亮丽的风景线。张家滩镇老沟湾村是2017年延长县新建的一个避灾搬迁新村。随着脱贫攻坚工作的不断推进，该村的基础设施也在不断完善，村上建起了活动广场，设立了卫生室，村民家家户户都通上了自来水，可村上的通村路仍旧是土路，严重阻碍了村民们的生活出行和产业发展。该村的苹果地大都在山塬上，每年的苹果外运成了村上人的心病。村民孙麦成回忆道："以前村上是土路，一下雨就泥泞不堪，收苹果的大车进不来，苹果摘下来要放好多天才能卖出去。"

2018年10月，中金所的帮扶干部了解到情况后，积极协调实施了通村道路建设项目，硬化了该村1.5公里的通村路，处理了地基，平整了原有的土路面、边沟。现如今，泥泞的羊肠小道变成了宽阔平坦的硬化路，直通村口，且将整村果园都连接了起来。该项目建成后，极大地改善了老沟湾村的交通运输条件，降低了苹果运输成本，增强了苹果输出能力。村民徐把有高兴地说："感谢人家中金所给我们村修的这条致富路，现在收苹果的大车直接就能开到我们村里来，我们卖起苹果来方便多了！"

天堑变通途

"小苹果"进入"大市场"："战疫""战贫"两手硬

路途难行要打通，信息闭塞要畅通。延长县素有"瓜果之乡"的美誉，但信息闭塞，知道延长县优质农产品的人并不多。中金所积极探索消费扶贫新模式，多渠道、多维度帮助农户的"小苹果"打开"大市场"。

2018年10月，中金所携手工商银行打造的"山水延长·瓜果之乡"电商扶贫馆在工行"融e购"上线，首批5家农产品龙头企业、10多种优质农特产品入驻，这一平台为延长县优质特色农产品提质上档、走出深山、走进市场搭建了“网络直通车”。

2020年新冠疫情发生后，作为全县支柱产业和农民增收主要渠道，延长苹果面临运不出卖不掉的滞销积压问题，严重影响农民复产复种热情和稳收增收信心。中金所紧密结合延长地区实际情况，积极组织开展消费扶贫“暖春行动”，坚持“以购代捐”“以买代帮”，大力促进延长县农产品销售，拓宽贫困户增收渠道，助力延长县“战疫”“战贫”两手硬、两不误。中金所积极制订消费扶贫百万采购计划，首批直接采购1 000箱苹果，及时缓解果农燃眉之急，并结合延长县农产品产销周期特点，建立长期稳定的采购合作关系，全年拟定期、分批采购延长县苹果、酥梨、红薯等优质农产品。同时，中金所还积极动员汇聚期货行业扶贫合力。在先期摸底采购需求的基础上，广泛动员期货公司等会员单位积极采购延长县农特产品。

中金所消费扶贫

真情涌动：抗险救灾暖民心

2013年，延长县遭遇洪涝、山体滑坡和泥石流等自然灾害，其中郑庄镇受灾最严重，全镇4 559名群众受灾，3 258孔窑洞垮塌。该镇的中心幼儿园遭到严重损毁，所有房屋全部坍塌，设施全部冲毁。灾情发生后，中金所扶贫干部一直奋战在抢险救灾第一线，交易所第一时间给延长县委、县政府发来慰问信，先期捐赠了20万元救灾资金。中金所时刻关心关注延长县的灾情，派出爱心小分队带着全所干部职工的爱心，赶赴全县120多个自然村，进村入户向325户受灾较重的群众每户送去了500元慰问金以及全体员工为灾区群众捐献的过冬衣物。

灾后重建过程中，中金所还积极联系陕西证监局、陕西证券期货业协会等单位捐款16.98万元，用于郑庄镇中心幼儿园灾后重建。此外，还协调落实定点扶贫资金60万元，为郑庄镇中心幼儿园保教楼配套内部设施，添置幼教设备。一方有难，八方支援，在社会各界爱心企业和爱心人士的帮助下，郑庄镇中心幼儿园顺利完成了灾后重建，校园面貌焕然一新，为适龄入学幼儿提供了舒适的环境，确保了幼儿园的正常开学。

一组组生动的画面，一张张优异的成绩单，一个个饱含真情的扶贫故事……正是中金所人携手同心在延长县扶贫济困实践的真实写照。如今延长县已脱贫摘帽了，但正如习近平总书记强调指出的，"脱贫摘帽不是终点，而是新生活、新奋斗的起点"。在中国证监会党委的坚强领导下，中金所正以此为新起点，迈向全面助力延长县巩固提升脱贫成效和接续推进乡村振兴战略的新征程，力争为延长人民群众过上更加幸福美好的生活做出更大的贡献！

（撰稿：中国金融期货交易所）

五年四十万里路，戈壁滩上守初心

——浙商期货的援疆故事

“加大扶贫资金投入力度，重点向农牧区、边境地区、特困人群倾斜，建立精准扶贫工作机制，扶到点上、扶到根上、扶贫扶到家。”习近平总书记对新疆扶贫工作做出了指示。2016年以来，浙商期货坚决学习贯彻习近平总书记关于脱贫攻坚工作的重要论述，在中国证监会关于发挥市场化造血功能，促进资金向贫困地区集聚的决策部署下，依托资源、资金以及专业优势，5年来入疆15次，紧贴新疆阿克苏地区发展实际，开发多个援疆项目，摸索走出了一条专业扶贫、产业扶贫、消费扶贫的援疆路子。

发挥优势，专业扶贫“兜好底”

2017年12月31日，阿克苏室外温度降到了零下10摄氏度，但柯坪县启浪乡的村民活动大礼堂里却热闹非凡，近百名维吾尔族同胞正聚精会神听着会议，台上发言的是浙江浙期实业有限公司董事长楼培养。几天前恰逢乌鲁木齐十年罕见暴雪，所有航班都取消了，他坐了3天3夜又10个小时的硬座火车在这天凌晨终于抵达了阿克苏。

“今年国内棉花市场受供需影响，阿克苏当地的籽棉收购价较往年大幅回落，跌至6.9元/公斤，而通过价格保险项目，产生保险赔付款90万元”。楼培养所说的是当年国内规模最大的棉花“保险＋期货”价格保险项目。项目试点地区正是国家级贫困县——柯坪县。柯坪县以棉花作为其农业支柱产业，因此如何保障农民收入变得尤为重要。经过项目团队以及政府各方的精心筹备，试点项目得到了浙江省援疆指挥部、阿克苏地委、郑州商品交易所的政策支持，通过以期货品种为保险标的、期货公司对冲价格风险的模式，将农民所面临的价格风险转移至期货市场，达到了“兜底”的效果。

2017年柯坪县棉花价格保险项目赔付仪式

2017年吾甫尔·买买提库力在乡镇干部的引导下投保了66亩地，获得赔款2 167元，喜悦之情溢于言表。而后他还参与了新疆维吾尔自治区发改委主推的棉花“目标价格+保险”改革试点，相较财政直补，保险赔款的方式获得了更多的补偿。2018年至2019年，在浙商期货的运作下，该模式在阿克苏地区其他县市不断推广，示范效应持续扩大，库车种羊场棉花项目、齐满镇红枣项目等累计覆盖现货1.01万吨，种植面积6.16万亩，实现理赔254.47万元，受益农户达到1 278人。

期现结合，产业扶贫“保增收”

发展产业是实现脱贫的根本之策，要因地制宜，把培育产业作为推动脱贫攻坚的根本出路。目前我国红枣生产栽培的最佳生态区域就位于新疆，由于光照时间长、早晚温差大等诸多天然优势，新疆红枣产业发展突飞猛进，种植面积迅速增加。但由于缺乏正确引导，农户大量种植红枣，导致红枣现货价格从2012年开始持续走低，从最高30元至35元/公斤一路下跌至2018年的5元至10元/公斤，销售难如今成为新疆枣农的首要难题。

2019年，以红枣期货上市为契机，浙商期货期现团队在阿克苏当地开展了第一批次仓单交割业务，涉及20万公斤红枣仓单购销合同，销售额212万元，并利用自身贸易渠道将红枣销售到河南、河北等红枣交易集散地，有效解决了阿克苏红枣的销售难题。当前，新疆红枣产业正面临困局，农民因为枣子卖不出去而弃管枣树的现象比比皆是，只有从源头解决销售问题，才能激活脱贫致富内生动力，激发农民的种植积极性，浙商团队正在进行更多的积极探索。

聚焦产业，消费扶贫“引进城”

除发挥风险管理专业优势来开展金融扶贫之外，浙商期货还依托公司平台，多措并举大力开展消费扶贫工作。阿克苏地区属于南疆四地州，是国家层面的深度贫困地区，也是国家全面建成小康社会最难啃的“硬骨头”。南疆戈壁荒凉，但光热资源十分丰富，适宜发展农产品及畜牧业，苹果、杏子、核桃、羊肉等产品一直得到内地及沿海地区消费者的喜爱。

针对阿克苏农业产业化存在的物流成本高、流通效率低、市场信息不对称、农牧民增收难问题，浙商期货积极对接浙江省援疆指挥部，配合“十城百店”援疆工程，成功地将客户资源与阿克苏地区的农业资源有机结合。2016年至2019年，累计销售阿克苏优质羊肉近百万元，红旗坡苹果超过1 000箱。目前，浙商期货已和阿克苏当地结成紧密合作关系，通过公司渠道，将优质的农产品销售到江浙地区，形成了全员广泛参与的脱贫攻坚格局，打响了品牌效应，促进了阿克苏地区农民增收，农业增效。

270箱柯坪羊肉抵达杭州萧山机场

四十万里路，一声谢谢守初心

3 500公里，是杭州到乌鲁木齐的直线距离，一次项目筹备，团队就要跨越大半个中国，历经5小时的飞行和200公里的车程才能来到柯坪县玉尔其乡。一路过去全部是戈壁沙漠，山是荒山，上面没有一棵树，更像是一块巨大的石头，水是碱水，味道发苦，地面上全是白茫茫的碱。

在当地村子里的清真寺旁，团队走访了一位叫吐尼沙汗的老奶奶。吐尼沙汗一家五口人，家庭基础薄弱，家庭人均收入仅1 300元，通过访谈得知，老人家现在有14只羊、2头牛，5亩地。我们在她家坐了半个小时，通过维语翻译，告知了项目开展的好处，拿到赔款，冬天可以买一些煤炭生火取暖。临走前，只记得奶奶握着团队成员的手，满眼婆娑，不停用维语说着谢谢。

在开展项目的过程中，项目团队遇到了很多维吾尔族同胞，他们不懂汉语，我们不懂维语，但我们学会了用维语说谢谢，所以我们双方都不停地用维语说谢谢。大家语言不同，心意却有相通，他们参加了项目，规避了价格风险，了解到原来还有期货这么一个金融工具能够帮助脱贫，分外高兴；而我们则是通过他们感受到金融人、期货人所要担负的社会责任，感受到做农产品风险管理业务有了一个更深层次的意义，那就是要让农民得实惠，让农业生产者真正理解并运用价格保险工具，让期货服务实体模式具备可持续性。

项目团队走访项目贫困户家庭

五年四十万里路，赴疆十余次，只有守初心，践初心，紧扣产业扶贫，增强贫困户“造血”机制，才能摸索出一条期货与产业相辅相成、和谐共生的可持续发展道路。“脱贫摘帽不是终点，而是新生活、新奋斗的起点”，下一步，浙商期货将继续坚守在金融扶贫一线，不忘服务实体经济初心，要为农户提供更好的风险管理解决方案，为全面建成小康社会贡献期货行业的智慧与力量。

（撰稿：浙商期货有限公司）

中信人，江西情

——中信期货坚持走完“最后一公里”

江西是中国革命的摇篮，是红军长征的起点，是军旗升起的地方。中信期货扶贫工作的起点也是从江西这片热土开始的。

党的十八大以来，党中央对脱贫攻坚做出新的部署，吹响了打赢脱贫攻坚战的进军号。中信期货作为国有企业，作为期货行业的一分子，认真贯彻党中央、国务院关于脱贫攻坚的战略部署，把扶贫事业作为公司的政治责任和社会责任。

2016年12月7日，中信期货成立脱贫攻坚工作小组，指导全公司的扶贫工作，为高质量开展此专项工作奠定了组织基础。在公司第一个扶贫项目正式确立之前，工作组及相关分支机构已在江西、广西、河北、新疆等地进行了一个多月的走访调研工作，行程3 000多公里，涉及8个县17个乡镇54个行政自然村及20家企业（农业合作社）。

牵手鄱阳县，开展精准扶贫

在江西省证监局和江西省扶贫办的支持和协调下，公司决定将国家级贫困县江西省鄱阳县作为脱贫攻坚结对帮扶落地点。2016年12月28日，公司总经理方兴与鄱阳县人民政府副县长汤丁山共同签署了《中信期货有限公司与江西省鄱阳县关于精准扶贫项目合作备忘录》，共同开展扶贫工作。

鄱阳县中信期货精准扶贫合作签约仪式

经过公司脱贫工作小组实地考察，首先确定帮扶的是鄱阳县南坂村。南坂村被列为江西省“十三五”贫困村，该村地势以丘陵山地为主，洼地、缺水地占比较大，耕地面积4 420亩。现有村小组10个，总人口3 597人，其中贫困人口276人。南坂村位于古县渡镇边缘山区，区位较差，交通不便，信息闭塞，青年劳动力大量外出，产业结构单一，村集体经济薄弱，农田水利设施落后。根据南坂村的具体需求，中信期货决定帮扶古县渡镇南坂村建设水利灌溉堤坝工程，为基础坝体建设提供20万元资金支持，2017年1月份划拨到位。该堤坝当年建成，形成了一个小型水库，直接解决了近500亩水田的引水灌溉问题，帮助当地老百姓旱涝保收。

2017年10月，中信期货与鄱阳县扶贫办积极合作，狠抓落实，快速行动，展开了第二期精准扶贫项目的启动工作，公司脱贫工作小组于2017年10月19日赴鄱阳县坽曹村进行调研。鄱阳县坽曹村是“十三五”贫困村，全村人口2 613人，贫困人口190人，基础设施薄弱，蔬菜大棚建设资金短缺，村民看病难是“老大难”问题，脱贫形势严峻。经过调研会商，公司决定增加对鄱阳县扶贫项目投入。2017年11月15日，中信期货与鄱阳县扶贫

中信期货捐建鄱阳县古县渡镇南坂村水坝工程捐款仪式

办签署《中信期货有限公司与江西省鄱阳县关于精准扶贫项目合作补充备忘录》，对鄱阳县玲曹村大棚蔬菜基地和玲曹村医疗卫生室两项设施进行专项帮扶，合计投入资金44.2万元。2017年至2019年，公司还在玲曹村派驻了驻村扶贫工作人员，主要负责协助村干部开展日常工作，帮助村里建设蔬菜大棚基地，同时，利用自己的专业知识为玲曹村村民进行金融知识培训。

教育扶贫不能少

在扶贫调研时我们还了解到江西东乡县珀玕乡北庄村也是江西省“十三五”贫困村之一。北庄村隶属江西省抚州市东乡县珀玕乡，四面环山，以丘陵山地为主，地势复杂，贫困人口109人，留守儿童110人，留守老人97人。由于交通和区位较差，信息闭塞，耕地偏少，产业结构单一，村集体经济薄弱，农田水利设施陈旧，农业生产方式落后，地质灾害频发，具有典型贫困村的特征。为了帮助当地困难学生顺利完成学业，解决生活上的难题，中信期货设立困难学生助学基金。项目规划资金20万元。其中小学生每人每学年800元，初中生每人每学年2 400元，高中生及大学生每人每学年3 600元。2017年共资助25名贫困学生，共计40 800元；2018年共资助22名学生，共计44 800元；2019年共资助25名学生，共计38 400元。

中信期货资助的小学

开展产业扶贫，走上致富路

为展示特色扶贫产业，推广优质扶贫产品，2019年，中信期货参加了中国证监会开展的“资本市场扶贫——果连四方”短视频拍摄活动。经过扶贫小组的多次探讨，最终决定将拍摄地选在江西，因为这里是中信期货扶贫工作开始的地方。2019年9月，中信期货扶贫专员深入江西赣州两个贫困地区：会昌县和南康区。通过走访了解到，赣州会昌县是传统农业县，这里种植的柑橘品质世界一流，但是缺乏推广的渠道。会昌县的脐橙品牌代表“虔果农”的工作人员表示，在贫困县，品牌的推广实际上是很困难的。“虔果农”的工作人员还带着中信期货的扶贫专员来到了会昌县珠兰乡脐橙种植户钟振洪的家，听说我们是来宣传当地的脐橙的，农户很热心，顶着大太阳高兴地带着我们参观了他的果园，给扶贫专员详细讲述了脐橙的生长期、成熟期、产量等小知识，还有，赣州作为全国脐橙的主产区，为了保证果品品质，防止部分种植户过早采摘，防止催熟的发生，政府每年对采摘时间都会有统一的规定。2019年的采摘时间会定在11月。农户表示，其实，风吹、日晒、雨淋，这些都不叫辛苦，最艰苦的是，如何把种出来的橙子卖出去。

完成在会昌县的拍摄任务后，中信期货就与会昌县的脐橙品牌“虔果农”签订了脐橙采购合同，在2019年11月采购脐橙4.5吨发放给员工，合计金额8.2万元，帮助革命老区的特色农产品走出大山，打响品牌。

生猪养殖业，是赣州南康区的主要产业。南康畜牧局的工作人员带着我们走访了南康虎岗村生猪养殖户黄诗仟（化名）的家，当时正值“非洲猪瘟”疫情期，所以拍摄生猪养殖基地时，都只能远远地拍摄，生人不能靠近。养殖户黄诗仟表示，猪肉价格的波动以及猪饲料价格的波动对他的收入影响很大。中信期货发挥专业优势，针对养殖户的主要生产成本——猪饲料开展价格指数保险。该项目总投入金额58万元，其中上海证券交易所公益基金补贴50万元，南康区大型生猪养殖企业东进农牧有限公司自缴8万元，中华联合财产保险股份有限公司负责承保，最终参保的249户中小生猪养殖户获得赔付合计36.5万元，东进农牧获得赔付10.7万元。该项目的开展，提高了贫困地区农户、企业的风险控制意识，也让参与的农户、企业获得了保障。

2020年1月，在中国期货业协会的统一组织下，中信期货参加了助力萍乡脱贫攻坚捐赠仪式。中信期货投入30万元对芦溪县张佳坊乡坑口村、莲花县湖上乡江背村、武功山区万龙山乡南岭村、莲花县神泉乡的“油茶树种植与加工”“扶贫车间建设”“茶叶种植与加工”“敬老院改造提升项目”提供扶持资金。2020年，中信期货江西分公司还将在赣州兴国县开展生猪饲料成本价格保险项目。目前，该项目已完成2020年“大商所农民收入保障计划”分散项目的备案。在赣州兴国县引入“保险+期货”这一模式，围绕养殖核心需求，发挥金融合力，为生猪养殖户及养殖企业构建防范市场风险的金融保障，从而提振养殖产业的规模化健康发展，进一步丰富“输血+活血+造血”一体化扶贫的内涵，发挥长效机制，确保兴国县在脱贫摘帽后巩固扶贫成果。

中信期货在江西多地已开展了形式多样的扶贫工作，包括产业扶贫、教育扶贫、金融扶贫、消费扶贫，仅在江西省就投入和引入扶贫资金共计172.8万元。中信期货的扶贫工作收获了受帮扶地区政府、企业、农户的感谢和满满的荣誉。2017年3月，中国证监会江西监管局、江西省证券期货行业协会授予中信期货有限公司南昌营业部“扶贫工作先进单位”的荣誉称号。

2020年是脱贫攻坚的收官之年，由于受新冠疫情的影响，今年扶贫工作的任务会更重。中信期货将全力以赴，为打通精准扶贫的“最后一公里”，为国家打赢全面脱贫攻坚战继续做出贡献。

（撰稿：中信期货有限公司）

以静宁为样本，探索精准扶贫路
——银河期货扶贫纪实

党的十八大以来，党中央、国务院把脱贫攻坚摆到前所未有的新高度。银河期货积极响应号召，立足行业特色，在精准扶贫方面不断发挥自身专业优势，深入服务“三农”，服务实体经济。自2016年以来，共在12个省区23个国家级贫困县开展帮扶工作，累计投入帮扶资金3 000余万元，逐步探索出了一条“保险+期货+银行+龙头企业”全产业链精准扶贫道路。尤其是在甘肃省静宁县，银河期货立足于当地产业实际开展多项精准帮扶工作，通过链接“小苹果”和“大金融市场”保障了农民收入，壮大了苹果产业规模，对静宁县如期打赢脱贫攻坚战起到积极的推动作用。2020年2月21日，甘肃省政府宣布，经过验收检查，审定静宁县符合贫困县退出条件，批准退出。

初识静宁，试点“保险+期货”模式

甘肃省静宁县是国家级贫困县，也是甘肃省23个深度贫困县之一。当地自然条件严酷，旱、涝、风、雹等自然灾害多发频发，种植望天收，养殖风险大，是出了名的“三差三缺”，“三缺”是指缺水、缺地、缺路；“三差”是指财政能力差、村集体经济底子差、产业化体系发育程度差，是全国贫困程度较深的县，脱贫任务十分艰巨。以中国银河为一体的扶贫体系，一直以来积极践行国企社会责任，与静宁县政府一起共谋绿水青山，帮建金山

银山。2017年11月，银河期货的母公司银河证券与静宁县政府签署了多领域、多层次的帮扶工作协议，“保险+期货”项目的实施是其中重要一环。恰逢2017年12月，郑州商品交易所苹果期货合约正式上市，银河期货立足于静宁的苹果产业，开始探究在当地开展苹果“保险+期货”的可能性。

定点扶贫框架协议签约仪式

其实，苹果产业在静宁已发展40多年了，苹果产业已成为静宁县经济发展四大支柱产业和脱贫攻坚三大扶贫产业之一。苹果种植收入占全县农村居民人均收入70%以上，而现阶段苹果种植的特点是周期长，成本高，果农面临极大的市场价格波动风险。“保险+期货”能充分运用金融创新手段，因地制宜地提升金融服务“三农”、服务偏远地区的深度和广度。农户通过购买项目保险这种简单易懂的操作，能规避价格大幅波动所带来的冲击，稳定生产。

2018年，在郑商所和当地政府的大力支持下，银河期货在甘肃静宁试点了3 000吨苹果“保险+期货”项目。保险周期3个月，服务341户建档立卡贫困户和1家龙头合作社（德美地缘现代农业集团）。最后项目总赔付89.44

万元，每户平均收到赔付1 321元，再加上苹果市场销售收入，每个农户总收入达6 000余元，远超当地3 750元的脱贫线。此次项目的成功实施，帮助了341户贫困户顺利脱贫，也帮助参与合作社获得银行贷款1 600余万元，大大缓解了合作社关键期的资金需求，实现农业与金融的大协同。

“保险+期货”赔付仪式及业务培训会

密切协作，实现“保险+期货”全覆盖

2019年9月，又是一年苹果丰收季。在果园里，一颗颗苹果树挂满了又大又红的苹果，丰收美景煞是喜人。但甘肃静宁的果农们却高兴不起来，由于陕西、甘肃部分产区爆出了苹果霉心病、果质欠佳的传言，大批果商开始纷纷选择不采购，果农们眼看着一个个苹果由绿变红，又一个个烂在手里。此时，德美地缘的带头人田选宾（化名）想到2018年试点的苹果“保险+期货”项目。

2019年，银河期货在中投公司、中国银河证券的支持和指导下，在当地政府和参保果农的大力推荐下，成功申请到了全国只有两项、甘肃省内只有一项的郑州商品交易所苹果“保险+期货”县域全覆盖项目。项目由银河期货牵头，南华期货和大地期货参与，联合人保财险为静宁县苹果种植户量身定做“保险+期货”专业服务。项目总承保4.6万吨苹果，保障金额3.75亿元，覆盖全县8 713户（约2.3万人）建档立卡贫困户和3家龙头合作社，真正实现了“县域脱贫全覆盖”，让全县剩余8 713户贫困果农和当地专业合作社享受到了政策的红利。

截至项目结束，“保险+期货”总赔付1 676.34万元，赔付率72.88%；苹果现货销售端增收1 200多万元；整个项目“金融端+现货端”实现增收约2 900万元。在2019年苹果霉心病传言、节日效应减弱、2020年春节前后新冠肺炎疫情影响下，“保险+期货”模式为贫困户规避了价格风险，在现货端和金融端同时实现了增收，超过了人均3 730.5元/年的脱贫线，为老百姓谋得了实惠，有效助力静宁县2020年如期脱贫摘帽。相关经验做法经中投公司推送，于2019年年末在国务院扶贫办《扶贫信息》专刊上发布。2020年初又在《甘肃日报》整版刊登，并被国务院扶贫办“工作动态——定点扶贫”栏目转载，两天内点击量700余次。

得益于2019年县域全覆盖项目的成功开展，银河期货于2020年3月又承接了静宁县“中央奖补苹果‘保险+期货’扶贫项目”，覆盖全县9乡镇3 010户种植户，其中包括1 645户建档立卡贫困户。该项目投保苹果数量1.6万吨，保障金额1亿元，赔付金额385万元。项目的实施期间正值新冠疫情严重时期，静宁果农因苹果滞销而头痛不已，种植收入得不到保障。该项目的开展，为静宁县果农送来了及时雨，给果农们吃下了一颗定心丸，保障了贫困果农的收入，巩固和稳定了静宁县的脱贫攻坚成果。

“保险+期货”模式通过合理有效降低风险，保障了农户种植的收益，为静宁苹果种植业“保价”护航。银河期货总经理杨青曾说：“通过‘保险+期货’模式，可以将保险公司的渠道优势和期货公司的技术优势有机结合，能够使农业主体直接进入到衍生品市场，利用期货、期权工具对冲价格风险，稳定农业生产，也能打通期货市场服务‘三农’的‘最后一公里’”。平凉市金融办有关负责人也表示，静宁县的苹果“期货+保险”县域全覆盖项目，给贫困群众发展苹果产业吃上了“定心丸”，这既是静宁县创新金融、服务“三农”工作，打通金融帮扶产业发展“最后一公里”的成果，也是央企帮扶单位倾力支持静宁脱贫攻坚和经济社会发展的有力见证。

在苹果园调研

多措并举，探索全产业链精准扶贫道路

经过不断的试点，银河期货在金融扶贫的过程中逐渐探索出一套“保险+期货+银行+龙头企业”全产业链精准扶贫、“订单+农担+保单+仓单”有机结合的“四单”模式，即通过订单农业，推动中小农户加入合作社或龙头企业，向职业农民转化；通过农担融资，为龙头企业提供低成本高效率的贷款保障；通过保险保单，为规模化经营主体提供价格风险管理，锁定种植利润；通过仓单服务，深入挖掘、充分发挥期货市场功能作用。同时，除发挥风险管理专业优势开展金融扶贫外，银河期货还积极开展产业扶贫、教育扶贫和消费扶贫，多措并举助力静宁县脱贫致富。

树苗培育

在金融扶贫方面，2018年、2019年“保险+期货”项目成功帮助贫困果农脱贫致富，金融扶贫也发挥了其金融衍生功能——融资贷款功能。甘肃省农业信贷担保有限责任公司、中国农业银行甘肃省分行以保单为重要依据对收购果农苹果的合作社进行“保单增信”，扩大贷款额度。此举措大大缓解了合作社每年10月至来年5月，新果下市采购时以及渠道销售的资金压力，提升了静宁苹果流通竞争力，助力“静宁品牌”抢占市场份额。

在产业扶贫方面，2018年，银河期货积极协助甘肃静宁德美地缘现代农业集团有限公司成功申请设立了西北首批苹果期货交割库，为静宁依照期货标准、打造“订单农业”，提供了有力保障，对该县苹果产业做大做强，提升品牌效应产生重大意义。2019年银河期货又协助静宁德美交割库申请了苹果期货厂库和车板交割库的资质，标志着静宁正式成为西北地区苹果期现结合的纽带，促进了静宁苹果品牌价值的提升和市场竞争力。由于稳健的经营和避险工具的合理使用，参保企业甘肃德美地缘成功在新三板挂牌，成为静宁县乃至甘肃东部区域的第一家上市企业。

在教育扶贫方面，银河期货通过讲座、展板、橱窗等形式，深入政府、企业和农村，开展5期800余人次的培训，还给贫困户进行了两次风险管理知识的大型宣讲与培训，帮助贫困户在农产品价格大幅波动的情况下学会规避风险，提升农户的风险管理意识，将“保险+期货”价格风险再保险的业务本质及具体操作步骤讲明白、讲透彻。不仅做到了投保全覆盖，还要努力实现金融知识全覆盖，因为“授人以鱼不如授人以渔”，教育扶贫是将扶贫的“输血”功能转变为“造血”功能中重要的一环。

举办宣讲培训会

在消费扶贫方面，银河期货鼓励公司员工购买和帮助销售农产品，拓宽销售渠道，以“以购代销”“以买代帮”等方式帮助贫困农户增加收入。2019年1月，银河期货先后向静宁红六福果业有限公司消费认购了8.22万元的苹果和6.83万元的梨。2019年9月，银河期货工会又组织全体员工爱心认养了静宁县甘沟镇杨咀村贫困果农的162棵苹果树，共19.44万元，逐渐形成了公司全员广泛参与脱贫攻坚的格局。

2020年是全面打赢脱贫攻坚战收官之年，习近平总书记在决战决胜脱贫攻坚座谈会上强调，脱贫摘帽不是终点，而是新生活、新奋斗的起点。银河期货将以“静宁样本”为参考，总结静宁项目的成功开展经验，不忘服务实体经济初心，牢记国有企业责任使命，进一步完善并打造出可以复制的“静宁模式”，让“静宁模式”惠及全国各地的农户，在全面脱贫摘帽和乡村振兴战略衔接中提供风险管理解决方案，为全面建成小康社会贡献期货行业的智慧和力量。

（撰稿：银河期货有限公司）

多措并举，助力攻坚
——锦泰期货全方位助力余干县脱贫攻坚

消除贫困、改善民生、逐步实现共同富裕，是社会主义的本质要求，是践行中国共产党的初心和使命的必然要求。

从2017年开始，锦泰期货就积极响应行业号召，积极参与扶贫工作，2017年至2019年在余干县石口镇实施多项扶贫措施，为余干县的脱贫攻坚工作贡献了一份微薄的力量。

尽心尽力，助力产业扶贫

由余干县扶贫办牵头，该县石口镇政府推荐锦泰期货参与了一项产业扶贫农业种养项目，即利用当地优越的地理环境，适合种养、加工、休闲的生态特点，成立生态农业养殖企业，以种养为起点，生产出丰富的农产品商品，通过科学种养积极创收并提供就业机会，以此达到帮扶救困的目的。为考察该项目能否切实有效地作用于当地贫困户，2017年5月16日、17日，锦泰期货党总支书记梅泽铭、总经理夏穗宁、工会主席刘革生一行前往江西省余干县石口镇实地调研，与余干县常委、农工部长刘平以及石口镇镇长余岚一起到该县五菱村参观了拟建设的扶贫项目的规划场地及周边基础设施情况。仔细了解了方案并就细节进行了讨论之后，锦泰期货和余干县石口镇人民政府签署了产业扶贫战略合作协议。很快这个项目被执行，锦泰期货将人民币20万元划转到了指定扶贫账户，用于生态养殖合作社建设和期初发展。通过这个扶贫项目，对口帮扶当地政府分配的18户贫困户，并且解决了2名贫困人员的就业问题。

为提升扶贫成果的可持续性，更好地为帮扶对象服务，锦泰期货持续跟进养殖合作社的发展建设，关注发展过程中的各项需求，发挥期货公司的专业优势，不定期地为其提供一些产销信息，为合作社后期的生产、销售提供力所能及的帮助。

锦泰期货始终心系帮扶对象，2018年初委托扶贫办工作人员及生态养殖场代表公司向结对帮扶的18户贫困户按照每户2 000元的标准发放了春节慰问金。

2018年9月，锦泰期货党总支书记梅泽铭和总经理夏穗宁再次带队，公司工会主席、团支部书记随行组成扶贫工作小队，不辞辛苦，驱车近600公里前往江西省余干县石口镇，对帮扶的养殖合作社的运营情况、帮扶贫困户的帮扶成效及生活近况等进行追踪调研。

9月11日下午，在石口镇镇长及扶贫片区责任人的陪同下，一行人进行了实地走访和座谈。通过对惠农生态种养合作社养殖基地的现场参观，

2018年再次捐赠产业精准扶贫款20万元

对与石口镇结对帮扶一年来合作社的投入建设、运行状况、生产规模等有了更深入的了解。让人欣喜的是，因锦泰期货的援助以及镇里的其他帮扶措施，分配到的18户贫困户中已有16户实现脱贫。为巩固脱贫成果，经协商，下一帮扶阶段，在保留部分因现实原因暂时“脱贫不脱政策”仍需予以帮扶的贫困户外，新增一部分仍在努力脱贫的贫困户。公司领导对产业帮扶的成效予以肯定，并要求合作社在发展的同时逐步加大对锦泰期货通过产业帮扶的精准贫困户的扶持力量，与余干县整体脱贫的步调一致。双方约定由锦泰期货再次提供专项扶贫资金人民币20万元，用于余干县惠农生态种养专业合作社项目的后续发展，由石口镇扶贫工作站负责监督资金流向，并与合作社约定2019年提高对受助贫困户的帮扶标准，由2 000元/户上升到3 000元/户。此项调整在2019年年初合作社代表公司向帮扶对象送慰问金的时候已经兑现。

实地走访慰问贫困户

9月12日上午，扶贫小队一大清早赶到菜场，精心挑选采购了新鲜的鱼肉、米油等生活物资，沿着崎岖不平的山路来到了贫困户刘大爷家。梅书记、夏总和刘大爷亲切地交谈，了解到他的生活近况正在逐步改善，倍感欣慰。接着，扶贫小队又陆续走访了几户帮扶对象，在承诺持续帮扶的同时，提高他们的积极性和主动性，鼓励他们接受新技术、新理念，努力增加自身的创收能力，早日实现真正脱贫。

巩固脱贫成果，持续帮扶防止返贫

2019年，锦泰期货分配的对口帮扶人员全部实现脱贫，而余干县也于2019年下半年全县符合了摘帽条件，江西省政府正式批复同意余干县脱贫退出贫困县之列。但是保障和改善民生没有终点，只有连续不断的新起点。10月15日，锦泰期货党总支书记梅泽铭和工会主席刘革生再次带队来到了余干县石口镇，就公司对口帮扶企业的运营情况、贫困户脱贫后的生活近况等进行调研。在走访和座谈之后，公司与石口镇政府决定，为更好地配合镇政府防止返贫的相关工作，“摘帽不摘责任、摘帽不摘政策、摘帽不摘帮扶”，公司决定继续向该镇划转扶贫资金20万元，由镇扶贫办根据实际情况统筹安排使用，以巩固脱贫成果。该项资金于2019年得以落实。

助力教育扶贫，为师生解决燃眉之急

2018年9月12日下午，扶贫工作小队一行人又来到了石口镇五菱村小学。由于五菱村地处山区，交通不便，资源匮乏，导致五菱村一直是贫困村。而五菱村小学作为村里唯一正式的小学，有班级7个，在校人数220人左右，其中90%为留守儿童，父母大都为了生活在外地辛苦打拼。该校有精准贫困户家庭在校生21名，公司向这21名贫困学生捐赠了书包、文具等学习物品，并向这些孩子发放了助学金。在红旗下，梅泽铭书记鼓励同学们认真学习，好好成长，把我们的家乡、我们的祖国建设得更美好。扶贫小队还帮助学校设立了图书角，精心挑选了几百本适合6岁至12岁各年龄段儿童阅读的图书，让每个年级的孩子都能享受到阅读的乐趣。同学们看到那些崭新的图书都开心极了。五菱村的老师不是很多，有几位是从外地过来支教的青年教师，住宿条件很艰苦。为了切实改善这些老师的生活条件，公司还向学校捐赠了一台热水器，解决他们的燃眉之急。

向贫困学生捐赠学习用品

在工作开展的过程中，公司扶贫工作小组更注重对精准扶贫的政策宣传，引导贫困户克服“等、靠、要”思想，提高他们的积极性和主动性，让他们自觉接受新技术、新理念，帮助解决发展生产、增加收入、子女教育等各方面的实际困难，帮助他们实现脱贫。

2020年是在脱贫攻坚决战决胜的关键时刻，锦泰期货将更加扎实地做好脱贫攻坚的相关工作，努力助力52个未摘帽县如期脱贫，实现高质量决战决胜。

（撰稿：锦泰期货有限公司）

"结亲"桑植，扶贫有我

——财信期货助力桑植县脱贫纪实

洽谈会上话帮扶

七月的长沙骄阳似火，财信期货迎来了湘西大山里的客人。一个周末的午后，张家界市对口联络桑植县的市直机关民族宗教局局长李林同志、桑植县人民政府分管扶贫工作的副县长袁宏卫同志率扶贫办主任、定点扶贫点陈家河镇岩屋口村等各级负责同志一行，来到财信期货洽谈结对帮扶工作，公司总经理、扶贫领导小组组长沈众辉同志携小组全体成员予以热情接待。

这场与张家界桑植县结对帮扶、精准扶贫的工作洽谈会，让财信期货与国家级贫困县桑植县通过精准扶贫这个纽带，紧密地联系在了一起。会上，张家界桑植县各级领导同志高度赞赏了财信期货选择深度贫困县的深度贫困村陈家河镇岩屋口村作为定点扶贫点开展扶贫工作，体现了公司攻坚克难的决心；桑植县期待财信期货的加入，希望能在帮扶过程中形成一套成熟的帮扶模式，在全县、全市乃至全省推广。

财信期货全体参会人员认真听取了桑植县基本县情的介绍，并深入了解了当地白茶、中药材、养殖种植等特色产品的发展状况。公司总经理、扶贫领导小组组长沈众辉同志对张家界市各级领导的到来表示欢迎，并指出积极参与扶贫，是落实党中央、国务院重大战略决策的政治担当和社会责任，希望财信期货能与桑植县开展深度合作，形成有特色的扶贫模式。双方就结对帮扶、精准扶贫达成了初步意向，并签署了扶贫备忘录，对接下来开展的驻村驻点工作，发挥期货公司优势助力张家界桑植县脱贫摘帽等进行了展望。

走进大山里的岩屋口村

岩屋口村真如其名，像是岩石上凿出来的山村。洽谈会结束后，公司党总支副书记向昌敬同志带领驻村人员一头扎进了岩屋口村，与村委干部一起走家串户，特别了解了村里138户建档立卡贫困户的生活情况。

岩屋口村丁家湾组，一个位于山角的村民小组，该组30多户村民至今饮水都寄托于当地的一口水井，一到下雨天，村民们打出的水都是浑浊的，需要在家沉淀很久才能使用，一些上了年纪的老人去水井打水非常不方便，改善饮水问题已经迫在眉睫。

晚上驻村人员行走在险峻山势中凿出的路上，只能靠微微的月光领路。村民们说，山里头黑灯瞎火的，几乎没有什么照明，夜晚出行都胆战心惊。经过反复调研，实地勘察，安装路灯的想法涌入了大家心头。

教育更是驻村人员心头挂念的重中之重，大家了解到，岩屋口小学作为当地唯一的一所学校，在教学硬件设施等方面还有不少的缺陷，孩子们渴望的书本也没有到位，大家坐一起讨论着能为大山里的孩子们做些什么。

经过驻村小组成员与村民们的深入交谈和走访，改善饮水、安装路灯、资助学校等一个个项目开始从想法变成规划，等待落地。

财信期货“结亲”桑植县

梅家山下，澧水河畔，桑植县行政中心常务会议室内掌声阵阵，桑植县人民政府、湖南证监局和湖南省期货业协会有关领导，共同见证了财信期货与桑植县结对帮扶框架协议的签署。

9月5日，财信期货总经理沈众辉同志带领扶贫小组各成员一行，驱车400余公里，来到群山环绕的桑植县行政中心进行了扶贫工作对接会。沈众辉同志表示，扶贫工作要做到全方位、持续性、务实性。随后财信期货与桑植县共同签署了结对帮扶框架协议，正式“结亲”桑植县，落实前期洽谈会等成果，湖南电视台、桑植县电视台等新闻媒体对签约仪式进行了现场报道。

框架协议签署现场

扶贫项目精准落地岩屋口村

九月的桑植县城，群山环绕，晨雾弥漫。在副县长袁宏卫同志的带领下，扶贫小组和各级领导一行溯澧水之源，一路碧水青山，盘山而上。历经一个多小时的盘山而行，车子驶进了大山里的岩屋口村中心小学。此时，山中的学生们整齐地坐在操场上等待着，眼睛里充满着期盼。

在孩子们嘹亮的国歌声中，财信期货与定点帮扶村岩屋口村扶贫工作对接会正式开始。会议由岩屋口村党总支书记周建平同志主持，驻村工作队第一书记、陈家河镇人民政府镇长分别做了脱贫攻坚工作汇报。副县长袁宏卫同志表示，今天财信期货与岩屋口村结成了“亲戚”；沈众辉同志也勉励孩子们努力学习，用知识改变命运。

在学校的操场上，财信期货与岩屋口村举行了助学、路灯、饮水三个精准扶贫项目的签约仪式，三个前期调研的急需项目正式落地。孩子们为远道而来的“亲人们”系上了红领巾，教师代表演唱了富含当地特色的桑植民歌。同时，公司还为岩屋口村中心小学全体学生赠送了书包，并捐赠了10台旧电脑。仪式结束后，公司领导在学校会议室，针对部分大学生和残疾人士举行了一场特殊的招聘会，并慰问了前来面试的残疾人士。

项目签约仪式现场

大家期待这些即将开始的项目为澧水源头的山中学校增添书香，为村路点亮夜灯，为村民引入生活用水。

现场调研不停歇

全体扶贫小组成员不停歇，奔赴村中实地调研，考察了饮水工程现场。同时，结合当地产业特色，考察了养蜂基地和猕猴桃种植基地。杂草丛生的铁轨上，静静地停放着几辆锈迹斑驳的运煤车，废弃的采煤平台上，摆放着两百多个蜂箱，远处的矿洞前，坐着几位纳凉的养蜂人。养蜂人介绍了蜜蜂的产蜜过程和产品销售情况，沈众辉同志亲自打开了蜂箱观察蜜蜂产蜜，并当起了广告代言人。

蜂蜜调研现场

随后，一行人又来到了猕猴桃种植基地。看着每一棵猕猴桃树上的累累硕果，大家背起了箩筐，戴上手套，拿起剪刀体验了一回果农采摘。种植不易，没想到采摘也不易。在低矮的果林中举手弯腰，不一会儿大家的额头上就冒出了汗珠。

远处，太阳西沉，大家沿着山路返回，余晖映照在绿水青山中，分外美丽。巍峨壮美的大山，用点滴汇聚成了澧水，滋养了湘西北的人民，如今却是深山中向外发展的瓶颈。如何让大山里的乡亲们、大山里的好东西走出大山，为山民们开出一条致富路，成为每个人心中思考的问题。

扶贫扶智齐上阵

精准扶贫项目在岩屋口的大山深处正紧锣密鼓地进行，财信期货关于扶贫扶智的思考也没有止步。为了更好地助力桑植县脱贫攻坚，财信期货利用期货行业的金融专业和信息技术优势，开启了“一镇一村一宣讲”的金融期货知识培训以及电商平台运维指导工作。

金融期货知识受到了县级和村镇干部的欢迎，在桑植县政务中心，桑植县各局、乡镇、街道、金融单位、企业代表等参加了培训。金融期货知识培训以“期货的基本概念”“金融工具与金融市场”“我们身边的金融”三个板块为主题。由于桑植县地处湖南西部的山区，大家的金融期货知识比较匮乏，但对与相关农产品关联的期货工具却饶有兴趣。与会同志与讲师互动频繁，并与讲师详细讨论了大家相对熟悉的“怎样识别和打击非法集资”这个问题。

信息网络安全培训以“如何加强网络安全”为主题展开，讲师通过生动的实例，对网络信息化时代如何提高网络安全意识以及加强网络安全建设进行了深入浅出的讲解。培训后大家表示现场讲授的各种网络防范工具和手段很新颖，很接地气，纷纷向讲师们“求助”课件，进行深入学习。

我们前期发现，很多电商平台早已完成建设，走进了县城，甚至走进了村落，然而利用率并不高。因此，公司特意组织了信息技术部的精干力量，在前期调研的基础上，对当地村镇干部进行了运营和维护培训，让这些平台动起来、活起来。公司在进行技术培训的同时，还时刻不忘为乡亲们的销售摇旗呐喊，现场下订单、付款，一边为大家演示，一边为销售做贡献。

除了电商运维平台培训，公司信息技术部员工还利用自己的闲暇时间，协助当地一家企业运营了一家以销售当地农产品为主的淘宝店铺，同时公司以自身实际行动支持当地农产品销售，将员工节假日福利费用用来采购扶贫点农产品物资，帮助解决扶贫点的农产品销售问题。

我们一直在路上

好消息不时从湘西北的大山里传来，饮水工程竣工，大家喝上了健康的饮用水；孩子们的图书室增添了满架子的新书，教室里的窗帘也换成新的了；村里路口的路灯亮了起来，晚上归家人的心也暖了；村里477人按期实现了“两不愁三保障”的脱贫目标……好消息让我们振奋，也激励我们在决胜脱贫攻坚之年，继续践行使命，绝不止步，我们的扶贫行动依然在路上。

（撰稿：财信期货有限公司）

抓党建，促脱贫
——倍特期货创新党建扶贫新模式

“扶贫帮钱帮物，更需要建设一个好支部，培养一群好干部”。倍特期货总结近三年来扶贫工作经验，创新党建扶贫模式，将党建与精准扶贫深度融合，切实将组织优势转化为攻坚优势，携手瓦吉村探索党建结对共建促进脱贫攻坚的新模式，把党建工作和“不忘初心、牢记使命”主题教育同当前脱贫攻坚工作紧密结合起来，通过支部联建、活动联办、帮扶联心、产业联促，对推进基层党建工作与落实脱贫攻坚相结合进行了新的有益探索。

支部联建，开创决战脱贫攻坚新局面

2019年1月，倍特期货积极响应中国证监会、中国期货业协会关于期货行业开展“一司一县”结对帮扶、精准脱贫活动的号召，继与南充市嘉陵区建立结对帮扶关系后，主动选择与喜德县结成“一司一县”结对帮扶对象。随后倍特期货便积极投入到“抓党建、促脱贫”党建结对共建工作中，通过主动接洽当地村基层党支部，与瓦吉村党支部结成对子。

瓦吉村地处四川省凉山彝族自治州喜德县贺波洛乡北部，是一个纯彝族聚居区，坐落于二半山区，平均海拔2 800多米，截至2020年6月底，该村尚有建档立卡贫困户126户、538人，正式党员24人，预备党员1人，贫困家庭和贫困人口占了村子的三分之一，属于连片区域整体性的深度贫困，脱贫难度大、任务重，也是2020年脱贫攻坚的决战决胜地之一。

两支部共建工作启动仪式

2019年2月，两支部基层党建结对共建工作启动仪式在瓦吉村举行。倍特期货党支部书记刘国强表示，与瓦吉村的党建结对共建活动，是切实贯彻落实党的十九大精神，深入开展“两学一做”学习教育活动的具体表现，是搭建基层党支部交流平台，构建基层党建工作新格局的有益实践，倍特期货党支部将充分利用共建活动的契机，指导和促进倍特期货与喜德县“一司一县”结对帮扶脱贫攻坚项目计划的落实，协助喜德县夺取脱贫攻坚战的最后胜利。

帮助村里建设一个好的党支部，才能打造一支“不走的扶贫工作队”，才能给村里留下一批敢闯善拼的致富带头人，才能夯实基层战斗堡垒。双方党支部围绕“抓党建、促脱贫”的总体工作要求，创新基层党建工作思路，深入开展基层党建结对共建活动，通过互带互动、优势互补、资源共享、共同发展，不断探索完善共建方式和内容，创新以党建为载体的村企交流互助模式。同时，通过积极发挥基层党组织的政治、组织、制度和工作优势，提升基层党组织和党员干部在脱贫攻坚和新农村建设中的凝聚力、战斗力和领导力，指导推进脱贫攻坚工作，为瓦吉村打赢脱贫攻坚战提供了坚强有力的保障。

活动联办，两支部扎实开展主题教育

打赢脱贫攻坚战是践行党的初心和使命的生动体现。

2019年7月，两支部联合开展“不忘初心、牢记使命”主题教育活动，将主题教育同当前脱贫攻坚工作紧密结合起来，通过开展专题座谈、参观红色教育基地、重温入党誓词、慰问困难群众等活动，进一步发挥党建引领脱

两支部联合开展“不忘初心、牢记使命”主题教育活动

贫攻坚作用，切实将“不忘初心、牢记使命”主题教育融入脱贫攻坚。

两支部以“不忘初心、牢记使命”主题教育座谈会的方式，围绕如何守初心、担使命，全力以赴推进脱贫攻坚工作进行座谈。重点讨论了瓦吉村当前脱贫攻坚工作开展情况以及制约精准脱贫工作的重点、难点问题。打好脱贫攻坚战，必须依靠村党支部的党建引领作用，必须调动全员参与，把工作渗透到每一个神经末梢。村基层党支部在带领群众脱贫攻坚、全面建成小康社会的过程中发挥战斗堡垒作用，坚持党的领导是脱贫攻坚的政治方向和指明灯。两支部在联创联建中互学互促，能够进一步激励干部群众在脱贫攻坚的主战场中贡献力量。刘国强表示，“不忘初心、牢记使命”主题教育全面启动以来，倍特期货始终以高起点、高标准、高质量推动教育实践活动深入开展，将继续坚持党建引领脱贫攻坚，将主题教育学以致用，落实到具体工作中，解决人民群众身边的实际问题。

挖掘红色资源，是促进主题教育学深悟透的有效方式。两支部共同参观了凉山州冕宁县红军长征纪念馆，通过追寻足迹、现场教学，深入开展革命传统教育和理想信念教育，带动全体党员和干部群众不忘初心、牢记使命，在脱贫攻坚的主战场中贡献力量。全体党员干部在党旗下庄严宣誓，重温入党誓词，再一次感悟党“为中国人民谋幸福，为中华民族谋复兴”的初心使命，进一步振奋精神，把爱党、爱国的奋斗精神转化为如期全面打赢脱贫攻坚战的实际行动。

重温入党誓词

帮扶联心，多措并举助力脱贫攻坚

在决胜摘帽、决胜冲刺的关键阶段，倍特期货以实际行动守初心，担使命，竭尽全力帮扶瓦吉村攻克深度贫困“硬骨头”，摘掉“穷帽子”。

为支持瓦吉村脱贫攻坚，倍特期货在喜德县设立营业部，依托营业网点为困难群众提供就业支持，先后招聘当地应届毕业生3名和残疾人员2名；派遣扶贫干部2名挂职瓦吉村村委会副主任，充分利用公司行业资源和信息沟通优势，将自身优势资源与瓦吉村资金、人才、项目等迫切需求相结合；多次向瓦吉村党支部捐赠了党建书籍以及 LED显示屏、打印复印一体机等办公用品；多次慰问瓦吉村党支部困难党员及贫困家庭，发放慰问金慰问品。

设立“倍特期货圆梦助学金”（喜德县）是倍特期货扶贫开发的一项重点工作。2019年3月，“倍特期货圆梦助学金”（喜德县）第一期发放仪式在喜德县洛哈镇中心校成功举办，倍特期货向60名贫困学生发放了助学金，并向学校捐助了文体教学物资。

“倍特期货圆梦助学金”（喜德县）第一期发放仪式

产业联促，为瓦吉村特色农业发展“造血”

瓦吉村有丰富的特色优质农产品，但因交通不便、信息闭塞，难以转化为群众收入，当外界资源撤走以后，本地村民并没有形成真实的自我“造血”能力。相比一味地捐赠，“造血”比“输血”更重要。

为深挖瓦吉村当地特色农业产品资源，2019年7月，倍特期货调研走访了瓦吉村土豆及生态猪种养产业园，就扶贫相关农产品采购事宜进行深入洽谈。产业园采用“致富带头人+贫困户”的合作模式，是带领村里18户贫困户脱贫增收致富的重要途径。

每次来到喜德，刘国强书记都带头采购奉献爱心，大家纷纷以个人名义随机采购一些品质优良、价格低廉的“无公害农产品”。瓦吉村生态农业发展潜力巨大，农产品生态绿色、品质优良，下一步倍特期货将有针对性地加大扶贫力度，开展捐建养殖项目扶贫、以自有资金定点采购农产品等“造血”式扶贫工作，并在传统帮扶基础上，开展电子商务合作，利用自身信息技术优势对当地特色农产品进行网络推广，将“输血”式扶贫转变为“造血”式扶贫，切切实实把产业扶贫“扶”出质量。

2020年4月，倍特期货携手人保财险在凉山州召开“保险+期货”专项扶贫项目培训会，就大商所“农民收入保障计划”项目、涉农企业如何参与“保险+期货”项目等进行了介绍，对当地涉农企业的发展给予了相应指导，提高了涉农企业运用金融工具转移农产品价格风险的能力，增强经济“造血”功能。

坚持党建引领是打赢脱贫攻坚战的关键。倍特期货党支部和瓦吉村党支部通过抓党建聚合力，强基础促脱贫，在联创联建中互学互促，形成了共建共享共促的长效机制，提高了党员干部干事创业的主动性、积极性和创造性，开创了党支部共建工作新局面。

（撰稿：倍特期货有限公司）

第三篇
公益扶贫

要大力弘扬中华民族扶贫济困的优良传统，凝聚全党全社会力量，形成扶贫开发工作强大合力。

——习近平，《在河北省阜平县考察扶贫开发工作时的讲话》，2012年12月29日、30日

大棚种植稳人心，延长瓜果甜在心

——永安期货康家坪村产业扶贫纪实

当我们踏上延长这片黄土地时，首先勾起的是对延安的回忆，那是革命的圣地；联想的画面是黄土高坡上的“黄”天“厚”土和沟壑纵横；耳畔回响的是粗犷豪壮的陕北民歌和西府秦腔。当然，还有那群可爱的延长人，头戴白巾，腰系红带的陕北农民，“面朝黄土背朝天”的朴素就是最直观的印象。

“中国陆上的第一口油井”就在延长县，延长石油早在汉代就被发现利用。延长石油在革命战争年代也做出了突出贡献，“埋头苦干”的精神也是延长的写照。延长还是著名的“瓜果之乡”，以黄绵土和黑垆土为主的土壤土层深厚，光照充足，光热昼夜温差20℃左右，降水集中在作物生长茂盛期，适宜种植多种农作物，有利于林牧业生产，是苹果、酥梨、西瓜的最佳优生区。

从资源禀赋上看，一手拥有“工业之母”的石油，一手拥有温差大、日照长、土壤肥的得天独厚的瓜果种植条件，延长不应该是致富路上的掉队者，那么致贫的原因会是什么？精准扶贫最难是精准二字，而对于我们的帮扶项目点——延长县黑家堡镇康家坪村似乎给了我们答案。

一场百年大雨，冲垮农民信心

康家坪村位于黑家堡镇以南1公里处，距离延长县城25公里，现今已是柏油路穿村而过，交通便利，信息通畅。但是，2017年我们去康家坪村的道路还是风一扬就尘土扑面的黄泥路，进村时还要蹚河而行。康家坪村共有村民135户459人，其中贫困人口就有76户201人，属于典型的贫困村。水泥路柏油路根本见不到，基本上是除了村屋，就剩下几座孤零零的大棚。据村民介绍，这种温室大棚是老式的“拱棚”，一般跨度为3到6米，高度1.3到1.8米，有拱形骨架，四面无墙体，采用塑料薄膜覆盖。一旦遇到冰雹、暴雨等灾害性天气，这种拱棚就容易发生坍塌，康家坪村就遭遇过这种“不幸”。

对于延长人民来说，2013年7月是一个难忘的“黑色七月”。百年不遇的持续强降水，将秀美的延长冲刷得满目疮痍。据统计，持续强降雨造成全县10.14万人受灾，12 251户城乡居民房屋倒塌或严重损坏，道路、通信、电力、供水中断，河道库坝农田损毁，工业停产，农业减收，直接经济损失达18.6亿元。康家坪村也未能幸免，大雨把原有的蔬菜大棚全部冲毁。

延长县康家坪村扶贫项目选址走访调研

从这场暴雨中我们不难看出，地理环境因素终究是制约延长发展的一个困境。在2013年持续性降雨后，康家坪村上所建的大棚被破坏殆尽，村民只得外出打工，收入微薄。从致贫原因上分析，一是村中没有什么主导产业，根本无法形成规模化种植；二是暴雨造成原有大棚破坏，重新修整建设需要大量资金投入，而村民们没有足够的资金投入生产建设，在“无地可种”的情况下，大量年轻劳动力开始外流；三是由于无人打理，村中土地被荒置，导致可用耕地资源进一步减少，存在大量荒地。由此，老弱病残成了这个“空心”村的劳动主力。看到其他村子依靠大棚蔬菜瓜果脱贫致富，康家坪村村民甚是羡慕，奈何资金匮乏，无力发展。

依托资源禀赋，因地制宜精准发力

延长西瓜“第一人”——延长县蔬菜中心主任郝小刚是一名农艺师，从参加工作起就开始和全县的蔬菜事业打交道。十多年来，为了解决居民冬季吃鲜菜难问题，郝小刚深入田间地头进行调查研究。通过他与同事们的共同努力，先后在全县推广了地热线、中小拱棚栽培技术、大棚温室栽培技术，使蔬菜的花色品种不断增多，实现了蔬菜由季节性生产转变为常年生产，促进了延长县棚栽业的快速发展。

早在1999年，郝小刚作为县里的种植技术员就在黑家堡镇尝试种植从山东引进的西瓜品种。推广种植时，老百姓心里没底，为了让大家放心，郝小刚在其他村种了10棚西瓜，在黑家堡让村民们种了50棚西瓜。自己一边示范种植，一边带着百姓干，一起育苗、嫁接，经常在村上一待就是一两个月。依托当地优良的瓜果种植条件，延长西瓜因其皮薄、色鲜、瓤甜、水分大，深受消费者喜爱，一下就在延安地区打开了市场，打响了品牌。当年村民们的西瓜获得了大丰收，很快延长全县推广了西瓜种植。

2017年，中国期货业协会牵头组织23家会员单位开展了“‘长’‘期’携手、一司一产”精准帮扶活动，投入1 718.39万元，共帮扶贫困户864户

1 975人。郝小刚看到了转机，在他的积极争取下，康家坪温室大棚建设项目成为延长县2017年建设的重点项目。该项目建设占地150亩，新建温室大棚40座，折合标准棚47座，需要资金685万元，但其中缺口资金200万元。永安期货在了解这一情况后，马上安排人员开展实地考察活动，决定为该村提供200万元的帮扶资金，用于大棚建设，帮助村民发展果蔬产业。得知这一消息后，康家坪村民热情高涨，发展产业的积极性很高。

有别于传统的“拱棚”种植，日光温室是利用太阳辐射增温，不加温或者基本不加温，有后墙、山墙和后坡，前屋面覆盖透明覆盖物和保温覆盖物，跨度6米以上，室内脊高2米以上。可以说，在牢固度、保温和采光条件上有了极大升级，在稳定种植保证产量上具有明显的优势。此外，永安期货参与的项目还配备大棚供水工程一处，新建350立方米建蓄水池一座，确保大棚用水，做大棚管理房40间，示范园主排水渠780米、大棚间排水2 600米。这既解决了原有大棚种植的防灾问题，又解决了黄土高原农业种植用水困难的问题，还能让农民在棚上“安家”，真正安心专心放心种植。

“一司一产、‘长’‘期’携手”精准帮扶备忘录签署仪式

永安期货及时安排项目资金后，大棚建设快马加鞭，2017年11月就全部建设完成投入生产，并按照贫困户优先的原则进行分配。康家坪村有16户村民参与该大棚种植项目，23座棚种植西甜瓜，17座棚种植蔬菜，所需苗木全部提前在郭旗示范园育苗中心落实，12月下旬完成定植。项目建成后，每座日光温室产值3.2万元（按标准棚计算），扣除当年生产物资投资0.35万元，每座大棚平均收入2.85万元，47座大棚总收入可达134万元。

延长县康家坪村果蔬种植大棚项目正在安装钢架

日光温室建成后，主要种植特色瓜果和蔬菜，为保证大棚建成投入使用后的切实效益，确保村民增收，成功打造村上良性产业链，县蔬菜中心特意高薪聘请山东技术员宋德胜，为该村指导大棚发展的产前、产中和产后相关注意事项。

为了保护自己的品牌，2018年郝小刚积极协调，向农业部申请延长西瓜的地理标志认证，并建立西甜瓜“二维码”质量追溯体系。“这样就相当于给延长西瓜上了户口，对每户种植西瓜的农民进行登记，给他们发牌子，这样市场销售就会更加规范。把延长西瓜的品牌引导好，保护好，瓜农的收入也会越来越好。”郝小刚说。

目前，延长有3 000多座西瓜大棚，有1 000多户参与，由于近几年市场比较好，所有西瓜种植户人均年收入达1.2万元左右。2018年9月，延长县脱贫摘帽退出贫困县序列，脱贫成效明显。2014年以来，延长县建档立卡贫困人口由2万人减少至600余人，脱贫1.94万人。

稳定增收致富，乡村面貌大变

2019年5月，我们再次走进康家坪村，深深地感受到该村的温室大棚种植项目的成功落地给当地带来了喜人的变化。2017年3月，该村建成了47座大棚，恢复了生产，群众的精神面貌焕然一新。2017年建成日光温室，每座日光温室产值3.2万元，扣除当年生产物资投资0.35万元，每座日光温室平均收入2.85万元。村民每次提到永安期货的帮助，都会很激动说是永安期货的帮扶，他们的生活才得到了大大的改善。对此，郝小刚也说，“永安期货这个扶贫项目不仅让贫困户有了自己的产业，非贫困户没有产业的也参与进大棚的生产和建设，从而解决贫困户脱贫的问题。一个大棚过去收入可能是1万多一点，现在一个大棚可以收入3万块钱，一个贫困户种上2个大棚，年收入达到6万块钱，很轻松地就越过这个贫困线。不但脱贫了，还可能因为这个产业，就进入小康生活了！”

日光温室种植的西甜瓜长势喜人

康家坪村蔬菜大棚建设的完成，一方面形成了村上长期支柱产业，稳定了村民收入，能有效地保证贫困户脱贫不返贫，实现了村上“户脱贫、村出列”的精准脱贫任务；另一方面可以以该村的产业建设为示范，辐射带动周边其他村组的产业发展，切实增加村民收入。康家坪村通过温室大棚扶贫项目的“造血”改造，让村民看到了脱贫致富的希望，稳定了人心，延长瓜果的品牌发展，也让这群可爱的陕北农民“甜”在心间。

（撰稿：永安期货股份有限公司）

精准扶贫，铺就山村致富路

——光大期货武陵山区扶贫行动纪实

“七山一水两分田”，是武陵山集中连片特困地区面临的现实情况，长期以来，由于交通不便，农田碎片化，村落分散，武陵山区工业、农业等产业发展受到严重制约，劳动力流失严重，始终摘不掉贫困的帽子。

在国家脱贫攻坚大战略的号召下，近年来各方力量积极援助对武陵山区帮助很大，当地逐渐发展了茶叶、畜牧业、食用菌、果蔬、中药材等产业，并且开始探索电商等新型销售模式，努力打通产业链各个环节，让大山深处的优质产品流向全国各地，让“绿水青山”生出“金山银山”。

红香柚结出致富果

印江土家族苗族自治县缠溪镇周家湾村，坐落于崇山峻岭之中，全村有7个村民小组，276户1 000余人，曾属于三类贫困村。前几年，由于村里青壮年纷纷外出务工，大部分耕地丢荒，无人耕种。2017年，村支部书记柳传军带领该村成立了村集体经济专业合作社，把丢荒土地集中流转到合作社，先后发展了红香柚种植等特色产业，促进群众增收脱贫。“目前我们村主要通过‘村集体经济合作社+基地+农户’的模式，带动村民就业增收。目前最大的难题在于资金周转。以红香柚为例，3年挂果5年收获，投入到产出至少需要5年时间，我们村经济基础本就薄弱，亟需资金帮助产业运转。”柳传军忧虑地说道。

周家湾村初挂果的红香柚

“我们此行就是为了帮助你们发展，资金问题我们会想办法，您带领村民共同脱贫攻坚的事迹让我们非常敬佩，我们希望在你们脱贫致富的路上再送一程，体现光大期货作为央企履行社会责任的决心。”光大期货副总经理苑文忠说。最终，光大期货班子会决议，向周家湾村捐赠资金支持当地红香柚产业发展，帮助村民解决收获前的种植资金问题。

周家湾村红香柚产业在光大期货资金援助下，已打破资金周转困境，正红红火火地发展。2019年，周家湾村的红香柚初挂果，产量4万余斤，产值到达8万元左右，随着时间的推移，红香柚的产量和质量还会进一步提升。该村已初步形成长效产业发展格局，实现贫困户分红全覆盖。外出务工的青壮年看到家乡产业发展，也开始返乡创业，周家湾村的红香柚真正结出了村民的致富果。

消费扶贫助农增收

缠溪镇方家岭村与周家湾村相距不远，人口规模也相似。近年来，村支“两委”积极依托村集体经济组织，按照“支部引领，村集体经济组织搭台，群众积极参与”的组织模式，推进形成“支部+村集体+农户”的产业发展模式，发展黑木耳5万棒、中蜂170桶、大牲畜养殖大户4家、茶园110亩、经果林500余亩，初步形成“三短两长、长短结合”的产业发展格局。随着村里农产品产量的增长，销售问题越来越成为该村产业发展的拦路虎。光大期货希望通过协助该村建立电商平台，帮助其打通农产品销售渠道。据村主任吴成胜讲，目前方家岭村产品品牌和标准化尚未建立起来，无法通过电商平台进行推广销售，当前主要为零售直销，销量有限。最终，光大期货通过消费扶贫的方式采购该村农产品用于员工福利，同时，持续关注该村农产品包装设计、标准化和品牌建设的情况，拟在合适时候为其设立电商平台、网店等销售平台，解决销售难的问题。

方家岭村养殖的中蜂

村活动室树脱贫志

刀坝镇毛坝村位于印江县东北部，据县城遥远，蜿蜒的山路更是拉长了距离。毛坝村在县驻村干部的带领下，埋头苦干，发展辣椒、养蜂等产业，帮助农户增产增收，村贫困发生率由2014年建档立卡之初的21.43%下降到2018年末的1.88%。然而，产业发展已将村里的资金用尽，村委会只能临时在邻村办公楼的一隅办公。借用的办公楼环境非常简陋，墙灰脱落、窗户破损，寒风穿过缝隙涌入屋内，大家只能围坐在一盆炭火周围取暖。

印江县农机中心主任徐彦在毛坝村驻村帮扶，他说：“在政府的帮扶和村民的努力下，毛坝村村民的收入显著地提高，但是，村民去村委会办事还要跑到邻村，村里也没有活动室，对村民的脱贫攻坚的志气和凝聚力都有影响。总书记强调扶贫先扶志，我们一直想建活动室，可是县财政非常紧张，村委会也没钱，这成了毛坝村脱贫攻坚路上的一道难题。”苑文忠回应道：“‘有志者，事竟成’，总书记强调扶贫先扶志，正是体现了脱贫攻坚战略的核心问题。在咱干部和群众的共同努力下，毛坝村在脱贫攻坚战中取得了丰硕的成果，不能因为村活动室影响了大家脱贫攻坚的决心和士气。”之后，光大期货捐助资金支持毛坝村村活动室的修建。

目前，村活动室的修建工程已在收尾阶段，村民热切的期盼即将成为现实。毛坝村村支部书记张慧向我们告知了村活动室的修建情况，并且诚挚邀请光大期货在村活动室建成后过去看看。

毛坝村借用的办公场地

即将完工的新活动室

“穷山沟”变身小康村

思南县青杠坡镇田庄村，曾因地处偏远、交通不便，在当地被称为“穷山沟”。2014年以前，田庄村贫困发生率高达38.3%，不足千人的行政村贫困人口就有350多人，是一类贫困村。近年来，在田庄村脱贫攻坚工作队的带领下，田庄村克服自然环境恶劣、基础设施落后的困难，建立了村级集体经济合作社，将全村建档立卡贫困户全部加入。同时，积极引入外部资金发展养牛、食用菌等特色产业，壮大集体经济。田庄村第一书记孙志颖说：“我心里就想，一定要找到我们村的主导产业，结合这个目标，我们利用财政专项资金落地了食用菌产业项目，一共20亩，15万棒，实现贫困户分红每户分红300元。”

田庄村体验到产业带来的实惠，希望进一步扩大规模，但是各级财政都很紧张，资金成为扩大产业规模的难题。光大期货扶贫工作组考察了该村的食用菌种植基地，正在采摘黑木耳的村民说：“我们村里有了自己产业，在家门口就能务工，收入也比较稳定。”据悉，田庄村15万棒食用菌在采摘季可吸纳200余人次就近务工，极大地缓解了该村就业难的问题。

田庄村食用菌种植基地

光大期货班子会决议提供资金支持田庄村食用菌产业发展，资金用于购买菌棒和修建大棚。今年初，田庄村发来喜报，2019年全村集体经济收入突破20万元，人均可支配收入达到5 630元以上，成了真正的小康村！田庄村脱贫攻坚工作队队长安贵林说："下一步，我们将继续加大黄牛养殖、食用菌和油茶种植规模，壮大集体经济，计划在十四五期间发展农业观光旅游项目，为下一步乡村振兴打好基础。"

2019年光大期货在武陵大山深处的4个扶贫项目帮助到4个村近200户建档立卡贫困户实现了脱贫。200不只是一个数字，是近200个家庭摆脱贫困奔向小康。如今，两县的产业在一天天壮大，群众的生活在一天天变好。

光大期货与印江县和思南县结下了不解之缘，一直与当地保持联系，关注产业发展。2019年11月，公司在两县举办了期货风险管理相关知识的培训，意在培养当地干部和企业的风险管理意识，为后续金融专业帮扶做铺垫。据悉，印江县和思南县正在发展生猪养殖产业，两县通过"龙头企业+合作社+农户"的经营模式推进养殖规模的扩大，今年两县累计出栏生猪或超50万头。光大期货在原有扶贫合作基础上，拟通过"保险+期货"等形式为当地生猪企业和农户提供成本端的风险保障。同时，在生猪期货上市后，为其提供收入端的保障。

贫困地区在脱贫致富的不同阶段还会面对不同的困难，这也是对期货公司扶贫形式创新的考验。苑文忠说："杠杆是期货的重要特征，期货公司在精准扶贫的工作中也应该发挥杠杆效应，创新扶贫形式，持续探索运用金融工具让更多的群众受益。"

（撰稿：光大期货有限公司）

长效助力，治标治本
——长江期货特色扶贫之路

2017年3月，“一司一产、‘长’‘期’携手”精准帮扶座谈会暨备忘录签署仪式在陕西延安市延长县举行。会上，长江期货将“设网点，长效助力；强产业，治标治本”定为助力延长县脱贫攻坚战的重要方略。2018年4月，全国首个以营业部网点建设为依托，长效助力金融服务“三农”的期货分支机构——长江期货延长营业部获准设立。另外，长江期货还捐资共建了延长县郭旗卫生院中医馆，开展期货专业知识普及和投保防非宣传教育，利用自有资金采购延长“扶贫苹果”，连续三年捐资助学资助贫困大学生，组织数十名员工驻点帮扶实体企业，捐赠苹果“保险+期货”产业扶持资金，开展苹果“保险+期货”试点，全面参与延长苹果“保险+期货”全覆盖等……自延长营业部成立以来，长江期货通过健康扶贫、教育扶贫、消费扶贫、专业扶贫等方式，一直在助力延长县脱贫攻坚。

抓高层，利用金融知识增强管理能力；走基层，“授果农以渔”——长江期货延长营业部走出了一条特色扶贫之路。

帮扶产业，狠抓优势做好“苹果”文章

作为当地的支柱产业，苹果产业是延长县果农收入的主要来源。产业是精准扶贫的最大抓手，要紧扣“优势”做文章，为苹果产业保驾护航是发挥期货专业扶贫优势的着力点。

苹果期货上市不久，长江期货延长营业部就迅速着手开展苹果“保险+期货”工作，并向延长县捐赠6万元，用于实施苹果“保险+期货”产业扶贫试点项目。通过产业扶贫到村到户，探索实施“保险+期货”试点建设工作，提高试点工作社会影响力，以及试点模式的可复制性和可推广性。

长江期货与延安市宝塔区临镇镇苹果“保险+期货”合作签约

2019年，长江期货延长营业部与延安市宝塔区临镇镇政府达成合作意向，覆盖苹果种植面积100亩，帮助果农锁定利润、保障收入。2020年，在“陕西省延长县全县域苹果价格保险”试点项目中，作为主办申请单位，长江期货联合其他公司，共同为延长县2万亩约3万吨苹果现货提供价格保障，参与试点的农户约950户，其中建档立卡贫困户约200户。

盘活企业，启动县域经济发展的新引擎

企业是最活跃的市场主体，盘活了企业就激活了一个地区的经济。延安

是世界公认的集中连片苹果优生产区，苹果产业的相关企业是带动当地经济发展的重要引擎。于是，千方百计地助力延长企业申请苹果期货交割库，成为长江期货精准扶贫的又一个抓手。

在苹果期货上市之前，长江期货就一直与延安中果生态农业科技股份有限公司保持紧密沟通，为企业管理层提供苹果期货基础知识和交割知识培训，为企业解读交易所关于苹果期货交割库的申请要求，协助企业准备、完善、提交交割库申请资料，最终成功入选郑州商品交易所首批苹果期货交割库。

2019年，为规避价格上涨风险，长江期货延长营业部帮助延安中果生态农业科技股份有限公司完成了3 000吨玉米的商品互换交易，这也是全国首单商品互换业务。随后，玉米价格上涨，商品互换的盈利有效地帮助了企业对冲了玉米采购的损失，企业实现了精确锁定玉米采购成本的目的。

为引导产业链企业利用衍生品及相关市场促进区域经济和企业持续健康发展，进一步增强服务产业和实体经济的专业优势，长江期货延长营业部积极帮助延安中果申请郑州商品交易所“服务实体经济产业基地”，进一步拓展了苹果企业的发展边界，提升了县域经济发展的想象空间。

正如延安中果董事长张小军所说，从不了解、不参与，到逐步了解，逐渐参与，再到今天的与企业经营密不可分，离不开苹果期货，更离不开与长江期货的携手同行。

因为在精准扶贫服务实体企业工作中的不懈努力和出色表现，2020年3月，长江期货延长营业部被陕西延长县委县政府评选为“支持县域经济发展先进集体”。

爱的传承，涓涓细流传递着信心和勇气

习近平总书记指出：“扶贫先扶志，扶贫必扶智。”

从2018年开始，长江期货就确立了延长县教育对口扶贫的行动方案，每年捐款6万元，资助30名延长籍大学新生，每人发放2 000元助学金。

这样的教育扶贫，长江期货一做就是3年。长江期货的资助，就像涓涓细流，润物无声地帮助孩子们成长，也为贫困地区“脱贫不返贫”种下了希望。那些已经进入大学学习的受助学子们，纷纷写来感谢信，表达了对长江期货“滴水之恩”的感激之情。

2019年8月，长江期货在延长县举行捐资助学仪式

就读于西北政法大学赵欣（化名）在感谢信中写道：“长江期货给予我的不仅是物质上的帮助，更多地给予了我一份信心和勇气。我也会像长江期货一样，今后像他们关心我一样去关心需要帮助的人，将这份善心永远地传承下去。”

内生发展，争做专业扶贫的基层宣传员

除了捐资助学以外，长江期货延长营业部还持续不断地面向各类人群开展苹果期货知识培训活动，为延长县苹果产业相关主体注入内生发展动力。

在长江期货延长营业部，在苹果物流中心储存库，在延长县人民广场，

在基层苹果示范园区……都留下了营业部员工宣传苹果期货、普及期货知识、讲解“保险+期货”项目、开展投保打非活动的身影。

长江期货延长营业部在中国供销集团延长果业物流中心现场培训期货知识

在延长县基层一线，长江期货延长营业部联合安沟镇当地政府，为全镇合作社、第一书记培训苹果期货知识，助力苹果产业后期发展；深入苹果产区为延长县黑家堡镇果农讲解苹果期货知识，让果农了解未来期货价格和当年“期货+保险”相关情况。

长江期货还多次委派青年员工专项小组，前往延长县驻点帮扶，深入实体企业，提供专业培训服务，引导产业链企业善用金融工具，促进区域经济发展。

苹果期货上市之前，果农售卖苹果往往“跟着感觉走”，苹果期货上市之后，果农议价能力显著增强。《经济日报》曾经报道过一则果农利用苹果期货增收的生动案例：陕西省延长县安沟乡王良沟村果农史功福（化名），通过苹果期货的宣传普及，知道有一个期货价格，于是，他主动与果商议价，最终确定订货价格每斤3.7元，每斤比上年多卖了1.1元，收入因此增加了1.6万元。

或许，果农不是苹果期货市场的直接参与者，却可以成为期货市场的受益者。长江期货延长营业部发挥县域驻地优势“走乡镇、进果园”，不遗余力地向果农传授苹果期货知识，就是为了让更多果农认识、了解、运用苹果期货，利用期货专业知识，在“卖苹果”时提升自己议价能力。

未来，长江期货延长营业部还将坚持把发展苹果产业、促进农民增收致富作为首要任务，通过积极探索建立“期货+保险”和“苹果银行”机制，针对果农面临的产业风险，大力推动苹果“期货+保险”新模式，进一步提高苹果产业抵御价格风险的能力，增强产业脱贫、产业富民的能力，为延长县乃至延安市的贫困户脱贫、产业兴旺提供新动能，为果农大力发展苹果产业提振自信心，更为“延安苹果”产业发展实现“保价”护航。

（撰稿：长江期货股份有限公司　高越勇　何鎏）

壮大集体经济，发展香菇产业

——云财富期货助力博尔博松村脱贫

2019年8月，云财富期货扶贫小组去伊犁贫困地区调研，经过一个多小时的上山下山的路程，见到了坐落在山窝窝里的博尔博松村。伊犁州党委政法委驻村工作队（以下简称“访惠聚”工作队）队长、第一书记范雷接待了我们。座谈期间，范书记介绍说：博尔博松村是一个偏远山区贫困牧业村，距伊宁市60公里，以畜牧业为主，是典型农牧结合的牧业村，自有集体土地少，村集体经济收入来源单一，没有可持续“输血”的支柱产业，种植的旱田小麦仅作为口粮，博尔博松村100%是哈萨克族牧民，普通话交流能力差，有着传统的游牧生产、生活方式及习惯。全村309户1 243人，文化水平偏低，属新疆确定的深度贫困村。“访惠聚”工作队到来后，协调完成了修建桥梁、道路修缮、接通互联网、改造电路、安装路灯等一系列惠民工程，周边的设施陆续解决了。接下来，如何带领村民们脱贫致富，就成为摆在博尔博松村两委和“访惠聚”工作队面前的头等大事，云财富期货扶贫小组了解相关情况后，与博尔博松村两委和“访惠聚”工作队共同协商，一起想办法、出点子，结合博尔博松村香菇产业发展现状，确定帮扶推动香菇产业向规模化、规范化发展，壮大集体经济，带动贫困户脱贫。

2019年9月，经博尔博松村委会、“访惠聚”工作队集体研究决定，对博尔博松村原来的5座大棚进行升级改造，改造后不但可以解决部分人员的就业问题，还可以增加贫困户的收入，收益部分留作村集体经济进一步投入香菇产业链发展，部分用于精准帮扶5至10户贫困户，示范带动贫困户发展经济，确保脱贫成果，为脱贫致富打下坚实的基础。2019年11月6日，云财富期货与博尔博松村签订了帮扶博尔博松村捐赠协议，并现场捐赠了10万元，用于升级改造香菇食用菌大棚。

云财富期货有限公司产业帮扶苏布台乡博尔博松村签约仪式

2020年春节将至，云财富期货领导心系博尔博松村，为了使贫困家庭过个好年，1月14日在当地乡党委书记、乡长、驻村干事的陪同下，云财富期货扶贫小组冒着大雪奔赴山区慰问了博尔博松村建档立卡贫困户，向贫困家庭送上了新年的问候和祝福，与困难群众聊家常、问冷暖，每户捐赠了10公斤大米一袋、10公斤面粉一袋、油两壶。此次活动，让贫困户感受到了党和政府的关怀，增强了他们对改善困难生活的信心!贫困家庭纷纷表示，感谢云财富期货的关心和厚爱，决心在扶贫工作队的帮助下，努力奋斗，早日实现脱贫致富。

2020年3月，香菇大棚已初步见成效，解决了当地部分贫困人员的就业问题，有2户5人实现脱贫。

老党员玉山大叔家

香菇大棚

2020年4月9日，博尔博松村村委会致函云财富期货，希望追加资金5万元，用于香菇烘干设施建设，助推香菇产业建设向规范化发展。此项目可提升香菇的产量附加值，年产烘干香菇2万公斤，实现附加值13万元，最重要

农户在香菇大棚工作

的是可解决6人的就业，且每年有6个月的时间可解决40至50人的就业，人均年收入可达到16 200元。2020年是脱贫攻坚的决胜阶段，为确保博尔博松村与全国人民共同奔小康，2020年5月18日云财富期货与“访惠聚”工作队、博尔博松村签订了“帮扶解决博尔博松村香菇烘干设施的捐赠协议”，并现场捐赠了5万元，同时举办了期货知识讲座，普及了防非等相关金融知识。

6月2日，博尔博松村进行多次试验，终于生产出合格的干香菇，云财富期货与博尔博松村两委和“访惠聚”工作队研究分析，要想干香菇销售好，品质必须第一位，外包装的设计也非常重要。云财富期货协助博尔博松村驻村干部寻找广告公司，共同设计了干香菇包装礼盒的样式。端午节前，完成了装箱工作，第一批干香菇还未上市，就被多家单位预定。

“授人以鱼不如授人以渔”，目前，博尔博松村采用鲜香菇少部分销售，大部分烘干后装箱礼盒销售，保守估计，到2020年年底，将会有更多人脱贫。云财富期货将一如既往地与博尔博松村两委和“访惠聚”工作队并肩作战，争取博尔博松村的贫困户早日清零，过上幸福安康、红红火火的日子。

（撰稿：云财富期货有限公司）

双向发力战攻坚，源头活水育香茗

——五矿经易期货、郑州商品交易所合写产业扶贫“茶”文章

盛夏的河南省桐柏县王湾村一派生机盎然，象征着未来的无限可能。

习近平总书记指出：“产业扶贫是最直接、最有效的办法，也是增强贫困地区‘造血’功能、帮助群众就地就业的长远之计。”在郑州商品交易所和五矿经易期货有限公司合力支持下，桐柏县王湾村茗源茶叶有限公司于2020年3月29日正式生产。目前共计生产绿茶1 400余斤，红茶200斤；已售出干茶400余斤，销售收入11万元。这让村里80%的贫困户都发展了茶叶产业，形成规范、统一的制茶技术和产品标准，打通了茶叶交易渠道，王湾村也成了小有名气的“茶叶村”。

王湾村茶园

党建引领：夯实扶贫根基

2020年7月22日，五矿经易期货深圳党支部和郑州商品交易所非农产品部党支部组织支部结对联建活动，对产业扶贫项目——桐柏县王湾村茶产叶开展扶贫调研。

在村集体企业桐柏县茗源茶叶有限公司的茶叶生产车间里，五矿经易期货党委领导对茶叶生产车间进行了调研。村党支部书记郭进军同志向大家详细介绍了鲜茶叶收购、绿茶和红茶制作、销售渠道和带贫效益等情况。在“集体增收，五矿助力”几个大字面前，郭进军书记高兴地指出，以前的机械设备属半自动化，生产效率低，电耗、人工成本高，多亏郑商所和五矿经易期货的帮扶资金及时到位，才有了茶叶生产自动流水线，效率提高了，品质跟上来了，销售也上去了，村民们的收入自然就提高了。

扶贫座谈会

在扶贫座谈会上，郭书记生动介绍了全村党建引领脱贫攻坚的奋斗历程。过去乡亲们认为种茶技术含量高，前期投入大、见效慢、没有规模生产，容易造成干茶销路不畅等问题，很多村民不愿意种茶。为了打消种茶顾虑，王湾村党支部以全域党建为抓手，提升扶贫干部党性修养，筑牢“红色堡垒”，村脱贫责任组通过外出考察学习，打造“支部引领、社会帮扶、项目扶持”的基层阵地，帮助群众理思路、讲对比、转观念，在争取上级政策扶持、企业资金帮助的同时，让群众有了种茶积极性。

产业“造血”：铸就“绿色银行”

察看茶叶生产车间

茶叶厂建成生产后，又遇到在鲜叶收购、人工工资支付、产品包装等方面缺少启动资金等问题。此时，五矿经易期货牢牢接过扶贫“接力棒”！2020年3月，五矿经易期货党委会审议，决定捐赠给王湾村委50万元用于茶叶公司生产运营，解决了王湾村茶叶生产前期启动资金问题。

“人不负青山，青山定不负人。”王湾村先后实施了扶贫到户增收、科技扶贫和农综开发、水土保持等茶叶种植项目，村集体通过成立茗源茶叶有限公司，发展有机茶叶，致力于解决茶农茶叶鲜叶销售难、干茶加工难的问题。有了茶产业做支撑，就像人具备了“造血”功能，贫困群众树立了发展信心，对增加产业收入起到了明显的带贫作用。有的脱贫户高兴地说：“我们家以前没有茶叶，就这几年通过项目扶持种的茶叶，今年一个多月时间收入一万多元，直接把鲜茶叶卖给厂里，家里就剩几斤干茶自己留着喝，不用担心种茶卖不出去了！”

五矿经易期货党委副书记张珺同志在座谈会上指出，2020年是全面打赢脱贫攻坚战的收官之年，五矿经易期货将持续履行社会责任，发挥国企优势作用，积极助力中国证监会的定点扶贫工作，大力支持国家乡村振兴战略，推动桐柏县王湾村产业、人才的全面振兴。

为了写好金融扶贫这篇文章，郑商所按照桐柏县当地县委县政府精准扶贫工作部署开展定点扶贫工作，五矿经易期货接续前行，通过党建引领、产业帮扶、消费帮扶和“保险+期货”风险管理工具等多项举措，为扶贫工作打上了深深的金融烙印，合力共战脱贫攻坚。同时，双方也坚持“抓党建、促业务”的思路，把党建工作作为推进期货业务的重要抓手，通过发挥党组织和党员作用，全力推动“抓党建、促业务”工作双提升。

调研人员和王湾村扶贫干部合影

深耕细作，久久为功。桐柏县作为革命老区，是一片红色热土，长篇小说《桐柏英雄》及其改编的电影《小花》影响了几代人。现如今，在新时代的大潮中，桐柏县王湾村的扶贫干部也练就了干事创业的过硬本领。他们当中有许多为桐柏扶贫事业贡献的代表，默默扮演着新时期“桐柏英雄”的角色！而五矿经易期货则守着社会责任的初心，依靠党建、业务双轮驱动，迈上了助力脱贫攻坚的光明大道。

（撰稿：五矿经易期货有限公司　付俊杰）

涓涓暖流汇阿坝，血脉相连民族情

——记中粮期货公益扶贫

四川省阿坝州是国家“三区三州”深度贫困地区之一。该州受气候环境、自然灾害、人文习俗、医疗水平、劳动技能等因素的影响，仍存在深度贫困、脱贫易返贫的情况。中粮期货走访了该州13个县，对300多户建档立卡贫困户进行了调研，着重对该州壤塘县、松潘县的贫困情况做了具体分析，总结了该州典型的致贫、易返贫原因，制订了专项扶贫方案，并联合阿坝州人民政府成立了“关爱草原母亲，蝶变幸福妈妈”“健康脱贫奔小康”专项扶贫项目，拨款60万元，帮助该州实现525户1 623人脱贫。

中粮期货有限公司助力阿坝州壤塘县脱贫攻坚捐赠仪式

走进壤塘，蝶变幸福妈妈

壤塘县有贫困母亲家庭683户，占全县精准扶贫户的六分之一。这些贫困母亲家庭不同程度地存在自我认同低、生活质量差、身心压力大以及子女教育难、创业就业难、单亲代际传递等问题。这部分群体处于生活的底层，既是构建文明和谐家庭与社会的短板，也是壤塘县脱贫攻坚、同步奔小康的最大隐忧。

贫困母亲代表向中粮期货总经理敬献哈达

扶贫先扶智，中粮期货通过思想改造，组织动员和引领吾依乡贫困母亲从事和开展手工编织工作，打开扶志的思想总开关；开展新时代思想教育工作，破除贫困母亲故步自封的思想束缚，提振居家灵活就业的信心和勇气，激活脱贫致富的内心动力；加强“四自”精神宣传，让贫困母亲通过身边创业就业的典型示范，更好地珍惜和把握机遇，自食其力。

经过中粮期货专项扶贫小组的深入走访和调研发现，大部分贫困母亲不仅生活负担压力过重，多数为单亲家庭，壮劳力缺失严重，而且文化素质不高、技能单一，这些情况导致她们无法外出务工。结合贫困单亲母亲的实际情况，在中粮期货的支持下，组织单亲母亲开展从简单易学、便于利用碎片时间实地操作的手工编织活动。中粮期货制订了脱贫实施的新方案，主要从宣传动员、物资采购、产品设计、技能培训、成品回收、包装营销等各个环节入手，确保贫困单亲母亲掌握一套易上手、好操作、能持久的长效脱贫机制方案。

新方案实施初期，壤塘县妇联组织吾依乡有创业就业愿望的34名贫困母亲，对藏式如意金刚、手串等开展了为期10天的集中手工编织培训，采用老师教、视频学、相互帮的方式，确保了技能培训的有效性。在农忙时间，分小组实操培训。各小组手工编织能手以传（传授）、帮（帮助）、带（带新人）的方式巩固提升技能培训成果。通过集中培训和分散实操培训，贫困母亲的眼界和心界得以拓展，劳动技能和脱贫致富信心得到有效提升。

随着贫困单亲母亲在思想上、行动上的不断转变，其经济情况也明显好转，逐步走出“单亲—贫困—单亲”的怪圈，有效斩断了单亲和贫困的代际传递链。同时，贫困母亲通过手工编织变“输血”为“造血”的成功模式，也辐射带动了周围群众摒弃“等、靠、要”思想，自力更生，促进了社会和谐发展。

忠于国计，践行扶贫之路；良于民生，共绘健康蓝图

松潘县属国务院确定的14个连片特殊贫困地区“四省藏区”县和全省45个深度贫困县之一，是以藏、羌、回、汉等民族为主体的多民族聚居区，全县共有建档立卡贫困户2 088户7 583人，其中，因病致贫599户2 153人，占28.39%，因病致贫、返贫是松潘县长久以来脱贫攻坚的最大难点。中粮期货以“联户联情”为契机，紧盯贫困乡村、瞄准贫困人口，加大对贫困群众

帮扶力度，有效推动医疗卫生扶贫工作的纵深发展。

松潘县白羊乡卫生院，距县城300多公里，交通极其不便，严重影响了当地乡民及时就医，导致形成“小病拖大病，大病重返贫”的情况。松潘县水晶乡卫生院因医疗基础设施极低，长年过度依赖中藏医院，导致自身医疗水平日趋薄弱，得不到发展。“健康脱贫奔小康”扶贫项目开展以来，松潘县卫生健康局依据白羊乡、水晶乡卫生院的实际需求，结合当地居民的常见病、健康需求以及服务体系存在的主要问题，为两个乡卫生院购置了小型全自动生化仪、医用臭氧治疗仪（外科）、心电图机、智能通络治疗仪、制氧机等12台设备，从而改善了医疗卫生服务能力和水平偏低的现状。通过该项目的实施，有效促进农村建立三级医疗服务网络、实施分级诊疗，为当地农牧民提供更安全便捷、高效价廉的医疗卫生服务，紧扣对口帮扶关键，实现医疗卫生事业稳健发展。

中粮期货总经理听取扶贫工作汇报

中粮期货开展“健康脱贫奔小康”项目以来，松潘县与浙江、大邑对口支援以及省人民医院、成飞医院结对帮扶，全县特别是县人民医院在医院管理、基础设施、科学建设、医疗服务等方面的能力得到持续改进和提高。与2019年同期相比，松潘县人民医院诊疗量占比明显增长，门诊病人增加18.4%，住院人次增加18.9%，手术台次增加27.5%，长途120上转下降24.5%，医疗业务收入增加65%。

中粮期货在近一年的医疗卫生扶贫工作中，帮助松潘县医疗扶贫工作取得了一定成效，通过有效整合资源、强化弱项、补齐短板，全面巩固了医疗卫生扶贫成果，切实提高了松潘县的医疗质量，确保了贫困群众享受脱贫期间免费及每年至少一次的健康教育宣传和慢病管理等服务，让群众在家门口就能看得上病，看得好病。

中粮期货以“扶贫必扶智”“真扶贫、扶真贫、真脱贫”为指导思想，在阿坝州开展的扶贫工作，提升了贫困致富的综合素质，助力增加造血功能，帮助贫困群众甩掉“贫帽子”，践行央企使命，担当社会责任，为如期打赢脱贫攻坚战贡献自己的力量。

（撰稿：中粮期货有限公司）

第四篇
教育扶贫

摆脱贫困首要并不是摆脱物质贫困，而是摆脱意识和思路的贫困。扶贫必扶志，治贫先治愚。贫穷并不可怕，怕的是智力不足、头脑空空，怕的是知识匮乏、精神委顿。脱贫致富不仅要注意富口袋，更要注意富脑袋。

——习近平，《在东西部扶贫协作座谈会上的讲话》，
2016年7月20日

心有灯塔，眼底有光

——中信建投期货扶贫扶智之路

“这个我收下，谢谢您。但长期帮扶我读大学的事只能心领了，因为苏州映山红助学联合会已经对我进行定向资助，我不能占用双重资源呀。”女孩羞涩地笑了，望向中信建投期货扶贫工作负责人龚总说，“您放心，我会带着所有人的善意努力学习，改变命运，成为一个对社会有用的人。”她的眼眸清亮如一汪山泉，波光粼粼泛着坚定的光。

2019年8月，炎炎夏日，山路蜿蜒，中信建投期货团队又踏上了对贵州省铜仁市松桃苗族自治县贫困学子的帮扶之路。这是中信建投期货结对帮扶松桃县的第三年。

天空湛蓝，松桃县的空气一如既往的清新，但这片土地仍亟待滋润。这年夏天，对于考上大学的贫困学子来说既欣喜又忧愁，喜在看到了命运的转折点，忧在东拼西凑后学费生活费或许还是不够。这时，中信建投期货团队专程赶来帮助考上大学的贫困学子。

共青团松桃苗族自治县委员会联合松桃民族中学对当地考上大学的学子进行了家庭条件调查，筛选出25名贫困学子，中信建投期货将向这25名贫困学子每人捐助2 000元。正值暑假，松桃县将“金秋助学”暨春晖行动助学金发放活动安排在当地档案馆，中信建投期货团队到达时学子们已端坐等候，有些拘谨，又充满期待。

中信建投期货有限公司“金秋助学”暨春晖行动助学金发放仪式

中信建投期货有限公司“金秋助学”暨春晖行动助学金发放仪式

“孩子们你们好啊！来的路上热不热？”龚总亲切地笑着说，又摸了摸离得最近的一个男生的头。

“阿姨好！”

“不热！”

“姐姐好！”

受到笑容的感染，大家也回应起来，只是最后一个称呼让龚总忍俊不禁：“你们得叫我阿姨哦。我的女儿和你们一样大，也是今年考上大学，所以看到你们就像看到我自己的孩子一样，特别亲切，也特别希望你们能在大学里书写美好的人生经历，努力成长成才，实现价值，回报社会。”

“好！”

接着中信建投期货团队与部分学子进行了面对面交流，一时的贫困并没有使孩子们的青春褪色，反而赋予他们对生活美好的感知力和积极向上的信念，他们朝气蓬勃，眼底有光。其中一个衣着干净朴素的大眼睛姑娘，留着一头利落的短发，名叫小米（化名）。

“小米是个好女孩，勤奋刻苦，踏实懂事，可惜家庭条件不好。”松桃县团委书记洪书记轻声介绍着，“小米家以种地为生，前几年她爸爸去世了，妈妈是聋哑人，体弱多病，几乎没有劳动能力，家里还有6个弟妹。好在政府一路资助他们家孩子读书，加上助学联合会和乡里乡亲的帮助，他们家的生活才能往前走。小米也争气，现在长成一个开朗乐观的大姑娘，今年考上了贵州中医药大学。”

“孩子你真棒。”龚总拥抱了小米，“作为家里的大姐姐，还要干农活和照顾弟妹吧，辛苦了，学出这么好的成绩不容易。”

“也还好，农活和照顾弟妹都做惯了的。”小米不好意思地扯扯衣角，随后抬头认真地说，“学校给了我一个好的学习环境，回到家后挤挤时间也能学习。不是说知识改变命运吗？我考上了贵州中医药大学，毕业后从医，一方面可以改善家里的经济状况，减轻负担，另一方面可以为需要的人看病，算是回馈大家对我的帮助，想到这儿就一点儿也不累了。”

“好孩子，你一定可以的。”龚总有些感慨，拍了拍小米的手，然后从钱包里拿出1 000元现金放到小米手上，“和你的交流也给了阿姨很多力量，这是阿姨个人的一点心意，希望能帮你一把。”

但在龚总提出想要一对一持续资助小米的大学全部生活时却被婉拒了，因为苏州映山红助学联合会已经对小米进行了定向资助，小米表示不能占用双重资源，在这么多人的关爱下她会努力成才。

说到这大家感到很欣慰，欣慰于小米的坚强与感恩，欣慰于扶智、扶志的扶贫工作不仅仅是一个人、一个企业或一个机构的单方面的努力，我们有着共同的心愿，相互扶持，彼此协作。

习近平总书记曾说过，扶贫必扶智，让贫困地区的孩子们接受良好的教育，是扶贫开发的重要任务，也是阻断贫困代际传递的重要途径。“治愚”和“扶智”的根本是发展教育，教育扶贫直指导致贫穷落后的根源，抓住了贫困地区脱贫致富的关键。就像木桶理论，一个水桶能装多少水不是由最长的那块木板决定的，而是取决于最短的那块木板。贫困地区的教育水平就是扶贫攻坚战中的最短板，扶贫攻坚就是要克服教育这块“短板”。

高质量的教育扶贫是阻断贫困代际传递的重要途径和提升贫困家庭造血能力的重要抓手，贫困家庭只要有一个孩子考上大学，毕业后就可能带动一个家庭脱贫。治贫先治愚，贫困地区和贫困家庭只要有了文化和知识，就有了希望。小米的事情不是个例，在我国辽阔的土地上，还有许多相对落后的地区存在经济困难导致教育可能缺失的情况。小米是不幸的，她的原生家庭注定让她背负良多，甚至可能由于囊中羞涩而止步于高中；小米又是幸运的，有当地政府、中信建投期货、助学联合会、邻居乡亲等的帮助，加上自身的努力，读上了大学，改写了命运。但还有千千万万个“小米”，可能由于经济状况不佳，加上父母思想落后，让他们早早地辍学了；可能他们也很努力，但教育资源稀少，成绩很难提升；可能他们千辛万苦地考上了大学，却被学费压垮。下一代无法学出来、走出去、带回来，便只能继续留在这片土地重复上一代的贫困，形成一种恶性循环。

我们要做的就是尽己所能多做一点，让我们的遗憾、贫困家庭的遗憾、国家的遗憾少一点。2017年至今，中信建投期货对贵州省松桃县、重庆市巫溪县、山西省吉县等贫困地区开展教育帮扶等公益帮扶和专业帮扶，一对一地资助贫困学子，进行贫困家庭新春慰问，援建乡村和学校基础设施，开展“保险+期货”项目，以及其他爱心捐赠等，实际共支出300余万元，举办了近30场专业知识培训，在一定程度上缓解了贫困家庭的燃眉之急，为贫困地区人民打开了一扇看世界的窗户。

中信建投期货的扶贫之路已走到第四年，从一开始懵懵懂懂地只知捐钱捐物，到逐步与越来越多的贫困县建立长期帮扶机制，探索贫困地区真正的需求，创新以“保险+期货”、场外期权、协助贫困地区企业开设电子商铺等方式为代表的更丰富更有效的扶贫模式，想贫困地区之所想，急贫困地区之所急。在这过程中，我们接触到了质朴的心灵，看到了坚强的品质，感受到了温情的传递，体会到了共情的力量：贵州省松桃县政府有担当，中信建投期货、苏州映山红助学联合会积极践行公益，勇担社会责任，还有以龚总为代表的普通公民的善良与慈爱，以小米为代表的莘莘学子“努力冲”，大家团结一心，勇往直前。

贵州省松桃县这样的政府，中信建投期货这样的企业，苏州映山红助学联合会这样的组织，龚总这样的个人，小米这样的学子，都不是第一个，也不会是最后一个。百川汇流，聚沙成塔，我们所做的每一件事都埋下了火种，传递了希望。在扶贫之路上只有越来越多的帮扶力量汇进来，越来越多的贫困人口凭借自身的力量站起来，我们的扶贫工作才能拥有更多的温暖、感动和力度。

扶贫之路漫漫，暂时的经济落后并不可怕，只要千千万万个帮扶者和被帮扶者永远存着善意与坚持，心有灯塔，眼底有光，相信我们一定能书写更美好的篇章。

（撰稿：中信建投期货有限公司）

方心有爱，助益如期

——方正中期期货教育扶贫显真情

教育扶贫是国家脱贫攻坚工作的重要内容，是斩断贫困代际传递的重要方式。方正中期期货长期关注贫困地区教育发展问题，时刻关注贫困地区综合文化素质，在贫困地区大力开展教育帮扶工作，覆盖幼儿园、小学、初中、高中，通过提供教育资金、改善学习生活条件等方式，带动贫困地区发展教育，形成长效帮扶机制，增强了贫困地区脱贫的内生动力。同时，方正中期期货还尝试与专业的公益机构合作，通过他们的平台和触角，更广泛地接触贫困地区需要帮扶的群体，更准确地了解贫困地区的实际需求，为更多贫困地区提供精准帮扶，形成了多渠道、多方位的精准扶贫协作。

“温暖同行，关爱成长”——延长县留守儿童关爱行动

陕西省延长县是方正中期期货结对帮扶的首个国家级扶贫重点县。方正中期期货了解到，王仓村幼儿园是延长县现存唯一的村级幼儿园，办学条件艰苦，且园中小朋友全部为留守儿童。于是，方正中期期货积极号召全体员工共同关注贫困地区留守儿童的成长与学习，开展“延长县留守儿童关爱行动”。活动中，公司开展了微信朋友圈爱心集赞活动，得到公司上下广泛支持与积极参与，大家打开脑洞，在各自朋友圈发布新奇又充满爱心的照片和寄语，受到了众多客户与亲朋好友的热情关注。“关爱行动”共收集了18 062个点赞，根据活动规则，点赞量折合成关爱金9 489元。公司为了更好地鼓

励员工们的善行善举，在此基础上又追加关爱金，最终决定向延长县政府捐赠人民币10万元，专项用于“方正中期期货郑庄镇王仓村共建幼儿园”的建设，改善当地留守儿童的生活与成长环境。在“方正中期期货郑庄镇王仓村共建幼儿园”的揭牌仪式上，公司高管将“爱心书包”送到每一个小朋友的手中，希望他们好好学习，健康成长，将来成为国家的栋梁之材。

陕西延长县郑庄镇王仓村共建幼儿园揭牌仪式

园方充分利用捐款，为各教室、学生宿舍安装了空调、净水机等设备；为小朋友们更换了舒适的小床，定制了园服，购置了学习用具和图书；建立了幼儿园医务室；为幼儿园厨房更新了炉灶与排风系统，安装了消毒柜；翻新了幼儿园内的小型植物园和养殖院等。所有这些让共建幼儿园的教学和生活环境一跃达到全县先进水平。2017年完成首次捐赠后，方正中期期货持续与该幼儿园开展共建工作，每年进行款项捐赠，定向用于支付幼儿园宽带网络费用，有效改善了村级幼儿园上网难、多媒体教学无法有效开展等问题。

“为爱善行，书送希望”——国贫县爱心图书室捐建行动

2018年8月，方正中期期货在公司内部举行了为期一周的“为爱善行，书送希望”活动，号召全体员工用行走的力量表达关爱。“方正中期期货爱心图书室”捐赠活动联合新浪扬帆公益基金，采用线上线下相结合的形式，鼓励公司员工通过行走步数兑换捐赠图书，累计捐赠步数11 752 607步，兑换捐赠图书2 891本，为河北阳原县、河南鲁山县、湖南城步瑶族自治县、甘肃古浪县、贵州黔西县的五所国家级贫困地区学校捐建了爱心图书室。用我们微薄之力为孩子们提供一个更好的读书环境，帮助孩子们有机会读到更多的有益图书，打开认识世界的一扇窗，照亮通往未来的一段路。

2018年9月4日，“方正中期期货01号爱心图书室”落成仪式在河北省阳原县东白家泉中心学校举行，公司高管与累计捐赠步数前三名的公司“爱心大使”共同将饱含满满爱心的精美图书带到了东白家泉中心学校。大家将爱心图书整齐地摆放到书架上，和同学们一起，将爱心图书室的墙面绘制成了一幅充满童趣又富有意义的“梦想画卷”，用画笔描绘孩子们的希望，用行动传递方正中期人的爱心力量。

方正中期期货01号爱心图书室

“点亮童心，助益如期”——阜平县艺术教育支持行动

2019年7月，方正中期期货举办了“点亮童心，助益如期”爱心系列活动。活动结合了精准扶贫、公益捐助、夏令营、爱心义卖、主题家庭日等诸多元素，鼓励公司员工关注社会公益事业，参与公司的社会责任项目，共同

助力国家脱贫攻坚。公司与中华少年儿童慈善救助基金会"音画梦想"公益项目合作，根据各学段学生所应必备的核心素养，定制提升儿童综合能力素养的教育课程，让孩子充分参与其中，享受在快乐中释放个性、主动创造、相互合作完成任务的体验式艺术课，培养孩子们积极的心态和创造性思维。"点亮童心，助益如期"爱心活动吸引了620人次参与，为国家级贫困县河北省阜平县史家寨学校625名学生（人次）提供了一学年的艺术综合课程。孩子们从艺术课程中收获的不仅有知识，还有快乐与相信自己能够创造美好未来的信心。同时，公司还为每名参与活动的爱心员工准备了印有所帮扶学校小朋友们画作的蜡烛杯，希望这份载着爱意和感动的礼物，可以激励大家更多地参与到精准扶贫工作中。

作为"点亮童心，助益如期"爱心系列活动的重要组成部分，"爱心夏令营"邀请了方正中期期货帮扶的河北省阜平县史家寨学校5名同学来到北京，组织同学们观看了升旗仪式，参观了故宫博物院、中国美术馆、国家博物馆，并一同参与"爱心市集"。孩子们来到北京非常兴奋，收获满满，三天的游览和活动，使他们增长了知识，开阔了视野，陶冶了艺术情操，给孩子们留下了非常珍贵且美好的回忆。

8月3日，"点亮童心，助益如期"爱心系列活动的压轴环节"爱心市集"在方正中期期货总部热闹开市。公司员工子女与史家寨学校的5名小朋友共同出任小小摊主，用快乐的方式一起参与到公益中，在孩子们心中种下一粒公益的种子，希望它在那里生根发芽，伴随孩子们一天天长大。为了更好地支持爱心市集活动，方正中期期货还提供了许多来自贫困地区的特色农产品用于爱心义卖，和大家一起传递爱心。市集上人来人往，充满了欢声笑语，因为美好的初心，整个市集都变得温暖起来。萌娃们带来了自己珍爱的玩具和图书，卖力吆喝，希望可以卖出更多的物品，帮助那些需要帮助的小朋友，从中体会到助人的快乐。史家寨学校的孩子们则兴奋地参与到农特产品的义卖中，还未到闭市时，农特产品摊位就被大家热情地一扫而空，孩子们收获了满满的成就感，也明白了自食其力的意义。帮助他人、接受他人的帮助，传递温暖与力量，爱在这里形成了美丽的轮回。通过此次“点亮童心，助益如期”爱心系列公益活动，方正中期期货的员工更深刻地了解并参与到公司精准扶贫工作，更愿意帮助贫困地区更多的孩子在爱与快乐的环境中健康成长。

方正中期期货的“爱心市集”

“大爱有方，少年自强”——国家级贫困县自强班支持行动

“我的心中也有梦想，也有诗和远方。而您正如我梦想路上的明灯，让我更加坚定我心之所向。感谢方正中期期货愿意资助如此多的学子，感谢您给我一个机会去奔赴我心中的目标。您不仅在物质上给予我帮助，还在精神上教会我自强自立，勤奋努力，脚踏实地。我一定会好好学习，不辜负您的愿望。”

“如今的我一无所有，没什么可回报你们的，如果有的话，那一定是我的奋发向上。叔叔阿姨们，你们放心，少年定不负所期，不负所望，永不言败，愈战愈勇，在未来之路上定会更奋然前行，少年定自强。”

这些信件是来自“方正中期期货·大爱有方新长城自强班”同学之手，字里行间透露着同学们的感谢与信念。自2018年起，方正中期期货联合中国扶贫基金会，在甘肃省礼县第二中学、贵州省普定县第一中学、四川省苍溪县第一中学、云南省剑川县第一中学开展“方正中期期货·大爱有方新长城自强班”项目，共为200名家庭经济困难的学生提供高中三年的教育资金。除了生活费用的资助，“方正中期期货·大爱有方新长城自强班”还通过定期组织主题班会等一系列成长支持活动帮助同学们丰富知识，增长见识，鼓励学生自我管理，同学间相互帮助、相互鼓励，通过各种互助交流减轻心理负担，营造积极向上的学习、成长环境。

“方正中期期货·大爱有方2018级新长城自强班”开班仪式

教育帮扶所带来的改变可能不是即刻的，但却是无比重要的。一直以来，方正中期期货都是上下同心协力，带着关爱与真心去开展教育帮扶工作。相信我们的付出可以帮助贫困地区的孩子们接受更多更好的教育，可以为他们带来更广阔的精神世界，不断有勇气、有能力成为更好的自己。

（撰稿：方正中期期货有限公司）

扶贫先扶智，育人先育心

——记东证期货五峰艺术教室志愿者活动

习近平总书记指出，摆脱贫困首要并不是摆脱物质的贫困，而是摆脱意识和思想的贫困。东证期货在扶贫工作开展过程中，强烈地意识到，贫困县之所以难以发展，除了一些经济、地理、资源要素上的缺失以外，主要是没有如何发展的思想观念，要真正帮助贫困县脱贫，最好的根本方式还是通过教育来改变当地人陈旧落后的观念。而艺术教育能够提升孩子们的审美，培养他们的表现力与创造力。经常性地为孩子们组织艺术活动可以提升他们的感悟力、想象力等。艺术能够给孩子提供抒发情绪的另一种途径，艺术能够成为儿童的朋友，在孩子们的言语不足以表达他们的欣喜、忧愁、恐惧和挫折时，他们便可依赖艺术。孩子对于艺术教育有一种自然的需要，他们好动，发现力强，艺术活动则为他们提供了一个情感沟通与满足的机会。

位于大山深处的涨水坪小学目前共有17名教师、53个小学生和15个幼儿园小朋友，孩子们平时艺术类的课程主要由主课老师兼任，一些老师表示力不从心。为了让孩子们接触艺术，爱上艺术，东证期货于2019年为湖北五峰县涨水坪小学捐赠设立了“心得益彰艺术教室”并正式投入使用。

2019年9月，东证期货的6位员工作为志愿者来到了涨水坪小学，在艺术教室的内外，开展美术、音乐等内容丰富形式多样的艺术课程，在他们心底种下了一颗颗艺术的种子。

在美术课上，志愿者让孩子们开动脑筋，用自己喜欢的颜色画出想象中的星球。红色、蓝色、绿色，大家挥动着手中的画笔，为空白的星球填上绚烂的色彩。虽然孩子们没有系统地学习过画画，没有专业的技巧，但依然可以从他们稚嫩的笔法中感受到他们对于美术的好奇，对未知的想象，小小的画笔仿佛是一把钥匙，为孩子们打开了通往艺术世界的大门。

志愿者在美术教室为孩子们上课

小小的地球仪转动着，在地理课上，志愿者为孩子讲述着世界和宇宙的故事，我们赖以生存的地球在浩瀚的宇宙中是那么渺小，孩子们也纷纷举手发言，和老师探讨着自己对地球的认识，对世界的理解，对未来的憧憬。

音乐课总是让小小的艺术教室变得格外热闹，孩子们好奇地看着志愿者手中小小的尤克里里，叽叽喳喳地问这问那，志愿者弹奏的《童年》《青春修炼手册》更是引发了同学们的跟唱。虽然大家来自不同的地方，但是音乐的奇妙在于总能让人们产生共鸣。一堂音乐课结束后，有个孩子悄悄地告诉志愿者，他也很喜欢音乐，想和志愿者哥哥做朋友。这段忘年之交跨越了千山万水，使志愿者对这个大山里小学校有了羁绊。

音乐教室响起了优美的尤克里里琴声

低矮的房屋、斑驳的墙壁，涨水坪小学的物质条件不算太好，学校是寄宿制，志愿者们每天晚上就住在学校简陋的员工宿舍里，但是满屋的蚊虫、潮湿的被褥并没有让这群来自城市的年轻人退缩，也丝毫没有影响他们的教学热情。尤克里里悠扬的琴声伴随着欢声笑语飘散在夜空中，大家分享着各自白天上课的心得与趣事，交流经验，没有网络、没有空调的夜晚似乎也没有想象中那么难熬。重复的一日三餐，大家吃得津津有味，没有丝毫抱怨。

本次艺术教室的正式启用以及艺术类课程的志愿授课活动，校长和老师都给予了无条件的支持，他们也希望能给孩子们带来不一样的陪伴和体验。学校的老师也对志愿者抱有极大的耐心与热情。志愿者们没有教学经验，面对或好奇或调皮的孩子们难免有些不自在和紧张，为了消除他们的紧张，老师们经常和志愿者交流，主动传授自己的教学经验，为了让志愿者在涨水坪小学生活得更好些，老师们尽量在各方面为他们提供帮助。在交流中，一位老师说起了自己的过去，从小热爱音乐的他当时考中了一所音乐学院，但由于家境贫寒，不能凑出学费，自己只能放弃了这个机会。这个真实的案例更让志愿者们深深感受到扶贫的重要性。我国正处于并将长期处于社会主义初级阶段，通过扶贫开发，努力消除贫困，才能解决社会主义初级阶段的主要矛盾，让每个孩子都得到公平受教育的机会。

教学相长、共同生活的日子里，志愿者主动走进孩子们的内心，陪伴他们，亦师亦友。孩子们也会把偷偷藏起来的零食与志愿者们分享，把最喜欢的文具和最得意的作品送给他们，把最隐秘的心事和困扰说给他们听。当孩子们拉着志愿者的手，告诉他们自己很喜欢他们时，孩子们真诚的眼神触动了志愿者的内心。来学校之前，大家心中多多少少也会有些顾虑，会对接下来的未知产生不安的情绪，然而孩子们对他们发自内心的喜爱给了他们无限的力量。

付出友爱，贡献力量

快乐的时光总是短暂的，一周之后，志愿者就要离开这个让他们收获良多的小学，回到自己的工作岗位上了。临别之际，孩子们对这些教授他们艺术课程的大哥哥大姐姐们依依不舍，希望他们再回来。

回顾这短短的一周时间，每个志愿者都有很多感慨。一位志愿者说："为期一周的艺术教室授课活动结束了，我们还沉浸在同学们的欢声笑语中不愿离去。第一次走上讲台，第一次与年龄相差20岁左右的孩子们相处，这样的特殊经历，让我们有机会以全新的视角和身份认识社会，锻炼自己，也真实地感受到了志愿者服务的意义。"大家的心中多了责任感，对涨水坪小学孩子们的牵挂没有随着行程的结束而停止，不少志愿者表示，如果还有机会一定要再回去。东证期货也对这一次活动在公司内部展开宣传，不少同事被志愿者们的心路历程深深感动，相信不久以后，志愿者的队伍会愈发壮大。未来，涨水坪小学艺术教室项目还将延续为大山里的孩子们播下艺术的种子，为他们打开艺术大门。

东证期货始终认为，对涨水坪小学艺术课程的支持应该是持续的，因为教育扶贫是增强贫困人口自身发展能力的重要手段。贫困人口的自身发展能力较弱、自我“造血”功能较差，是导致贫困的主要原因。在经济发展迅速的知识时代，知识对经济增长起了决定性作用。文化水平不一样的人，劳动生产率也不一样。贫困地区的人员接受教育的年限比较短，学习和接受培训的机会少，所以他们自身发展缓慢。由此，将教育扶贫作为强化农村贫困人口建设的有效途径，也是作为创新扶贫开拓机制、提高扶贫水平的重要抓手和工作使命。要调整工作方法，完善政策措施，潜心组织实施，认真抓好落实，全方位地帮助贫困地区的群众提高文化素养，加强自身发展能力。要对贫困地区人口全面实施教育扶贫政策，以精准扶贫项目为主题，以“提高本质、改善条件、增加发展机会”为主要趋向，以提高贫困人员的综合素质、家庭经济增收能力和日常的生活水平为基准，为全面建设小康社会奠定基础。

（撰稿：上海东证期货有限公司）

助力农村教育，用爱点亮希望

——美尔雅期货教育扶贫纪实

湖北省蕲春县是国家级贫困县，2016年起美尔雅期货与蕲春县扶贫办签订扶贫协议，对蕲春县进行定点帮扶。

黄柏城小学坐落于湖北省黄冈市蕲春县彭思镇，学校里大多数孩子为留守儿童和贫困家庭子女，学校师资力量也非常缺乏。目前小学仅有两名教职员工，即一个校长及一名老师，教舍陈旧，办学条件艰苦。

桐梓中学位于蕲春县青石镇，这是一所农村寄宿制公办初级中学。由于其地理位置较为偏僻，当地经济发展情况欠佳，教师流动性较大，师资力量缺乏，每年需要实验中学及其他学校约10名支教老师支持。此外，该校70%左右的学生为留守儿童，困难学生约有200人，其中包含十几名孤儿，条件较为艰苦。虽然该校属于义务教育学段学校，但特困生的生活费、校服、教辅用品等依然没有着落。

坚守公益事业，承担社会责任，是美尔雅期货不变的信仰。扶贫先扶智，扶智在教育，美尔雅期货2017年以来持续对黄柏城小学进行爱心援助，从2018年起在桐梓中学设立奖励基金，为乡村教育贡献绵薄之力。

爱心援助黄柏城小学

2017年8月，美尔雅期货公益团队赶赴黄柏城小学，为孩子们搭建了小美文体活动中心。

小美文体活动中心是公司为孩子们打造的集图书角、活动角和电脑室为一体的多功能活动室。爱心义工们一到学校便开始投入搬书、组装书柜、组装桌子、贴墙纸等工作，想到孩子们开学以后的笑脸，义工们便觉得干劲十足。经过一整天的努力，小美文体活动中心终于焕然一新。

小美文体活动中心

美尔雅期货为黄柏城小学的孩子们准备了3个书柜，300多套图书，诗经、故事书、国内外名著、动植物画册等应有尽有。另外还购买了益智玩具、地图、绘本等20多套，希望孩子们能通过书本看到外面的世界。

除了搭建小美文体活动中心，美尔雅期货还为孩子们修缮了所有的教室。曾经老旧的电路、破损的门窗、斑驳的黑板和墙壁、摇摇欲坠的木门等，经过近一个月的修缮，整个学校焕然一新。

在村里书记及老师们的共同努力下，由美尔雅期货捐资进行的教室修缮与小美文体活动中心终于在开学前运作完毕。在走访的过程中，美尔雅期货公益团队深入到蕲春县彭思镇当地村民家庭了解到，很多留守儿童临开学了还没有置办像样的书包文具。为了让大家开开心心地步入新的学年，有新的开始，2017年9月6日一大早，小美公益团队就从武汉出发，带着满满的爱心与物资，经过3个小时的车程，抵达黄柏城小学。

彭思镇副书记王海鹰、教育组主任张细松、黄柏城村书记叶祥生、蕲春县电视台、黄柏城小学的所有老师都参与了捐赠仪式，美尔雅期货首席风险官胡莉华、行政人事副经理作为公司代表出席。在捐赠仪式上，美尔雅期货公司的工作人员介绍说，美尔雅期货已经成立了20多年，扎根湖北，服务全国，作为湖北本地的企业，理应为家乡的发展贡献自己的力量。在多次考察后，深感黄柏城小学的教学环境实在艰苦，所以以此为开端，希望为贫困学生和贫困家庭做一些力所能及又实实在在的事情。

王海鹰书记则说："美尔雅期货有限公司对黄柏城小学的捐赠必将对优化学校办学条件、提升办学水平起到雪中送炭的作用。捐赠是真诚的，关爱是无价的，我们在感动之余还必须付出行动，接下来也要真抓实干，确保村里的所有贫困户在规定时间内全部脱贫。对我们黄柏城小学来说，要努力提升办学条件，教师要不断学习，诲人不倦，对小朋友来说，滴水之恩当化作奋发勇为的动力，好好学习，不负社会的期望。"

接下来，小美公益团队将开学前就准备好的300多册图书、50只书包、50份文具以及电脑、电子琴、益智玩具等物品送到了孩子们的手中。

"希望你们好好学习，将来做个有用的人。"美期公益团队成员一边将书包、文具分发给孩子们，一边送出祝福。在捐赠活动现场，孩子们整齐地排着队，领取新书包和文具，脸上带着喜悦的笑容。

在2017年帮扶黄柏城小学，为他们修缮教室、捐建文体活动室的基础上，2018年美尔雅期货继续帮扶黄柏城小学。9月开学季，小美公益团队再一次前往黄柏城小学，探访了学校里的孩子们，关心他们的生活、学习情况。

捐书仪式

丰富孩子的课余生活

由于黄柏城小学的孩子们普遍在读低年级，年龄较小，小美公益团队为孩子们采购了各式各样的玩具、文具，为方便孩子们做广播体操采购了户外音响，希望给他们的课余生活带来更多的欢乐。

缺乏师资力量是乡村学校的通病，黄柏城小学更是缺老师，使孩子们的教学难以保证，于是小美公益团队决定每学期资助学校6 000元专门用于外聘教师。同时，为了减轻孩子们上学的负担，小美公益团队在黄柏城小学成立了“小美免费午餐”项目，每学期资助8 000元专门用于学生的午餐费用。

这是公司帮扶黄柏城小学的第二年了，坚守农村教学一线40余年的校长激动地说“美尔雅期货为我校教育事业做出了巨大贡献，这是所有当地老百姓都看得见的实事呀！”小美团队到来之后，校长热情地燃放了鞭炮，孩子们好奇地跑出教室观看。

2019年，公司延续了对黄柏城小学的援助，持续推进小美免费午餐计划，为孩子们的求学之路减轻负担。

用爱点亮桐梓中学

2018年，小美公益团队由蕲春县扶贫办牵线联系到了位于蕲春县青石镇桐梓村堰上塆的桐梓中学，这是一所农村寄宿制公办初级中学。为帮助桐梓中学留住优秀教师，提升师资水平，巩固教学质量，帮助桐梓中学的贫困生改善生活，公司成立了“小美优教优学”奖励基金，2018—2019学年向桐梓中学投入6万元，奖励本学年在教学岗位上做出贡献的优秀教师和品学兼优的特困生。来自县扶贫办、县教育局、青石镇政府等单位的领导出席了授牌仪式，1 100余名师生参加了此次授牌仪式。在授牌仪式上，美尔雅期货行政人事中心经理介绍了美尔雅期货的情况，扎根湖北，服务全国。虽然美尔雅是一家金融企业，但与实业紧密相关。作为湖北本地的企业，理应为家乡的发展贡献自己的力量。

“小美优教优学”奖励基金签约仪式

授牌仪式结束后，李校长带领小美公益团队参观了学校。干净整洁的校园、充满活力的孩子、年轻亲和的教师……可以看出，这是一所充满生机的学校，我们相信在“小美优教优学”奖励基金的帮助下，孩子们肯定能在此获得更优质的教育、更幸福的校园生活。

2018年12月27日，以美尔雅期货陈总为首的小美公益团队再次前往桐梓中学，为2018—2019学年第一学期“小美优教优学”奖励基金的获奖教师、学生颁奖。学校本着“扶危济困”“品学兼优”的原则选出了15位优秀的学生给予奖励，希望学生们继续奋发上进，努力学习，长大以后为家乡多做贡献。

教育扶贫，用爱点亮希望

少年强则国强，教育事业对国家的发展来说至关重要。美尔雅期货作为一家有着社会责任心的企业，一直以来热心公益与扶贫事业。公司以教育扶贫为工作重点，探索了更多扶贫方式，将爱心送到真正有需要的孩子们手中，为他们开辟未来发展的更多可能性，愿贫困地区的孩子们能够接受越来越好的教育，愿他们能够凭借自身的努力，获得未来美好的生活。

颁发“小美优教优学”奖励金

“富润屋，德润身。”美尔雅期货公司积极推动企业发展，同时以乐于奉献、勇于担当的高尚情怀支持乡村振兴，助力教育发展，中华民族优良传统在你们的爱心行动中得到弘扬。感谢你们在这个寒冷的冬日里，给我们送来春日般的温暖。

——获奖教师代表

感谢美尔雅期货公司无私的关爱。我们都是农村的孩子，但我们不输未来。超越，是我们对你们的承诺；奋斗，是我们对此付诸的行动。惜时，守纪，苦读，争光，定不负你们的期望。

——获奖学生代表

（撰稿：美尔雅期货有限公司　周杨）

坚守金融扶贫第一线，打造教育扶贫新样本

——南华期货发起设立期货业首只非公募公益基金

在中国扶贫开发攻坚战中，教育扶贫扮演了重要角色，发挥了积极作用。治贫先治愚，扶贫先扶智。近年来，南华期货认真践行习近平总书记关于扶贫工作的重要论述，积极探索如何发挥行业特点及自身优势开展可持续性的脱贫工作，把扶贫工作当成一项重要的政治任务和社会责任，持续提升扶贫成效。

上下“一盘棋”，凝聚帮扶力量

当前，虽然我国教育发展的整体水平已经步入中上等收入国家行列，但由于经济社会特别是区域、城乡发展的不平衡，在西部贫困地区的农村，义务教育适龄儿童随父母打工流动或作为乡村留守儿童两种现象并存，致使贫困地区存在着“人才辈出、江山依旧”的状况。因此，要弥补教育“短板”，需要在观念和政策上向贫困地区倾斜，加强东西部教育资源交流。

南华期货始终坚守在金融扶贫一线，积极调动公司全体员工，认真履行社会责任，按照“扶志与扶智并行”的工作思路，聚焦乡村青少年的学习和成长问题，通过发力教育扶贫，阻断贫困代际传递，鼓励青少年走出大山，见识外面精彩的世界。

由南华期货牵头发起设立的杭州甘霖助学基金会是经杭州市民政局于

2017年11月3日正式批准注册成立的一家具有法人资格的慈善组织，也是中国期货行业首家通过以成立爱心教育基金会的形式，实现教育扶贫、技术扶贫，通过培育人才、输送人才的方式，服务实体经济。

爱心甘霖及时雨，善行之举助教育。南华期货始终坚持“仁商善行”的企业文化，甘霖基金会在具有较优质教学资源的高级中学开设50人为一个班的高一年级“甘霖班”，挑选家庭贫困且品学兼优的“甘霖生”提供资金资助，标准为每人每年2 500元，连续资助3年。同时，为甘霖生提供免学费和住宿费的优惠措施，并安排优秀班主任和任课教师任教。目前，甘霖基金已经成为南华期货履行社会责任的一张名片，也是折射其大爱精神的一面镜子。南华期货希望通过甘霖基金会让更多的企业看到这群需要帮助的孩子，以爱的名义，感受善的能量，散发期货行业的温度。

优化资源供给，用爱铺就扶贫路

作为甘霖基金会的主要发起单位，南华期货高度重视教育扶贫。甘霖基金会设立后，维持先前教育基金会的运作模式，已在贵州省台江县民族中学、云南大理州巍山彝族回族自治县第一中学、陕西省榆林市绥德县绥德第一中学、湖北省恩施土家族苗族自治州高级中学、贵州黔西南兴仁市凤凰中学和甘肃陇南西和县第一中学等开设了14个甘霖班，总计学生691人。

为了发现真正有需要的甘霖生，甘霖基金会常年和各地教育主管部门和民政部门等合作，找到志同道合的学校开设“甘霖班”。2017年，南华期货甘霖基金会前往贵州黔东南州麻江县第一中学和台江县民族中学进行了考察，以期在少数民族人口众多的黔东南州设立甘霖班。

黔东南台江县是“天下苗族第一县”，苗族人口占比高达98%。台江县民族中学是该县城唯一一所全日制高级中学。群山延绵让世世代代的苗族人得以安居乐业，但同时也阻碍了他们与外界的联系，自然环境的封闭限制了当地经济的发展，如今台江县也是国家级贫困县。

台江民族中学“南华甘霖班”正式成立并举办开班仪式

台江县委副书记、中共中央组织部驻台江扶贫工作组组长赵凯明（左三）、“时代楷模”陈立群校长（右四）与南华期货志愿者合影

在校方座谈会上，陈立群校长表示，当年民族中学的优等生外流情况因为甘霖班的宣传而大大减少。以往全县排名前100名的学生只有20%~30%选择留在本县读高中，而当年，全县排名前100名的学生有98%的同学选择了民族中学。

简陋的吊脚楼里，孩子们的奖状永远都粘贴在家里最显眼的地方

每年预录取的高一新生，甘霖基金会都会经过逐一面谈、抽样家访，最终通过资料审核，确保每一笔爱心善款都用在最有需要的孩子身上。

走进学生家中，才能真实了解到有些学生家庭状况的艰难。与家长交谈中，家长们纷纷表示，愿意和学校积极配合，共同关注孩子的成长。很多家长虽不善言辞，因为山区的环境造就了他们沉稳内敛的性格，但正因为如此，他们质朴的话语才显得弥足珍贵。

扶贫扶志两手抓，点亮希望之光

山区里的孩子虽然需要物质上的帮助，但他们更需要精神上的鼓励。在保障上学生活无忧的前提下，南华期货通过甘霖基金会与合作学校协力进行了一系列的品格引导塑造，包括志愿者主题演讲、与甘霖生座谈、社会实践游学、品格教育以及开设甘霖夏令营等方式，在扶贫的同时“扶智”又“扶志”，持续激励甘霖生自信阳光地成长。

为了让学生们放眼世界和未来，树立兼济天下的志向，南华期货特举办了以“绽放青春，放飞梦想”为主题的夏令营活动。

南华甘霖班开展以“绽放青春，放飞梦想”为主题的夏令营

5公里长跑训练、各种趣味游戏及拓展活动让学生们在紧张的学习之余放松心情。其中一位参加夏令营的学生写道：“我人生的第一次5公里长跑，也是最长的一次。跑的过程中我希望能快点结束，但是跑着跑着，我居然享受这个过程，原来我可以坚持，并且坚持了那么久。所以我学会了坚持和自信。”此外，南华期货员工志愿者们还精心制作了“遇见·未来”短片，与甘霖学生们一起畅想奇妙多彩的未来世界，激发他们更大的学习热情，为自己的梦想努力拼搏。

为期3天的夏令营活动在一场文艺晚会中圆满结束。“我非常感谢甘霖基金会的叔叔阿姨们，他们是来拯救我们的‘爱心天使’，是他们让我们在学习上减少了经济负担，也给了我们希望和信心。”一字一句，都让在场的每一个南华员工志愿者深受感动。

夏令营文艺晚会现场

因为珍稀，所以珍惜。对于甘霖生而言，读书的机会来之不易，所以他们用功的程度也超乎想象。天道酬勤，甘霖生交出的答卷也令人满意，在今年高考的146名甘霖生中，本科率达到99%。其中985/211达线40人，一本达线人数90人。特别是位于台江县民族中学的“南华甘霖班”，全班50名孩子全部达本科线，一本达线40名，达线率80%，其中被中南大学、天津大学、重庆大学、四川大学、贵州大学等“985/211高校”录取25名，创造了县里史无前例的高考好成绩。

长长帮扶路，绵绵手足情。早在2012年，南华期货便已开始关注教育扶贫，走进杭州阳光小学，捐赠各类学习用品；2016年，南华期货资助延长县多名贫困大学生4年学费，并为延长县80名留守儿童举办了为期两周的以“快乐暑假·助梦飞翔”为主题的暑期夏令营。

“贫困之冰，非一日之寒；破冰之功，非一春之暖。”南华期货深入学习贯彻习近平总书记关于扶贫工作的重要讲话精神，扶真贫、真扶贫，立足期货行业扶贫特色，集聚扶贫正能量。南华期货创新扶贫模式，发起设立期货业首只非公募公益基金，帮助孩子走出大山，走进学校。未来，南华期货将一如既往地在教育扶贫的路上砥砺前行，积极履行社会责任，聚焦目标，精准发力，以实际行动为打赢脱贫攻坚战做出贡献。

（撰稿：南华期货股份有限公司）

扶贫与扶智相结合，为脱贫攻坚筑牢根基

——东海期货教育扶贫工作事迹

习近平总书记指出，“扶贫先扶志，扶贫必扶智。让贫困地区的孩子们接受良好教育，是扶贫开发的重要任务，也是阻断贫困代际传递的重要途径。”教育扶贫是治本之策，也是扶贫最有效的方式之一。

东海期货自2016年起，深入贯彻落实《中国证监会关于发挥资本市场作用服务国家脱贫攻坚战略的意见》，以助力国家打赢脱贫攻坚战作为重大任务，先后签约8个国家级贫困县，成功落地了数十个精准扶贫项目，对教育扶贫的重视程度尤为显著。

不间断“一对一”教育扶贫，不让贫困学生因贫失学

2016年底，东海期货成立了爱心助学基金，意在向成绩优异、家庭贫困的学生给予经济上的资助，通过“一对一”“多对一”的资助形式，让贫困生们解除经济上的后顾之忧，能同其他孩子一样顺利完成学业。东海期货于2017年4月起陆续资助习水县各中小学农村建档立卡贫困生共30人（其中小学生24人，中学生6人）。截至2019年8月，公司向贵州省遵义市播州区龙坪中学特困学生捐赠助学资金共计43 000元整。

两年前，王小康（化名）和其他学生并无不同，然而就是这样一个腼腆的男孩却经历了常人难以想象的灾难。王小康年幼时，父母就因故双亡，从此他就成为孤儿，好在姑父姑母收养了他，才不至于让他无依无靠地成长。

年迈的姑父姑母并无工作能力，只能靠务农勉强养家糊口，王小康突如其来的一场大病让这个原本就艰难困苦的家庭更加雪上加霜。大病虽然没有夺走王小康的生命，却让小小年纪的他成为一个长期慢性病患者。

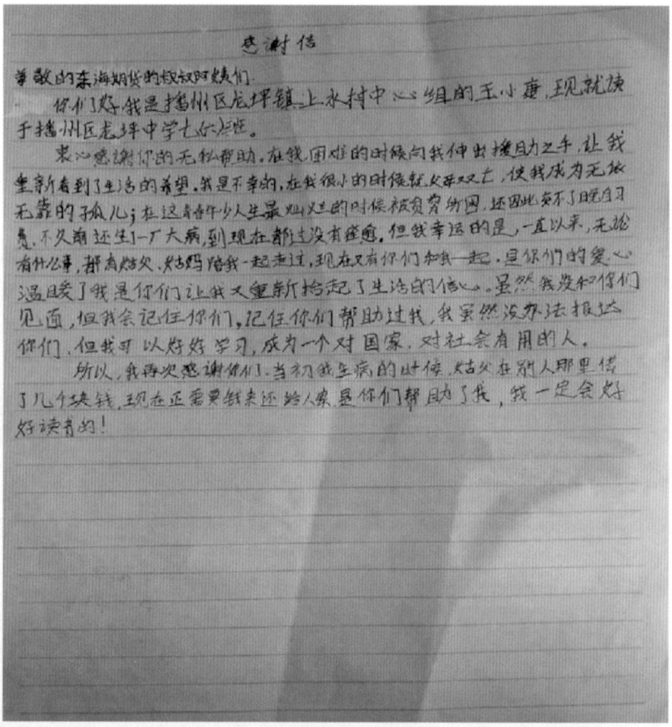

感谢信

尊敬的东海期货的叔叔阿姨们：

你们好，我是播州区龙坪镇上水村中心组的王小康，现就读于播州区龙坪中学七（六）班。

衷心感谢你们的无私帮助，在我困难的时候向我伸出援助之手，让我重新看到了生活的希望。我是不幸的，在我很小的时候就父母双亡，使我成为无依无靠的孤儿；在这青春年少人生最灿烂的时候被贫穷所困，还因此交不了晚自习费，不久前还生了一场大病，到现在都还没有痊愈。但我幸运的是，一直以来，无论有什么事，都有姑父、姑妈陪我一起走过，现在又有你们和我一起。是你们的爱心温暖了我，是你们让我又重新拾起了生活的信心。虽然我没和你们见面，但我会记住你们，记住你们帮助过我，我虽然没办法报达你们，但我可以好好学习，成为一个对国家、对社会有用的人。

所以，我再次感谢你们。当初我生病的时候，姑父在别人那里借了几千块钱，现在正需要钱来还给人家，是你们帮助了我，我一定会好好读书的！

学生的感谢信

“再穷也要想办法让孩子有学上”，是姑父姑母的坚持，让王小康免于成为一名失学儿童。长期治疗的医药费加上学费，让姑父欠下了好几千元，王小康的晚自习费也曾一度没有着落。这时东海期货的助学资金发放到位了，这对于这个家庭而言真可谓雪中送炭。“姑父终于可以把欠别人的钱还清了”，王小康激动地说，“我也可以和别的同学一样参加晚自习了。”王小康在给东海期货的感谢信中写道，“是你们让我重拾了对生活的信心，虽然没法报答你们，但我会好好学习，成为一个对国家、对社会有用的人。”

在众多国家级贫困县中，还有很多像王小康这样的贫困学生或者留守儿童，即使孩子非常想上学，家里也无法承受沉重的经济负担。为了帮助更多家庭走出困境，让更多学生能追逐梦想，2017年10月30日，东海期货与中国扶贫基金会签署了为期3年共计9万元的现金捐赠协议。通过扶贫基金会的统一协调安排，这笔资金以每学期发放生活补助的形式送达河南省嵩县第一中学的50名贫困学生手中，帮助他们的家庭缓解经济上的困窘，也让这些学子们能够顺利完成3年的高中学业。习近平总书记曾指出，“要落实教育扶贫，切断贫困代际传递。”东海期货也将继续围绕“不让一个孩子因贫失学，不让一个家庭因学致贫”这一宗旨继续践行教育扶贫理念，让贫困家庭的孩子也能够接受基础教育。

捐资助物改善基础设施，让贫困生共享社会温暖

习水县位于贵州省北部，境内属中山峡谷地貌，地势东高西低，最高处海拔1 871.9米，属于雷暴气候频发区域。该县永安镇的阳光小学坐落于高山南麓，由于地势较高，时常会遭受雷电侵扰。每年一到夏季，雷电暴雨频发，由雷电造成的电子设备损坏、墙体开裂等情况对学校的教育、教学工作产生了极大的影响。教师们时常因此不得不停课，等雷电过后，再恢复上课。有一天，学校再次遭遇雷击，甚至将教学楼三楼的墙体劈了一道近一米的裂缝。

经习水县教育局联系，东海期货扶贫工作小组通过实地考察，决定给永安小学出资援建避雷设施。工作小组多次往返，反复协调，最终与习水县防雷工程服务有限公司签订了工程协议，内容包括为永安小学安装避雷带、避雷针、接地地网等避雷设施。2017年3月，避雷设施正式在该校安装到位。这对于频繁遭受雷电侵扰的师生们来说，就是多了一道安全屏障。

习水县第七中学是一所县属学校，为了减少学生们走读的困难，避免往返途中不必要的安全隐患，很多学生选择了在学校住宿，这其中也包含不少贫困学生。一到冬季，原本就湿冷的空气夹杂着一阵阵刺骨的寒风似乎无时

无刻地提醒着大家最难熬的季节到来了。然而住宿在学校的贫困生们却并没能和其他学生一样及时换上厚棉被，他们每天寄希望于艳阳高照，这样就可以把一直盖着的薄被褥晒一下，晚上睡觉的时候会因此觉得暖和一些。

东海期货有限责任公司爱心捐赠仪式

“每年都有，脚上也有”，贫困生摸着手上的冻疮轻描淡写地说，“今年好像还比往年好一些，没那么冷。”可当东海期货扶贫工作小组成员看到学生们薄薄的被子时，大家都能想象到在寒冷的冬季夜晚，这些薄被将无法让孩子们御寒。小组成员在向当地教育局、学校了解贫困生的具体情况后，立即预订了被褥等总价值6万元的100套御寒物资，赶在2017年寒假前安排专人送到贫困生们的手中。当摸着松软厚实的被褥时，孩子们的脸上露出了幸福的笑容。

自2016年响应国家精准扶贫号召以来，东海期货持续在扶贫工作中投入大量人力物力，工作领导小组几乎每年都要到贫困县实地走访调研，了解当地实情。2019年底，总经理陈太康带队扶贫工作小组前往湖南省保靖县实地考察，看望慰问了岳阳学校的贫困学生们，并向30名困难学生代表现场捐赠助学金2万元及价值1万元的学习用品。

捐赠仪式上，大家纷纷佩戴上红领巾和学生们一起参加了升旗仪式，当这些来自不同年级不同班级的学生从老师手中接过崭新的学习用品时，开心、兴奋、喜悦的孩子们互相小声交流着，“这上面有个米老鼠”，“你的图案和我一样吗？”

看着一个个鲜活可爱的脸庞，总经理陈太康表示，“扶贫先扶智，教育要先行，我们捐助的不仅仅是经济和物质上的帮助，更是一种精神上的鼓舞。希望我们的爱心举动，能够成为温暖和照亮这些贫困学生成长道路上的一盏明灯，也希望所有受到帮助的同学们能够成为懂得关心他人和回报社会的人，愿学生们通过各自的努力，早日成为国家的栋梁之材，将来为家乡、为国家的发展贡献自己的力量。”

2020年是国家决战脱贫攻坚的收官之年，决胜的冲锋号已经吹响，东海期货定当继续肩负企业社会责任，以党中央、国务院关于脱贫攻坚的战略部署为准绳，不忘初心，牢记使命，立足行业优势，集公司上下之合力，为国家如期打赢脱贫攻坚战贡献自己的力量。

（撰稿：东海期货有限责任公司）

千里驰援小学校，教育扶贫在前线

——大有期货教育扶贫工作纪实

大有期货积极响应中国证监会、湖南证监局和中期协精准扶贫的号召，按照股东现代投资股份有限公司精准扶贫的统一部署，大力实施教育扶贫工作，其中，洞口县客溪小学提质改造工程与茶陵县尧水中学捐资助学两个项目较为典型。

客溪小学旧貌换新颜，山区儿童笑开颜

美丽的雪峰山麓郁郁葱葱，山风徐来，鲜艳的国旗迎风招展。国旗之下，标准篮球场红蓝相间，如同一幅刚刚绘好的水彩画；湖南洞口县渣平乡客溪小学两层楼校舍修葺一新，文化墙彩绘鲜艳夺目；沿着篮球场走进校园，教室窗明几净，课桌椅纤尘不染；食堂干净整洁，所有餐具全部消毒存放。

2019年8月31日，由大有期货和股东现代投资股份有限公司援建的洞口县渣坪乡客溪小学提质改造工程顺利竣工。75名小学生、5名老师踏进全新校园，迎接新学期！

客溪小学有困难，大有期货千里驰援

2019年7月11日，大有期货党支部按照股东现代投资党委的整体部署，参加对口帮扶客溪小学的光荣任务。这天，刚刚履新1个月的党支部书记雷

芳主持支委会，经过热烈讨论，班子成员很快达成一致意见——客溪小学面临困难，大有期货要有担当。大家一致同意把客溪小学提质改造作为当前的中心工作，其他的工作先缓一缓、稳一稳。在任务使命面前，大家毫不犹豫，第一时间挤出专项扶贫资金，安排专人前往客溪小学驻村扶贫。客溪小学教育扶贫“集结号”正式吹响。

教育扶贫一马当先，客溪迎来远方亲人

7月12日，雷芳同志率领由5人组成的考察组前往客溪小学现场考察，从长沙出发，经过近6个小时的颠簸，终于到达客溪小学。

首先映入眼帘的是灰暗的校舍，学校也没有围墙，直接连着荒地和树林，夏天蚊虫成群，老鼠甚至毒蛇也经常“光顾”。大家进入校舍，年久失修的天花板开裂脱落，食堂餐具暴露在外，米面油和蔬菜也没有柜子存放，蚊蝇老鼠常来“打牙祭”，餐饮卫生堪忧，厕所还是臭烘烘的旱厕。下过小雨后，山路坑洼湿滑，汽车开上去就趴窝了。

再穷不能穷教育，再苦不能苦孩子！有了实地考察的经历和遭遇，雷芳按照现代投资的统一部署，赶紧组织召开大有期货支委会，确定帮扶方向——帮助校园提质改造，保障孩子们安全读书；帮助修好孩子们的上学路，让孩子们安心上学。时间节点就是9月1日。那时正值暑假，必须集中力量赶紧开工，保障秋季开学前能投入使用。

44天完成，为孩子们拼了！

此时已是7月17日，距离秋季开学满打满算只有短短的45天。

“操场、校舍、食堂、厕所等地方要全面翻修，还要搞道路硬化，搞不赢呢！”

“45天绝对不行，怎么说也得3个月！”

众人都断定没那么快。

但是，为了孩子们秋季能进新校舍，走上水泥路，我们拼了！

驻村扶贫工作组兵分四路——一路负责校舍修缮；一路负责文体场地及设施升级；一路负责后勤设施完善；一路负责硬化路面。公司专门抽调楚斌等5名青年党员及入党积极分子“自带干粮”编村入组，会同渣平乡政府、客溪小学并肩战斗，工作情况直接向雷芳报告。

大有期货组织力量参与制订工作计划，组织施工队伍，检查原材料，实行最严格的质量管理，保证每份进场施工材料环保达标，保证施工质量达标。实行倒排工时制，工作任务精确到天，确保工作按时、保质、保量推进，现场驻村队员每晚九点分别报告当日工程进展，周日晚上9点准时报告本周工作进展。

有一次，负责路面硬化的驻村队员楚斌，因当日在道路现场施工至深夜10点，一时没顾上报告当日情况，还受到雷芳的点名提醒。

客溪小学旧貌换新颜，大有期货跑出“大有速度”

看得重、看得紧、看得严。项目从计划到进场，从进场到施工，再到验收竣工，驻村工作队、客溪小学、施工队伍联合作战，“白+黑”“5+2”，真的只用了短短44天！

8月30日，项目比原计划提前1天竣工！

新建二层餐厅、图书室，教学楼内外粉刷、防水等15项改造项目，其中配套设施有篮球场、体育设施、文化艺术墙、升旗台改造、多媒体教室、厕所改造、课桌椅、餐桌椅，学校面貌里里外外焕然一新。

新建了3米宽、6公里长的水泥路，从客溪小学一直延伸至云雾缭绕的雪峰山深处，让住在山上的孩子们可以安安心心、风雨无阻地来上学，孩子们喜笑颜开。

远方的亲人，请你留下来！

新课桌、新教室、文化墙、消毒柜、篮球场，一切都是崭新的！短短的一个暑假，客溪小学从“灰姑娘”变为“白天鹅”。8月31日的竣工仪式，孩子们乐开了花，脸上绽放出灿烂的笑容。

“楚叔叔，等我们开学了，你还会留在这里吗？”住在学校附近、暑假常来小学玩的晓晓同学，不知不觉地和驻村队员楚斌结成了好朋友。听到否定的回答后，他有些难过和不舍。

一年来，大有期货支委班子情系客溪小学，挂念着那里的孩子们，把客溪小学的孩子特别是贫困学子当亲戚走。2020年4月18日，雷芳带领支委班子再次专程来到客溪村，走进当地困难家庭嘘寒问暖，送上慰问金和米面粮油，给他们以鼓励和温暖。

大有期货结缘红色故土

距离长沙东南方向400里的地方，有一个以茶命名的著名县城——茶陵，她是井冈山革命根据地六县之一，湘赣革命根据地重点县、模范县，是毛泽东亲手缔造的中国第一个红色政权的发源地。从茶陵出发，沿着蜿蜒曲折的山路，往东再走40里，就到了尧水中学。

2018年，尧水中学仍然十分困难——微机房里部分电脑老化陈旧，开机如同老牛拉破车，主机嗡嗡作响，有些机位电脑坏了就一直空着；教师办公室的办公桌椅摇摇晃晃，吱呀作响，桌椅上油漆斑驳；教室普遍没有窗帘，夏天西晒严重；空旷的操场，体育设施难得一见，单双杠锈迹斑斑；学生家庭中因病致贫的情况十分常见。

雪中送炭，助力教育扶贫

了解到尧水中学的困难后，大有期货决定助孩子们一臂之力，向学校捐赠价值20万元的电脑、办公桌椅、文体设施等物资。

大有期货捐赠办公用品、图书、体育器材等

3月29日上午，一台台高性能台式电脑、50张崭新的办公桌椅、乒乓球台、太空漫步机等体育器材被整齐地摆放在尧水中学操场上。1 198名师生翘首期盼的设施终于来了。

尧水中学师生参加"湖南期货·情系茶陵"捐赠仪式

这天，所有的捐赠物资如数送到尧水中学师生手中——5台高性能电脑充实了学校的微机房，让孩子们有机会更多地了解外面的世界；52 000元现金捐助及慰问金，惠及特困老师和茶陵籍以外的名优老师17名、特困生和品学兼优学生39名；价值78 600元的50套教师办公桌椅，让教师办公桌椅焕然一新；价值25 000元的乒乓球台文体器材，赋予了操场新的活力；26 000元窗帘购置专款，装备了学校21间教室，惠及全体师生；2 000余本图文并茂的图书充实了学校图书馆。

"革命老区的孩子们考个大学不容易！今后，我们还将通过学子们的母校和当地政府保持联系，坚持脱贫不脱关爱，脱贫不脱帮扶，继续做好跟进回访，久久为功，把学子们扶上马，送一程。2018年春天，我们在茶陵挂牌成立了助教实习基地，这是对学子们的一个庄严承诺。考上大学的学生，我们优先安排实习机会，优先安排就业机会，接力传承尧水中学教育扶贫事业。”大有期货董事长雷芳真诚地说。

山茶花开了谢了，春天去了又来，大有期货与尧水中学学子心连着心。一年又一年，变化的是茶陵的新乡新貌，不变的是一颗初心，一腔爱心，一种守望相助的温暖力量。

桃李春风，大爱无声。大有期货秉承一颗初心，深入湖南贫困山区，全身心投入湖南教育扶贫，春风化雨，把一片爱心融入三湘四水，两个典型项目展现出湖南国有期货公司强烈的社会担当，庄严写下了属于大有期货的爱心篇章！

（撰稿：大有期货有限公司）

希望的种子，一个都不能少
——宁证期货教育扶贫“一对一”

当年希望工程的一张公益照片，一个大眼睛女孩儿，一双让人无法忘怀的大眼睛，炯炯有神，像黑宝石一样剔透，流露出“我要上学”的渴望，直击人们的心灵。

2016年底，为积极响应国家精准扶贫的号召，宁证期货从832个国家扶贫开发工作重点县和集中连片特殊困难地区县中筛选出四川省松潘县作为教育帮扶的目标地区，把松潘县建档立卡贫困学生确定为扶贫目标对象，通过资金扶持、人力扶持等多种途径组织开展“不让一个孩子因贫失学”教育帮扶。

2017年公司党委书记、董事长夏涛和党委副书记、总经理李清松分别带队亲赴松潘，签署教育帮扶协议，捐赠扶贫资金，慰问困难学生，实施助学助教，真正变“输血”为“造血”。两年间，公司向松潘县教育局捐赠人民币59.08万元，其中29.08万元划入松潘县教育扶贫基金专户，专款用于松潘县2017年度建档立卡的212名春季贫困学生和205名秋季贫困学生的全年生活费资助；30万元用于非建档立卡中因病因灾等特殊原因导致家庭经济困难的251名学生的生活费资助，按照小学生每人每年1 000元，初中生每人每年1 500元，高中生每人每年2 000元的标准发放。

公司党委书记、董事长夏涛前往松潘县签订教育扶贫协议

种一粒希望的种子

在精准扶贫项目中，比起捐资，助学的影响更为深远。2017年9月，公司志愿者给松潘县岷江乡中心小学送去了崭新的图书，来到不同的年级和班级与同学们一起开展了“趣味数学”“我的家乡”“小小建筑师”和“我最喜欢的主题绘画”等丰富多彩的互动课程。孩子们的热情让我们出乎意料，个个争先恐后地回答问题，准备的雨花石、益智拼图、明信片等小礼物让孩子们爱不释手，也让我们受宠若惊。临走时，孩子们纷纷跑来送行，欢呼雀跃地说要加微信，要经常联系。本以为只是说说，没想到，几乎每周末都能收到他们的问候或电话，哪怕只是问问天气，聊聊闲话……一开始觉得这群孩子的性格真好，大方健谈，但仔细一想，孩子平时住校，能与家人亲近交流的机会实在不多，他们想得到父母的关心和陪伴，想经常有人跟他们说说话，这是在志愿者身上找抚慰啊。

公司党委副书记、总经理李清松带队前往松潘开展捐赠和助学助教

我们的猜测得到了证实。山区的孩子们的父母大多外出务工，留下的大多是体弱多病，常以采药为生，养活一家，生活着实不易。孩子们可能是第一次与大山外面的人近距离接触，第一次对外面的世界产生好奇，有了向往，要不然我们不会在回来几个月后还能接到孩子的电话。电话那头的孩子说："我一定要好好学习，走出大山，到外面的世界看一看！将来用自己的双手建设家乡，回报社会！"

我们被淳朴懂事的孩子们深深感动了，也许就是这次愉快的接触，成为他们发奋图强的动力，也许就是这么奇妙的机缘，改变了孩子们的一生！能在孩子们的心中种下一粒希望的种子是多么难能可贵！爱的传递和鼓励，才是最温暖最强大的精神力量！

阿坝州近年来推行了一系列教育扶贫措施，当地学前儿童入园率和适龄儿童入学率显著提高，幼儿园、中小学校的教育环境大为改善，硬件设施显著提升，超过70%的乡中心学校配备了完备的信息化电教设备，建档立卡的学生还能获得政府补贴，因贫失学的孩子越来越少。

关爱、奉献、成长

2018年底，松潘县实现脱贫摘帽。结合当地实际情况，公司坚持“摘帽不摘帮扶”的宗旨，于2019年调整工作思路，组织开展了“一对一”爱心帮扶，以“关爱、奉献、成长”为主题，力求当好孩子们的“知心人”，帮他们克服在思想、学习、生活等方面遇到的实际困难，自信自立自强，健康快乐成长。松潘县教育局和当地学校共同筛选出6名品学兼优的贫困学生作为此次“一对一”爱心帮扶的受助对象，由公司党员和普通员工自愿组成6个帮扶小组进行结对帮扶。这些孩子都是建档立卡的家庭，最小的10岁，最大的15岁，在不同的学校就读。他们大多来自单亲家庭或者父母多病，没有固定经济来源，生活拮据。活动倡议一经发布，就受到大家的积极响应，除了3个支部优先配对成功，行政部、财务部、合规部和工会的同事也纷纷加入进来。就这样，公司的“一对一”帮扶活动开始了！

俄波磋（化名）就是这6名学生当中的一个，由宁证期货第二党支部的9名党员共同帮扶。

俄波磋，藏族，家里有7口人，爷爷奶奶爸爸妈妈以及她和两个姐姐，父母多病，主要靠挖药、放牧维持生活。第一时间我们拨了联系电话，可怎么也打不通，第二天再试，依旧占线。我们担心所谓的帮扶只是我们的一厢情愿，接下来的工作可能不会太顺利。于是便通过教育局辗转联系上了班主任，得知正值春末夏初的季节，她的家人都在山上采药，是信号不好才联系不上的。老师介绍说，俄波磋学习不错，也很懂事，就是有些腼腆，问她需要哪些方面的帮助，可能也不好意思开口。我们小组自愿捐款，成立了专项帮扶基金，精心挑选了一些课外书，一双运动鞋，还有一支粉色钢笔，笔帽上刻了“好好学习，天天向上”作为见面礼。第一次见面，当然要准备充分，为避免冒失，我们写了封信，告诉她我们是谁，虽然远隔千里，但在大山的那一头，在江苏南京有一群默默关心她、帮助她的叔叔阿姨，告诉她我们很想和她成为朋友，并留下了联系电话和微信号。见字如面，我们想让她感受到我们的诚意。我们小心翼翼地把物品清点、打包、称重，并在外包装上一笔一画地写上孩子的名字。2019年5月29日，物流卡车装载了6大箱沉甸甸的包裹，带着我们的爱和希望一起驶向松潘。我们只希望物流快一点儿，再快一点儿。

帮扶小组的部分捐赠

两周后，平静的生活被打破了，帮扶小组陆续收到孩子们发来的照片和消息，大家激动地相互分享。“阿姨，谢谢你们送的礼物，今天正好是我的生日，我太高兴啦！”“我很喜欢这个足球，同学们都很羡慕我哦！”“阿姨，你看，这是我弟弟……”我顿时觉得，孩子们和我们亲近了不少，我们好像已经成为朋友了呢。我们为他们开心，可同时又有一点儿失落，因为我们没有收到俄波磋的消息。直到三天后，一个周五的晚上，我们接到一个陌生电话。

“阿姨，我是俄波磋。”

“你好啊，俄波磋，东西收到了吗？”

“收到了，谢谢你！”

因为信号不稳定，我们的对话不多。随后我们加了微信，对方是她的爷爷。很快，视频电话打过来了，我们终于见到俄波磋本人了。小姑娘五官很立体，浓眉大眼，脸上挂着高原红，特别自然俊秀，笑起来眼睛里有星星。

俄波磋受到表彰

半年后已是寒冬腊月，松潘县已经零下20多度了，我买了御寒衣物寄给俄波磋的班主任转交给她。她收到后把衣服穿在身上拍了照片给我们看。照片里的她笔直地站着，一双明眸大眼，神情坚定而从容，红色的羽绒大衣把她衬托得更加好看了，身后墙壁上挂着一张奖状，上面写着“进步生”三个大字。我知道她虽然从来不说，但她一直在努力。2020年的六一儿童节，班主任老师发来照片，俄波磋又获奖了。

这样的感动，也时常发生在其他帮扶对象身上。财务部帮扶的初二学生刘永阳（化名）和家人为感谢大家的资助，连续三天冒雨上山细心采挖了不少颗优质野生天麻要送给我们。最后我们以大颗200元、中颗100元、小颗50元的价格动员大家购买。众人拾柴火焰高，很快，19颗天麻被抢购一空，筹到的2 350元善款也悉数汇给了孩子。

贫困学生寄来的野生天麻

2020年是全面建成小康社会的收官之年，宁证期货认真履行国企社会责任，积极投身精准扶贫事业，4年来，先后与四川省松潘县、安徽省太湖县、河南省桐柏县签订扶贫协议，开展教育扶贫、消费扶贫、健康扶贫和产业扶贫，共计投入人民币87.4万元。表面上，我们是资助人，是奉献者，但实际上孩子们给我们带来的真善美和正能量不比我们给予他们的少。我们在关怀他们资助他们的同时，自己的心灵也得到了升华，这让我们更加珍惜现在的生活和工作环境。崇德向善，担当尽责。我们，也是受助者。

爱在我们之间流淌，我们的故事还在继续。

（撰稿：宁证期货有限责任公司 宣文君）

金融扶贫创新模式

——西南期货“人才+技术+资金”助力脱贫攻坚

“扶贫要先扶智，通过送知识、送技术、送信息等形式，着力增强扶贫对象的自我发展能力，才能从根本上提升贫困地区产业发展能力。”

西南期货通过两年多时间深入重庆深度贫困地区进行帮扶，发现仅通过资金“输血”还不行，只有增强贫困地区自我“造血”能力，才能带动贫困农户稳定增收脱贫。因此，西南期货2018年率先启动了金融扶贫人才培

育计划，征招贫困地区学生，为其提供就业岗位。同时充分发挥期货公司在农产业研究和信息技术两方面的优势能力，结合“三农”扶贫工作中对市场信息、避险工作、产业渠道方面的实际需求，安排分析师及技术团队“一对一”进行帮扶，帮助新入职人员快速学习金融知识、市场风险分析、网络电商技术等有助于贫困地区的相关业务。

西南期货是重庆市人力资源和社会保障局首批“重庆市国（境）外优秀青年人才实习基地”，是西南政法大学“教学科研实践”基地，是重庆交通大学财经学院、重庆理工大学计算机科学与工程学院的合作实习基地。近年来，有多名来自贫困地区的大学生参与了西南期货扶贫培训专项培育计划，大学生可以通过参与相关职业的培养与工作，对农产品价格周期波动分析、期货工作扶贫功能研究、农产品价格风险防范、农产品电商平台建设、安全支付保障等进行深入了解，学以致用，为家乡提供金融扶贫相关功能支撑。除了在校实习生，西南期货近年来也录用了多名来自贫困地区的大学生为正式员工。目前，这些通过金融扶贫人才定向培育计划的金融人才，不仅成为公司的业务骨干，更成为贫困地区了解金融信息，获取金融工具保护的重要纽带。来自重庆万州区高峰镇朝阳村的张伟，时任西南期货公司研究所产业研究组组长，有着多年的农产品研究经验，按照西南期货整体扶贫工作部署，近年多次赴重庆渝东北贫困地区巫山、云阳等地开展“保险+期货”培训，2019年11月更是回到家乡万州区高峰镇朝阳村开展金融及期货基础知识培训。

据了解，朝阳村是三峡移民村，地处高山河谷地带，是当地有名的柑橘之乡，种植柑橘是当地一直以来最大的收入来源之一。张伟是土生土长的当地人，非常了解当地村民多年来深受柑橘价格波动影响，常年出现水果丰收但收入却不理想的情况。而造成该现象的主要原因，就是缺少水果规律性“大年小年”价格差带来的价格风险的预防，以及没有套期保值意识，根本就不具备抵御市场风险的能力，只能被动承受。针对这一情况，张伟在万州区高峰镇朝阳村针对当地帮扶干部和部分农民开展了期货基础知识培训。

事实上，我国已上市苹果和红枣两个期货品种，国际上早已上市了橙汁期货。西南期货员工主要介绍了以苹果为标的“保险+期货”的基本原理。这模式可以使农民种植农作物不再担心收获后价格下跌，让农民看到了希望。该项目保证了农民的收入，规避了农副产品价格下跌的风险。

简单来说，种植户可以通过期货公司和保险公司，为水果价格买一份价格保险，能够在水果刚刚开始种植时即可按照约定的价格卖出。待水果成熟时，不论市场价格高低，农民都可以保证固定利润。这对帮助种植户规避短期价格风险，提升种植户的积极性有着巨大的促进作用。

除了人才和技术支持，西南期货也投入专项扶贫资金助力贫困地区产业扶贫。2019年，西南期货积极响应上海期货交易所在期货行业开展“一司一村”帮扶安徽省太湖县的号召，投入数十万元扶贫资金用于帮扶支持太湖县百里镇松泉村茶园项目建设。西南期货借助服务产业实体经济的业务背景以及金融行业的资源优势，为松泉村的产业扶贫项目提供资金扶持，有效助力了村级集体经济发展。该项目丰产后年收入可达15万元，将带动当地贫困户13户59人增收数万元。

未来，西南期货将继续发挥资源整合、信息采集和渠道传播优势，充分发挥期货专业优势，为当地种植户提供专业的市场趋势分析和期货知识指导，为脱贫攻坚工作贡献力量。

（撰稿：西南期货有限公司）

精准扶贫，教育先行

——广发期货教育帮扶纪实

广发期货一直致力于扶贫工作，为深入贯彻落实党的十九大精神和习近平总书记关于扶贫工作的系列重要讲话精神，对云南省江城县的扶贫工作逐渐走向深远，一系列集合人力、财力、物力的精准扶贫活动在江城县陆续展开。

上山下乡　实地走访探实情

2018年10月30日，以广发期货董事长、扶贫工作小组组长赵桂萍女士为首的工作小组从广州奔赴云南普洱，辗转来到了江城县，与当地扶贫办同志一起走访了整董镇、勐康山庄，考察当地贫困情况，并前往高地社区农户家中看望贫困户，全面了解当地贫困户的生活情况和扶贫工作的实际需求。

10月的江城天高气爽，山木苍翠，扶贫小组一行徒步几个小时来到大山深处的贫苦农户家中，认真询问了农户的家庭成员、经济收入、目前的生活难处等实际问题并记录下来。就如何进一步推进对当地的扶贫协作工作，扶贫工作小组与当地群众进行了深入沟通。针对走访的实际情况，扶贫小组与江城县政府举行了精准帮扶座谈会，结合前期扶贫工作的多次沟通，双方共同探讨了此次扶贫工作的侧重点，以及后续扶贫工作的落实事宜，并共同商定将以教育扶贫为重点，同时开展公益扶贫和产业扶贫。

在当地扶贫办公室商讨扶贫模式

做精做准　扶贫先扶智

“扶贫先扶智，扶智靠教育”，为进一步提升贫困地区教师业务素养和专业能力，助力全面提高江城县教育质量和办学水平，推进教育事业的全面发展，扶贫工作小组决定在教育板块加大力度，迅速推进教育扶贫相关工作的进展，分工落实，责任到人，力求将扶贫工作做到“精”和“准”。

针对教育脱贫，广发期货为江城县骨干教师到教育发达地区学校的跟岗研修提供专门的对接和培训资金，每学年3期，每期学时至少4周，每期人数4至6人。通过这一举措，为教师们搭建了培训沟通的良好平台，学习了先进的教育理念和教学模式，再结合本地教学实际，充分应用到江城县的学校管理及教育教学实践中。

结束对江城县的实地考察之后，扶贫工作小组立即联络了广东省一级学校——文德路小学，同时与江城县政府及教育局保持紧密衔接，迅速安排江城县教师们前往广州进行一个月的交流学习。

2018年11月6日，由广发期货董事长赵桂萍女士带队，将前来广州交流学习的老师交送至文德路小学，并在文德路小学校长及书记的陪同下，带领老师们参观了学校校园，共同体验了文德路小学的教学环境和学习氛围。文德路小学对于此次帮扶助学表示十分支持，并根据教师们的学习需求定制了专门的学习计划和课程。为更好地体现此次教育帮扶的效果和意义，文德路小学除对前来学习交流的教师们进行了单独指导，还将把教师们的学习过程录像成教学光盘，供教师们带回家乡更好地传授给当地师生。

与江城县教师们共同参观校园

在多方人员的共同努力下，首批对口帮扶小学教师跟岗学习工作获得了积极反馈。随后，在前期项目成功开展的基础上，广发期货及时启动了对江城县初中和高中教师团队的跟踪帮扶。2019年3月6日，广发期货帮扶云南省江城县教师赴广州交流学习项目第二批顺利启动。广发期货财务总监、扶贫办领导曾猛等同志对来广州重点中学跟岗研修的中学组教师进行了妥善安置。

广发期货扶贫组首先将江城县两名初中教师送至广州市第十三中学，双方就两位老师在本校的教学安排进行了深入沟通，广州市第十三中学校长及校领导们亲自予以接待，对两位老师在云南当地的教学情况和此次前来的学习需求进行详尽了解后，安排本校优秀教师“一对一”帮带传教，并将本校教师教学资料赠给他们。为确保两位老师在本校学有所获，广州市第十三中学给予跟岗研修老师们充分的授课机会，以切身感受两地学生不同的学习特点。

与广州市第十三中学校方人员合影

完成初中组教师学习对接后，扶贫组一行继续将江城县高中组4名教师介绍至广州市八一实验学校。交流中，八一实验学校认真听取了4位老师目前面临的教学难题，积极安排本校的专业教师进行“一对一”跟踪指导，并强调要把本校最优秀的教师队伍和教学资源投入到本次的帮扶之中。

在与两所学校的对接中，广发期货显示了对于扶贫工作的强烈决心和强大力度，为双方的交流提供了帮助，也体现出了此次教育帮扶的价值和意义。

与广州市八一实验学校校方人员合影

求真务实　增强扶贫实效

习近平总书记曾说过，让贫困地区的孩子们接受良好教育，是扶贫开发的重要任务，也是阻断贫困代际传递的重要途径，一定要把下一代的教育工作做好，特别是要注重山区贫困地区下一代的成长。广发期货认真贯彻落实习近平总书记扶贫开发战略思想，充分认识了发展教育事业对打赢脱贫攻坚战的重要性，结合江城县教育发展现状在当地实施了教育扶贫项目，促进了贫困地区教育质量和办学水平的全面提高。

赵桂萍女士在扶贫工作推进过程中表示，教育帮扶是广发期货积极响应国家扶贫战略的一部分，“授之以鱼不如授之以渔”，我们希望能从教育上改变贫困落后地区的思想面貌，进行一代接一代的影响，也希望此举能带给贫困地区的教师们更多的信心和力量，向更多人传递国家政策以及社会企业对当地教育事业的支持。

2020年是决战脱贫攻坚的收官之年，现在已经到了最后攻坚取胜的紧要时刻，广发期货将不断加强精准扶贫工作的责任感和使命感，充分发挥期货公司的特点和优势，积极探索多样化的扶贫模式，不断开展特色扶贫，以实际行动为打赢脱贫攻坚战做出贡献。

（撰稿：广发期货有限公司）

第五篇
驻村扶贫

各级党政机关要积极向贫困地区选派干部，向贫困村选派第一书记和驻村工作队，让干部在脱贫攻坚中锻炼成长。

——习近平，《在深度贫困地区脱贫攻坚座谈会上的讲话》，2017年6月23日

青春燃烧在雪山草地

——记中粮期货于泳

2020年6月20日，北京。

原中粮期货执行董事于泳，还保持着挂职时的习惯——周末加班。只是，从四川阿坝州挂职回京两个月来，他的醉氧反应还在持续，一到下午三点就犯困。“每到这时，更怀念两千公里外的蓝天白云、雪山草地、藏羌老乡。”于泳说。

曾在雪域高原工作3年4个月的于泳，走遍了羌山藏寨几十个贫困村，走访了300多户建档立卡贫困户，发现并解决扶贫问题百余项。于泳说他非常自豪，因为自己的青春之火可以燃烧在雪山草地。

“我一定要回去！回到工作岗位去！”

4年前，时任中粮期货执行董事的于泳，刚刚接受完集团青年干部培训，这时领导找到他，说西部民族地区需要金融干部，组织考虑让他去。

于泳并不知道要去哪里，却毫不犹豫地点了头。2016年12月，于泳接到任命：中共阿坝州委常委，提名政府副州长。

于泳的儿子当时只有5岁，身体多病的父母被接到北京也刚3个月，刹那间的犹豫后，他含泪做双亲工作：我要服从组织安排，等我从阿坝回来。

于泳在红原县希望小学为孩子们捐赠手套棉帽

于泳在走访贫困户

于泳把全部热情投入到工作中。高原藏区路险、缺氧、海拔高，危险随时可能袭来，于泳却一直奔波在路上。3年多来，他行程20多万公里，平均每天有四五个小时都在车上。

2019年2月1日上午，离春节还有3天，于泳开完一个短会，对藏族驾驶员杨浩说："快过年了，我得去老杨家看看。"

老杨叫杨平康，是理县薛城镇木卡村贫困户，也是一名老党员。老杨的老伴动了开颅手术，儿子意外去世，儿媳改嫁，留下两个小孙女。于泳协调了他家的帮扶措施，让一家人生活基本有了着落。快过年了，于泳想去看看老人。

谁料途中经过隧道，车辆突然失去控制，高速撞向石壁，于泳顿觉眼前一黑，昏死过去。不知道过了多长时间，断了两根肋骨的于泳从剧痛中醒来，前车窗玻璃已经没了，驾驶员也不见了。于泳爬到车外，拖着伤体，呼喊杨浩的名字，打着电筒找人，十几米外，杨浩已经停止了呼吸。

住进医院的于泳一次次惊醒，一闭上眼就是那可怕的黑暗，但出现在脑

阿坝美景入画来

海的，还有阿坝高原那些熟悉的脸。于泳说，那转动经筒的僧人、忙前忙后的杨平康、九寨沟的山山水水，仿佛都在看着自己。

于泳决定："我一定要回去！回到工作岗位去！"

2019年3月4日，不顾医生阻拦，于泳回到藏区高原。杨平康见于泳回来，送给他一个亲手做的木菜墩。端着沉沉的菜墩，于泳感受到阿坝父老沉甸甸的感情。

冲刺九寨，黄龙上市

阿坝地处川、甘、青三省交界地区和青藏高原东南缘，旅游资源富集，是全域旅游概念的首提地。这里有九寨沟、黄龙、四姑娘山等国家和省级风景名胜区9个，国家地质公园3处，国家5A级旅游景区3个、4A级旅游景区22个，被誉为"神奇九寨，人间天堂"。

于泳认为，藏区"全域旅游"若想跨越式发展，必须借助金融的力量。

不过谈何容易?

九寨、黄龙是阿坝龙头景区，具有极高知名度，仍然苦盼上市20多年未果。

于泳的到来，让阿坝州州长杨克宁喜出望外。他拍着于泳的肩膀，爽朗地说："年轻人来得好！九寨、黄龙上市难题就交给你了。"

刚一接手，于泳就吃了当头一棒："第一次保荐机构的招投标，就有公司以6%的最高费率报价中标，多家投标单位投诉，引起极大争议，能没问题吗？"

有朋友好心劝于泳，"你一个挂职干部不用那么较真。"可于泳认为这样不行，"这辜负了领导的信任和群众的期待。"

于泳连夜向上级汇报，取得领导支持后按程序推翻了原投标结果。

第二次开标，选出了行业头部机构，中标费率也降到1.26%，比原标节省5 000万元，相当于阿坝州壤塘县两年的财政收入。

这个问题解决了，可后面还有两大难题：一是如何统一思想，二是怎么规范经营。

据了解，当地干部对上市历来有不同声音，有的主张，“我们这么好的资源为什么要拿去和股民分享？”。对此，于泳以黄山景区上市为例，告诉大家景区上市后会从资本市场拿到几十亿元的投资用于进一步开发当地旅游资源，带动经济社会发展，比自身积累快得多。

针对九寨沟历史上存在一定程度的政企不分、对外投资不规范的问题，于泳带头清理旧账，化解了35大项100余小项的遗留难题，为上市扫清了障碍。

就在于泳埋头冲刺上市时，九寨沟县发生7.0级地震，景区遭受重创，上市进程被迫中断。

于泳站在九寨沟破碎的山门前，望着沉寂的远山近水暗下决心：“上市能带来快速发展，推迟上市更要练好内功。一定要把九寨天堂修复得更美丽。”

雪后黄龙美景

担任灾后重建、地质灾害防治和生态修复组组长的于泳相信，地震既能造成破坏，也会带来新变化。带着对新变化的期许，他反复对接地质灾害防治与地质环境保护国家重点实验室，多次进京、到省拜访地质专家，几十次进出重建中的景区现场办公，引入最新科技手段，一边夯实地质灾害防治基础工作，一边推进自然遗产生态修复。

结果不负所望。比如，火花海在地震前是一个小湖，地震后变成巨大的湖泊，形成一道瀑布奇观。工作人员围绕它打造了游人观景环境，带来新的观赏视角，更添了九寨的神奇魅力。

目前，九寨、黄龙景区旅游正在恢复元气，上市的基本条件已经具备。

金融助力10.34万人脱贫

阿坝大草原上风吹草低，那年复一年遍开的格桑花，见证了藏区的贫困、病痛和忧愁。在壤塘县棒托寺，历代先人在50万块石头上镌刻大藏经，就是为了祈祷草原藏民能够富足安康。

于泳怎么也忘不了大骨节病病人那无助的眼神，棒托寺僧人王扎、夺尔依塔那忧愁的面容。于泳思考最多的是，面对深度贫困，有什么治本之策？

思虑久久，最后，于泳看到浮云牧场后眼前一亮。

浮云牧场位于海拔2 600米的阿坝州理县通化乡西山村。村里利用已废弃的荒坡开设户外体验式酒店，尝试农旅融合，游客络绎不绝，成为网红民宿。

不少以往搬下山的贫困户又搬回来，在路边卖起了土豆。一个名叫黄秀英（化名）的农家妇女靠种土豆过日子，家里人均年收入只有2 000元。于泳问她最需要什么帮助，黄秀英说："浮云牧场每天都有客人无房可住又下山去，我们也想搞民宿接待，可缺本钱。"

于泳知道金融能化解贫困户想做事又缺资金的问题，便主抓制定了《阿坝州推进普惠金融发展实施意见》，在全州金融机构空白乡镇建设了63个简易网点，13个农村金融综合服务示范站，打通了普惠金融的“最后一公里”。

此后，一系列金融扶贫举措像开闸的活水，开始润泽阿坝的贫困群众。比如，利用优惠政策效应传导，让再贷款信贷支持达到1 240万元，利率比市场利率低4个百分点；推广数字金融普惠服务，让自助服务终端、流动服务、固定服务代理等多种服务上山，让旅游中小额取现、代理转账、钞币兑换更便捷；变信用为资本，让被评为B级信用村的西山村整村授信达到1 700万元，增加了1 290万元……

在于泳的协调下，金融扶贫已累计支持阿坝州建成产业基地95个，实现全州13县（市）全覆盖，同时投放贷款金额30.98亿元，贷款余额12.05亿元，金融扶贫有声有色。

金融扶贫及一系列精准扶贫举措，让困扰阿坝州多年的贫困难题取得了历史性突破。2019年，阿坝全州13个县（市）成功摘帽，10.34万贫困人口顺利脱贫。

（撰稿：中粮期货有限公司）

南下赴黔五千里，自此八一心中系

——国投安信期货小刘书记扶贫记

“小刘书记”名叫刘骋，是一个1994年出生的山东小伙儿。他在大学时期就加入了党组织，毕业后进入国投安信期货有限公司成为原料部的一名客户经理。2018年，他响应国投集团关于选派优秀干部到村任第一书记的号召，主动请缨，于当年7月赴贵州省罗甸县龙坪镇八一村担任同步小康工作队第一书记，开展扶贫工作至今。因为年龄小，被当地村民及同事亲切地称为“小刘书记”。

南下赴黔五千里

2018年7月，国投安信期货副总经理王世军和原料部总经理魏忠贺亲自将刘骋送到了贵州省罗甸县龙坪镇八一村村委会。村里废弃的小学，现在是村委会的驻点，其中一个不到4平方米的狭长空间，就是刘骋的宿舍，与之一墙之隔的就是他的办公室，也是他开始驻村与贫困进行较量的主战场。

在目送公司领导离开的那一瞬间，刘骋说他突然有了一丝孤独感。但是驻村第一书记的职责和使命容不得他有半点感伤，他急于了解八一村的整体情况，不断思考着他能为村民做些什么，带着一系列的问题快速投身到新的岗位中。

迎难而上初扎根

八一村，是贵州黔南的深度贫困村，典型的“九山半水半分田”，群山环抱，山高坡陡，交通不便。全村99%为布依族，9个村民小组，就是9个自然寨，每个自然寨之间都相隔数公里，依山而建，相隔最远的两个村民组距离近20公里，走遍全村要翻几个山头，还要过条河……这与刘骋记忆中小时候奶奶家那种北方集中、有着整齐布局结构的农村大相径庭。由于恶劣的自然地理条件的限制，八一村长期发展受限，2014年识别精准扶贫建档立卡户200户868人，贫困发生率为56%；后经动态调整，目前建档立卡户201户948人。

这里阳光充足，多雨多热，但生产条件落后，寨子里的串户路很多还是泥巴路，雨后走访老乡家被刘骋戏称为“八一山里走泥丸”。

在最初的日子，刘骋面对的困难很多：比如，语言不通，文化背景不同。他刚到村里时天天跑去与村民聊天，后来才知道其实村民没有完全听懂他说的普通话是什么意思。比如饮食习惯不同，这里几乎是顿顿水煮火锅，餐餐辣椒。工作方式与在期货公司的不一样，流程化的工作标准、明晰的工作内容在基层工作中是行不通的。除此之外，还有高强度的工作压力。八一行政村全村1 601人，投入到扶贫一线的八一村村委和驻村工作队不足10人，大量的基础工作等待他们去做。

“困难像弹簧，看你强不强。”面对困难，刘骋没有退缩。语言不通，他就求助工作组队员，求助老家在贵州的同事，床头的《山水布衣·布依族》一书快被翻烂了。饮食习惯不一样，他就硬着头皮多吃，锻炼出了适应辣椒的铜肠铁胃。不熟悉村里的情况，他就用脚丈量着村子里的一寸寸土地，在扶贫日记上手绘出了八一村的第一张手绘版地图。

看望卧床的患病贫困户

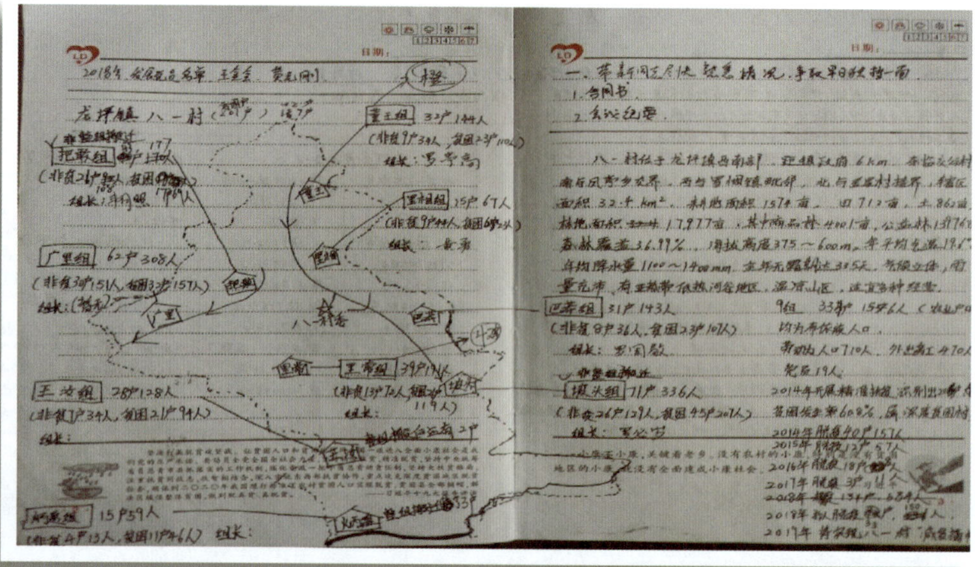

初到八一村刘骋手绘的地图

与此同时，刘骋也在思考着能为老乡做些什么。坡头组的贫困户罗小土突患重病，八口之家里仅剩儿子一个劳动力，加上小孙子刚刚降生，全家生产生活很是困难。刘骋就一月下组四次，关切其病情，宣传医疗政策，送上油、米等生活物资，并用办公经费解决了其孙女的一学期幼儿园的上学费用；里相组的组长黄勇想发展自己的脐橙种植，刘骋就和村支书亲自跑到半山坡的果园里，踏勘场地；把敢组罗文鲜家的小儿子有厌学情绪，他和工作队长就专门入户做工作……

经过几个月的相处与沟通，老乡们逐渐认可了这个北京来的小伙子，亲切地称他为“小刘书记”。而八一村，也成了刘骋的第二故乡。

发展党建强基地

2017年，八一村因为党支部两年未发展党员、无村级活动场所等原因，群众对支部工作满意度较低，被评为“后进基层党组织”。村里的办公环境也十分简陋，全村办公设施只有两台电脑和一台打印机，阵地建设十分落后。

针对这一现状，刘骋决定先从制度建设入手，完善建立了村级办公制度，严格落实三会一课、组织生活会等制度。股东安信证券及公司国投安信期货及时为村里捐赠了7台电脑、1台投影仪、2台打印机等办公设备，满足了村党支部的办公需求。同时，刘骋又联合村两委对办公场所进行了改造，从无到有建立起了村级党员活动室、会议室，集体办公室等办公阵地，并对八一村村两委班子进行现代化办公技能培训，保障人人能熟练运用电脑整理材料，大幅改善了村里的办公条件。

村里的党员队伍也从10人发展到20人，并重点培养出村中两名青年入党积极分子，八一群众参与村党的组织活动渐渐积极起来。在2019年度七一表彰大会上，八一村党支部被评为“脱贫攻坚先进党组织”。

人居环境得改善

坡头组是八一村中未纳入整组搬迁的自然寨，组内卫生环境十分糟糕，村民没有卫生厕所，家畜粪便肆意排放，也未通硬化路。在高温多雨的黔南山区，雨后更是一片狼藉，严重影响村容村貌和村民的健康。

见此情景，刘骋及时向国投集团汇报情况，得到了集团的大力支持，拨付180余万元的专项帮扶资金，用于八一村坡头组的人居环境改造：一是进行村民文化中心建设，对老八一村村委会旧址进行内墙、外墙、地面、线路改造，改建了图书室、棋牌室、活动室等文化活动场所；二是进行农户“三改”，按实际调查情况实施改厨、改圈、改厕，其中改厨29户，改圈26户，改厕32户；三是进行卫生环境提升整治，在坡头自然寨内放置轮式垃圾桶60只，修建垃圾焚烧池一座；四是进行村容村貌提升改造，对16座老旧房屋进行拆除，对40户房屋外墙面进行改造、美化；五是进行组内道路硬化，对坡头组内大小寨间串寨路硬化面积4 294平方米，串户路硬化面积2 640.35平方米，院子硬化面积1 183.65平方米。

工程完工，坡头组的72户农户346人享受到了卫生又整洁、文化活动有场所的生活环境。

坡头组人居环境改善前

坡头组人居环境改善后

协调多方共支援

作为从中央企业——国投集团外派的扶贫干部，刘骋充分发挥了集团的平台优势，协调多方力量助力八一村的扶贫工作。

国投安信期货、中投保向八一村捐赠扶贫资金

一是教育扶贫。利用国投集团对接帮扶贫困学生项目，资助八一村高一年级9名贫困户学生，为期高中在校三年。二是消费扶贫。国投安信期货工会采购八一村应季水果，以购代捐7.188万元。三是慰问捐赠。安信证券、国投安信期货及兄弟单位中国投融资担保股份有限公司向八一村捐赠了办公用品、慰问品、村集体帮扶资金、基础设施建设资金等40余万元，有效助力八一村经济社会和民生事业的发展。除此之外，刘骋还积极寻求产业带动村集体经济发展，与湖北神农本草公司对接发展中草药种植，计划成立八一村中草药种植合作社，通过“贫困户+合作社+公司”的模式，流转百余亩土地进行中草药种植试点。

2020年，国投集团协会办公室党支部与八一村支部委员会开展党建扶贫结对共建工作，国投直属党委拨付党建扶贫经费15万元，用于八一村党组织阵地建设、设立党群共建扶贫教育点等。与此同时，国投安信期货也向八一村捐赠对口帮扶资金11万元，用于村合作社集体经济果园建设，解决贫困人口的就业困难问题。

不负青春勇担当

2019年，原本任期1年的刘骋主动要求延长1年的驻村工作，他说2019年是罗甸县和八一村脱贫出列的关键一年，他要看到八一村顺利出列，老百姓顺利脱贫，才算不负青春，不负村寨，不负理想。

2020年3月3日，经省人民政府批准，同意罗甸县正式退出贫困县系列。

作为一名党员，刘骋用他的选择与实践诠释了中国当下新时代青年的成长与担当。

（撰稿：国投安信期货有限公司）

“中国梦”的践行者，“三线精神”的传承人

——记西部期货驻村工作队

有一群人，他们不图名利，默默无闻，奋斗在祖国最贫困的地方；有一群人，他们不计得失，无私奉献，把最好的年华献给了党和国家；有一群人，他们肩负重托，视农民为兄弟，用行动诠释了什么叫初心和使命。他们是千万个“黄文秀”中的一员，他们有一个共同的名字——驻村干部。

主动请缨，到最贫困的地方去

2018年3月，陕西省扶贫开发办公室向西部期货发函，要求尽快选拔3名年富力强、热爱农村、有农村工作经验的优秀干部，成立驻村工作队，入驻安康市贫困地区开展为期两年的驻村扶贫工作。作为金融企业，有农村工作经验的员工可谓是凤毛麟角。选派哪位员工驻村？怎么和他们谈驻村的事？怎样让习惯了城市生活的员工长期留守并做好扶贫工作？正当公司领导对着全体员工名单一筹莫展之时，行政人事部李文志敲开了领导办公室的门。

“我报名，我愿意到最贫困的地方去！”

“文志，你想好了，这次驻村是两年，可能还要和贫困户同吃同住，你能接受吗？”

“我做过一段时间的农村工作，个人也热爱公益事业，能有幸参与国家脱贫攻坚事业，我觉得非常自豪，希望公司选派我驻村。”

“你的父亲刚刚去世，要是一去两年，80多岁的母亲谁来照顾？”

“爱人可以代我在家陪伴照顾，我也可以带母亲去安康边工作边照顾！”

经公司扶贫工作领导小组及党支部讨论研究，并征求个人意见，公司决定成立由杨戈任组长，李文志、刘嘉庆任组员的驻村工作队，尽快入驻安康市贫困地区开展驻村扶贫工作。众所周知，他们3人都是地地道道的西安城里娃，长期驻村对他们来说是一个前所未有磨炼与挑战。面对他人善意的劝阻，他们依然初心不改，决然“请战”。

不搞特殊，与贫困户同吃住

2018年4月底，安康市扶贫开发办公室将驻村工作队的驻村地点确定为汉滨区吉河镇福滩村。该村位于陕南秦巴山地丘陵沟壑区，是一个紧临汉江、风景秀丽的小村落。为了保护好水源地，村民响应国家号召，禁渔、禁牧、禁伐、禁工业，因为缺乏产业支撑，福滩村也是陕西省深度贫困地区，2017年底在册贫困户90户312人。

2018年5月4日，驻村工作队正式入驻福滩村开展驻村扶贫工作。驻村，顾名思义就是要长年累月驻守在村子里。要驻村，首先就要解决住宿问题。考虑到驻村工作队队员们长期在西安工作、生活，福滩村对接干部建议他们租住在条件稍好的安康市区，每天坐车或骑车到村里工作。对于这个看似不错的建议，他们果断回绝，在短时间调研后，选择租住在村委会隔壁的贫困户家里。

驻村工作队租赁的房屋虽然建成不到2年，但是由于房东是重点帮扶对象，能够用于室内装修的资金有限，屋内墙壁基本处于毛坯状态。因为依山傍河，夏秋时节，屋里蚊虫较多，有时还能“幸运”地看到蛇出没。到了冬天，水泥墙显得格外的潮湿、阴冷，隔三岔五地停电让本就作用不大的取暖器更是难有用武之地，习惯了暖气房的3名汉子经常被冻得直哆嗦。除了住在贫困户家里，驻村队员还主动向贫困户缴纳生活费，要求不搞特殊，与贫困户同吃一锅饭。

这两年多的时间里，公司领导在现场考察中多次提出为驻村工作队更换更好的居住、就餐环境，都被他们一口回绝了，他们常说："吃住在贫困户家里既方便工作，还能帮贫困户增收，一举两得，我们何乐而不为呢？"

深入群众，解决贫困户的实际困难

在驻村扶贫的两年多时间里，驻村工作队冒着雨、踏着雪、迎着寒风、顶着烈日，坚持每月遍访贫困户，确保将国家政策宣贯到每个贫困户的耳中、心中，确保每个贫困户在遇到问题时都能得到及时有效的解决，能如期完成脱贫摘帽的任务。这两年多的时间里，驻村工作队已经记不清究竟协助村委会补充、整理、上传了多少份户档材料，处理了多少件棘手的问题，更说不清为了做好精准脱贫工作，他们熬了多少个通宵。

但是，贫困户们心里都清楚，在听说贫困户面对女儿大额住院押金一筹莫展时，驻村工作队第一时间组织公司爱心人士为她捐赠2 000元，并带着米、面、油以及小朋友喜欢的酸奶、曲奇、蛋黄派上门慰问；在得知贫困户身患癌症情绪低落时，驻村工作队除了送去2 000元爱心款，还时常上门开导他及他的家人；在贫困户反映无力承担女儿大学期间的生活费时，驻村工作队马上向公司爱心人士请援，西安东新街营业部全体员工第一时间响应，主动要求按照每月500元的标准，认捐其大学4年的生活费用。

在这两年多的入户走访过程中，驻村工作队更是处处留心、时时想着贫困户。看到贫困户因为没钱买轮椅长期卧床在家，驻村队员马上联系家人将自己家的轮椅送了过去；得知贫困户有心通过养鸡增加收入，驻村工作队马上集资为他们购买了鸡苗、鸡饲料；还有贫困户遇车祸住院了，驻村工作队四处筹钱不说，还在40摄氏度的高温天里3天5次骑车往返12公里到镇交警队督促事故处理；当贫困户请求帮忙销售他们自制的辣椒酱时，驻村工作队悉数认购，并通过各种渠道帮其代销。对于贫困户提出的各项请求，驻村工作队总是尽量帮忙解决，他们常说："只有深入群众，才能做好精准扶贫工作。"

驻村工作队为贫困户送去鸡苗、鸡饲料

充分调研，全力建设扶贫产业

驻村伊始，驻村工作队就意识到产业扶贫对于福滩村整村脱贫的重要性。为了帮助福滩村尽快建立合适的产业项目，驻村工作队认真听取村委会以及农户对于村子整体生态环境、自然地理条件的介绍，并发动公司全体员工为福滩村产业项目建设出谋划策。为了获取最大限度的支持，驻村工作队邀请公司领导赴延安市延长县江龙种养专业合作社以及安康市汉滨区红岩食用菌脱贫园调研食用菌养殖产业，前往陕西省扶贫龙头企业、陕西省林业产业龙头企业、商洛市镇安县先进带贫企业——陕西瑞琪药业有限公司，调研了解中药材产业链脱贫模式。

驻村工作队还调研了杨凌、安康、商洛等多个村、镇，拜访了陕西微生物研究所、安康农科所，考察了陕西秦沐实业有限公司、杨凌金山科技农业有限公司、杨凌职业农民培训中心，电话请教了中科院农村发展研究所专家，力求在福滩村建设一个最佳的产业项目。他们走遍了福滩村附近村镇的禽类、蜜蜂养殖基地，以及西安市所有大型蔬菜批发市场，甚至凌晨到现场观察食用菌批发销售情况，力求生产的产品有市场，价格有保障。他们自费组织福滩村村干部、贫困户代表到拟筹建产业项目基地进行调研，希望产业项目能得到群众拥护，做到根基牢固；他们克服公司无力捐赠的困境，努力说服公司领导、同事，以消费扶贫的形式帮助福滩村发展土蜂养殖产业，以员工捐赠的形式帮助福滩村发展金银花种植产业，让产业扶贫真正地落地生根。

驻村工作队调研安康市汉滨区红岩食用菌脱贫园

在确定建设土蜂养殖产业后，驻村工作队多次邀请汉滨区山野老农蜂业农民专业合作社的专家上门，手把手地向养殖户讲授养殖技术，解决技术难题。贫困户没有充裕的资金购置蜂箱，驻村工作队便先行垫付12 000元为他们采购蜂箱，并贴心地捐赠了价值3 600元的摇蜜机、压蜜机、塑料薄膜、棉盖布、清理铲、防蜂帽、帐篷、养蜂服等工具。担心参与贫困户太少，无法形成规模，驻村工作队牵头帮助他们注册成立了“安康市汉滨区蜜香园生态种植养殖农民专业合作社”。截至2019年9月，福滩村贫困户已管理土蜂100桶，生产土蜂蜜402斤，仅西部期货定向采购的土蜂蜜总价就达34 170元，5户贫困户22人通过养蜂达到了脱贫目标，巩固了脱贫成果。

此外，驻村工作队发动同事及社会爱心人士筹集爱心款25 050元（其中驻村工作队成员捐赠8 710元），用于采购杨凌金山农业科技有限责任公司培育的金银花苗木，供福滩村贫困户免费栽植。2020年3月12日，驻村工作队克服疫情影响，在福滩村村委会的统筹安排下，协调完成了4 180株3年期金银花苗木的分发和集中连片栽植工作，栽植面积19亩，同时带动贫困户栽植金银花苗木2.5亩。预计2023年，福滩村可年产金银花干品3 850公斤，帮助贫困户增收58万元。

结合实际，大力推行新民风建设

为了增强贫困群众的内生动力，2018年至2020年，安康市扶贫办在全市范围内开展了以倡导“诚”“孝”“俭”“勤”“和”为主题的新民风建设活动。驻村工作队积极响应号召，于2018年11月下旬面向公司全体员工募集爱心款16 456.08元。其中，向福滩村扶贫超市捐赠米、面、油、洗发水等物资4 456.08元，用于奖励积极脱贫、孝老敬亲、保护生态环境的贫困户；向福滩村爱心理发屋捐赠12 000元，用于为福滩村60岁以上老人和残疾人（一、二、三级）提供免费剪发服务，并为行动不便的老人、残疾人提供免费上门剪发服务。据统计，该活动已有100余户村民以及330余名老人、残疾人从中受益，积极脱贫、敬老孝亲在福滩村蔚然成风。

经过驻村工作队的努力，福滩村75户270人相继脱贫摘帽，贫困发生率由2018年的16%降至2020年5月底的1.74%，安康市汉滨区也于2020年2月27日正式脱贫摘帽。鉴于驻村工作队的出色表现，西部期货荣获陕西省2018年度驻村联户扶贫工作考核“优秀”等次；驻村队员李文志荣获陕西省2019

福滩村爱心理发屋

年度驻村联户扶贫工作考核“优秀”等次。当然，这些成绩的取得有赖于公司党支部、扶贫工作领导小组、工会的正确领导，也有赖于全体员工的大力支持。西部期货驻村工作队是千万个驻村干部的缩影，他们彰显了共产党员的使命与担当，彰显了万千基层干部勤劳为民的奉献精神。

为了顺利实现“两个一百年”奋斗目标，下一步，西部期货将继续认真学习领会习近平总书记关于扶贫工作的重要讲话精神，做到脱贫不脱钩，摘帽不摘责任；将继续做好驻村工作队的思想教育工作，不断提高政治站位，做到不夺取脱贫攻坚战全面胜利，决不退出福滩村；紧绷脱贫攻坚这根弦，加强对脱贫不稳定户、边缘易致贫户以及因疫情或其他原因收入骤减或支出骤增户的监测，提前采取针对性的帮扶措施；将对标对表党中央的决策部署和工作要求，确保如期高质量完成脱贫攻坚任务。

（撰稿：西部期货有限公司　杨丽丽）

宏伟的蓝图，离不开手胼足胝的人们

——记申银万国期货驻村工作队

2020年是全面建成小康社会目标的实现之年和打赢脱贫攻坚战的收官之年，习总书记在决战决胜脱贫攻坚座谈会上深刻分析了脱贫攻坚的当前形势，提出了四方面要求及六方面部署，吹响了脱贫攻坚的决胜号角。

4月，为响应号召，申银万国曹凯与江洋一同前往甘肃省会宁县。会宁县是公司对口帮扶的国家贫困县，我们为期一个月的驻村帮扶工作也在这里开启了。

初入梁庄村，扶贫之路鼓舞人心

度过规定的疫情隔离期后，我们搭车前往会宁县梁庄村。村庄分布在几座山坡之间，一路上山路崎岖，道路不平。而交通不便往往是贫困的一大根源。颠簸之间，我们抵达了梁庄村村委驻地。

梁庄村位于丁家沟镇西北部，全村辖7个村民小组，共有453户1 686人。2013年底有建档立卡贫困人口218户985人，占全村人口半数以上。经过7年多的扶贫工作，现有未脱贫户8户13人，脱贫监测人口7户41人，边缘人口6户19人(截止到2020年4月底)，扶贫工作取得了显著成效。

进村之后，我们率先与当地驻村工作队的干部和队友们进行了会面。此前，总公司申万宏源证券的三位老师已与我们交流过当地情况，我们已对当地具体情况有了认识。驻村工作队的队员们有来自中投系统中金财富的同事，有来自白银市发改委和会宁县的扶贫干部，也有镇上和村委的基层干部。虽然大家来自五湖四海，但所有人的目标是一致的——全力以赴帮助会宁县和梁庄村脱贫致富！接下来的日子里，我们跟随着村镇干部和驻村工作队一起走街串巷，进行了大量走访调研工作，实地了解梁庄村脱贫工作的主要困难和取得的进展。

会宁县地处甘肃中部，属黄土高原丘陵沟壑区，土地贫瘠，干旱缺水，风沙大，也缺乏矿产等自然资源，自然条件极其恶劣。同时由于常年的贫困，地方财力匮乏，基础设施建设非常薄弱，物流成本高，缺乏经济发展的比较优势。可以说，如果没有外部的支持与帮扶，会宁县经济依靠自身走向良性发展的正循环之路将非常困难，需要的时间也会非常长。另外，梁庄村也像许多中国农村一样，因城镇化的发展逐渐开始空心化，年轻人绝大部分外出务工或求学，村里留守的多是老弱病残，大多依靠农作物种植或家畜养殖获取微薄的收入，农民脱贫致富面临缺资金、缺技术、缺人才、缺思路的困境。

习总书记曾说过，人民对美好生活的向往就是中国共产党人奋斗的目标。在党中央的政策指引下，中投公司、西部战区、白银发改委等单位向梁庄伸出了援助之手，基层村镇干部不畏艰险，与帮扶单位协同努力，一点点地改善着村子的面貌和村民的生活。2014年，引洮工程一期正式通水，2017年下半年，梁庄村开始了自来水入户入厨工程，如今，梁庄村民告别了苦涩的窖水，喝上了干净卫生的自来水，生活品质得到了极大改善；随着危房改造工程的推进，梁庄村为低保户、五保户和残疾人家庭免费盖了新的砖瓦房，配置了洗衣机、电冰箱等家用电器，村民的居住条件得到了极大改善；村里的低保户、五保户每月可以领取政府发放的补助款，吃穿用度再也不用发愁了。2019年，西部战区对梁庄村考入大学的孩子们进行了资助，帮助他们顺利完成学业；村里的主干道上，中投公司捐赠的路灯照亮着宁静的小山村；在离村委不远的一片平地上，西部战区和中投捐建的养羊场正在进行最后部分的施工。这些点滴的改变，都凝聚着帮扶单位、驻村工作队和基层党员干部们的心血，也让参加驻村扶贫工作的我们感到欢欣鼓舞。

五保户的旧房子

为五保户修建的新房子

深入贫困户，实地帮扶全力以赴

纸上得来终觉浅，唯有深入基层扶贫的一线，方能真切感受基层干部们为农户们脱贫的不懈努力。梁庄村7个村民小组分散在数个山梁和山沟内，人口分散，道路蜿蜒崎岖，路窄坡陡，且多数道路没有硬化，入户走访费时费力，一天走下来也跑不了几户，同时村间路况比较差，经常要防备汽车打滑、道路塌陷等意外情况，我们坐在车上经常有种胆战心惊的感觉，但当地干部们却早已习以为常。比路况更困难的是与村民的沟通与协调。留守村民多老弱病残，文化程度不高，一些政策和信息往往需要反复沟通协调。基层工作之烦琐、复杂，全都要依靠基层干部们的“穿针引线”。“引好千根线，当好一根针”，广大基层干部们以己为烛，照亮了这条宏伟的扶贫之路，为脱贫攻坚的胜利做出了无私的贡献！

作为公司选派的驻村扶贫干部，驻村期间我们时刻思索着为梁庄村的乡亲们做些什么。通过广泛的调研走访和实地勘察，我们了解到，村内的青壮年劳力大量外流，人口老龄化严重，留守在村中的老人及妇女难以从事重体力农务，严重影响了农业生产。村内的农机具紧缺，但村民自身却无能力购置。为帮助乡亲们减轻生产负担，我们随即向公司申请了2万元的专项扶贫资金，采购了1台马铃薯收获机和1台玉米覆膜播种机。此外，我们还注意到梁庄村图书室的藏书较为陈旧，又建议公司发起了为梁庄村图书室捐赠书籍的倡议，全体申万期货人踊跃捐赠，最终募集了图书566本，希望为村民们特别是村里的孩子们提供更多接触新知识的渠道，丰富大家的精神文化生活。听到这些消息时，村民们露出了幸福的笑容，而这笑容，正是我们来到此处的初心与动力。

授之以鱼不如授之以渔。习总书记强调，“要坚持‘富脑袋’和‘富口袋’并重，加强扶贫同扶志扶智相结合”。将“输血”式扶贫转化“造血”式扶贫，才是扶贫之路上更为重要的课题。要为乡亲们带去新的知识、新的思路，才能带来新的希望。驻村期间受公司委托，我们为会宁县的企业家、干部和劳动者们开展了两场培训。一场培训主要介绍了期货期权的基础知识，希望为当地埋下金融工具扶贫的“种子”；另一场则是结合了当下火热的直播卖货，讲授了几种常用的互联网营销方法和网络安全培训。我们希望通过这些培训，能拓宽当地企业、干部、农户们的视野与思路，为当地的可持续发展提供帮助。

驻村工作队走访贫困户

扶志扶智贵在坚持。自公司与会宁县签订对口帮扶协议以来，公司累计为当地提供了6场专业培训，服务超600人次；落地会宁县的“保险+期货”项目覆盖了10万余亩4.36万吨玉米，实现了对农户赔付总额173.13万元；免费为当地企业甘肃群业提供投资咨询服务，引入风险管理的专业知识，为企业的稳健经营保驾护航；与会宁县金铃养殖有限公司合作开展的牛饲料成本场外期权项目，帮助企业有效地管理安格斯母牛饲料的成本上涨风险。公司立足期货行业特色，创新探索“保险+期货”的专业扶贫模式，结合当地发展实际与发展需求，为其搭建了适宜的脱贫工作体系，努力做到“机构联系到县，价格信息到乡，专业帮扶到村（社），帮扶成果到户"，为会宁县打赢脱贫攻坚战提供了坚实的战略基础。

扶贫在路上，勠力同心未来可期

梁庄村是全国农村脱贫攻坚战的一个缩影，短短一个月的驻村扶贫，我们跟随中投公司和申万宏源证券的扶贫干部，跑遍了中投在会宁县捐资建设的所有项目，看到了扶贫工作给会宁县带来的可喜变化。会宁县的道路正在施工改造，新建的蓄水池将为农业发展奠定基础，自来水站遍布全县；每个村都修建了党群服务中心，农民办事更加方便，基层干部的办公条件得到了改善；有的镇在政策扶持下开始建设大棚，很多村民养殖了牛羊等家畜，政府还有政策性补贴或贷款；很多村民家中有了热水器，可以随时洗上一个热水澡。会宁县真正实现了"两不愁三保障"，这一点一滴的改变，都凝聚着党员干部的心血，也体现了中国共产党对人民的庄严承诺。我们有理由相信，在国家的大力扶持下，在无数扶贫干部的呕心沥血下，在会宁人民的勤劳奋斗下，会宁将会迎来更崭新的未来。

5月23日，习总书记在看望参加全国政协十三届三次会议的经济界委员时讲到，"我们这代人有一份情结，扶一把老百姓特别是农民。社会主义道路上一个也不能少，全面小康大家一起走！"脱贫攻坚路，悠悠中国梦。消除贫困、改善民生、实现共同富裕，是党和政府始终追求的奋斗目标。而这宏伟的蓝图，也离不开无数为之追求、奋斗和拼搏的人们。作为一名期货人，能在这条雄关漫漫的长路上尽绵薄之力，倍感责任，无比光荣。加强东西部扶贫协作，深化结对帮扶，注重产业帮扶，中国特色社会主义制度下的期货行业是服务实体经济与民生建设的一把利剑。如何让这把利剑披荆斩棘、光芒四射，是每一位期货人需要深思并面对的命题。"人类的美好理想，都不可能唾手可得，都离不开筚路蓝缕、手胼足胝的艰苦奋斗。"让我们不忘初心，牢记使命，为打赢这场脱贫攻坚战再接再厉！

（撰稿：申银万国期货有限公司）

后　记

自2016年以来，期货行业以“保险+期货”、场外期权等专业帮扶措施为抓手，多措并举，服务国家脱贫攻坚战略，取得了显著成效，值得认真总结、宣传和推广。为此，中国期货业协会组织编写了《牢记使命　砥砺前行——中国期货行业脱贫攻坚优秀故事集》，书中既有翔实的案例，也有动人的故事，集中展现了期货行业为扶贫贡献的期货方案和期货智慧。

中国期货业协会领导班子高度重视本书的出版工作，协会党委书记、会长洪磊同志亲自为本书撰写了序言，协会副秘书长冉丽同志参与了文章征集、评审、汇编等各个环节的工作并提出了具体意见和要求。协会会员二部的同事齐心协力，保证了各项工作的顺利完成。

本书的出版得到了各交易所、期货公司的大力支持，在前期开展的脱贫攻坚主题征文活动中，各交易所、期货公司纷纷踊跃投稿，为本书提供了宝贵的素材。中国财政经济出版社为本书的顺利出版做了大量工作。在此，向所有参与本书出版的相关单位及人员表示感谢！

脱贫攻坚的冲锋号已经吹响，期货行业将奋勇前行在扶贫路上，助力国家如期打赢脱贫攻坚战，不获全胜，绝不收兵！

中国期货业协会

2020年9月